Um sonho de férias

UM SONHO DE FÉRIAS © 2024 BY FARO EDITORIAL.
IN A HOLIDAZE COPYRIGHT © 2020 BY CHRISTINA HOBBS AND LAUREN BILLINGS
ALL RIGHTS RESERVED.
PUBLISHED BY ARRANGEMENT WITH THE ORIGINAL PUBLISHER, GALLERY BOOKS,
A DIVISION OF SIMON & SCHUSTER, INC.

Todos os direitos reservados.
Nenhuma parte deste livro pode ser reproduzida sob quaisquer meios existentes sem autorização por escrito do editor.

Diretor editorial **PEDRO ALMEIDA**
Coordenação editorial **CARLA SACRATO**
Assistente editorial **LETÍCIA CANEVER**
Tradução **ADRIANA KRAINSKI**
Preparação **DANIELA TOLEDO**
Revisão **BARBARA PARENTE**
Diagramação e adaptação de capa **VANESSA S. MARINE**
Imagens de capa e miolo **FREEPIK | @freepik @lastyeartimecook @sarinadarin @photographeeasia @jcomp @johnstocker**

Dados Internacionais de Catalogação na Publicação (CIP)
Jéssica de Oliveira Molinari CRB-8/9852

Lauren, Christina
  Um sonho de férias / Christina Lauren ; tradução de Adriana Krainski. — São Paulo : Faro Editorial, 2024.
  256 p.

  ISBN 978-65-5957-499-5
  Título original: In a Holidaze

  1. Ficção norte-americana I. Título II. Krainski, Adriana

  24-0131   CDD 813

Índices para catálogo sistemático:
1. Ficção norte-americana

1ª edição brasileira: 2024
Direitos de edição em língua portuguesa, para o Brasil, adquiridos por FARO EDITORIAL
Avenida Andrômeda, 885 – Sala 310
Alphaville — Barueri — SP — Brasil
CEP: 06473-000
www.faroeditorial.com.br

CHRISTINA LAUREN

Tradução de Adriana Krainski

Um sonho de férias

1

26 de dezembro

Podem me chamar de vadia. Podem me chamar de impulsiva. Podem me chamar de pé no saco.

Nunca ouvi nada disso de ninguém, mas hoje eu bem que merecia. A noite passada foi um desastre.

Tentando não fazer barulho, saio da cama de baixo do beliche e, na ponta dos pés, atravesso o piso gelado do quarto até a escada. Com o coração tão acelerado que tenho a impressão de que dá até para ouvir as batidas do lado de fora do meu corpo. A última coisa que quero é acordar o Theo e ter que olhar nos olhos dele antes de conseguir ligar o meu cérebro e formar pensamentos coerentes.

O segundo degrau da escada sempre range, fazendo um barulho de casa mal-assombrada; resultado de quase três décadas de correria de "crianças" subindo para fazer refeições ou descendo para brincar e dormir no porão. Estico a perna para colocar o pé com cuidado no degrau de cima, suspirando ao ver que consegui não fazer barulho. Nem todos têm essa sorte: aquela tábua solta já entregou o Theo em uma tentativa de sair de fininho tarde da noite — ou quase de manhã, dependendo do ponto de vista — mais vezes do que consigo lembrar.

Assim que chego à cozinha, a minha preocupação deixa de ser a discrição e passa a ser a velocidade. Ainda está escuro, a casa está silenciosa, mas o tio Ricky vai acordar logo. Este chalé está cheio de madrugadores. A minha janela de oportunidade para tentar resolver o problema está se fechando bem rápido.

Com um bombardeio de lembranças da noite anterior se passando pela minha cabeça como um filme, subo correndo a escada que leva ao segundo andar, passo batido pelo visco pendurado no patamar da escada, contorno o corrimão, usando apenas as minhas meias de bengalinhas natalinas nos pés. Atravesso o corredor em silêncio e abro a porta que dá para o lance de escadas mais estreito que leva ao sótão. Chegando lá, empurro a porta do Benny.

— Benny — sussurro, na escuridão gelada. — Benny, acorda. É uma emergência.

Um resmungo grave vem do outro lado do quarto e eu aviso:

— Vou acender a luz.

— Não...

— Vou, *sim*. — Levo a mão ao interruptor e o quarto se ilumina.

Enquanto nós, os filhos, somos largados em beliches no porão, o sótão vira o quarto do Benny todos os meses de dezembro, e acho que é o melhor quarto da casa. Tem um teto inclinado e uma janela comprida com um vitral colorido lá nos fundos, que projeta a luz do sol na parede do outro lado, formando faixas brilhantes de cor azul, vermelha, verde e laranja. A cama de solteiro estreita divide o espaço aqui em cima com uma confusão organizada de relíquias de família, caixas de itens de decoração para várias ocasiões especiais e um guarda-roupa cheio das roupas antigas de inverno do vovô e da vovó Holli, da época em que comprar um chalé em Park City não era uma pretensão financeira absurda para um diretor de escola de ensino médio de Salt Lake. Como nenhuma das outras famílias teve filhas, quando eu era criança, subia aqui sozinha para brincar com as roupas, ou às vezes tendo o Benny como plateia.

Mas agora eu não preciso de uma plateia. Preciso de ouvidos gentis e uma boa e honesta dose de conselhos, porque estou à beira de surtar.

— Benny. *Acorda*.

Ele se apoia em um cotovelo e, com a outra mão, esfrega os olhos para tentar espantar o sono. Seu sotaque australiano sai em uma voz rouca.

— Que horas são?

Olho para o celular que estou segurando com a mão fria e úmida.

— Cinco e meia.

Ele me encara com olhos vesgos e incrédulos.

— Alguém morreu?

— Não.

— Alguém desapareceu?

— Não.

— Alguém está se esvaindo em sangue?

— Sim, um sangramento mental. — Entro um pouco mais no quarto, me enrolo em uma mantinha velha de tricô e me sento na cadeira de vime de frente para a cama. — Socorro.

Aos cinquenta e cinco anos, Benny ainda tem o mesmo cabelo volumoso e loiro escuro que ostentou a vida toda. O cabelo desce até abaixo do seu queixo, ondulado como se ele tivesse passado anos fazendo permanente e, em certo momento, tivesse simplesmente decidido ficar daquele jeito. Eu costumava imaginar que ele era um *roadie* de banda de rock dos anos oitenta ou um aventureiro que atraía turistas ricos para um fim nefasto no meio do mato. A realidade é bem menos emocionante: ele é só um serralheiro de Portland. Mas o tilintar das pulseiras turquesa e colares de conta pelo menos me deixam dar asas à imaginação.

Seu cabelo agora forma uma aura de um emaranhado caótico em volta da cabeça.

Tenho uma história profunda com cada um dos outros doze seres nesta casa, mas o Benny é especial. Ele é amigo dos meus pais dos tempos da faculdade. Todos os adultos da casa frequentaram a Universidade de Utah juntos, com exceção do Kyle, que entrou para o grupo depois de se casar com um dos amigos do grupo da faculdade. Mas o Benny sempre foi mais um amigo do que uma figura paterna. Ele é de Melbourne, um cara tranquilo e mente aberta. O eterno solteirão, bom conselheiro e a única pessoa na minha vida com quem eu posso contar para me colocar nos eixos quando os meus pensamentos estão descontrolados.

Quando eu era criança, guardava todas as minhas fofocas para contar para ele durante o fim de semana da Independência ou as férias de Natal. Assim que eu conseguia um momento a sós com ele, despejava tudo de uma vez. Benny tinha um jeito de ouvir e dar os conselhos mais simples e sem julgamentos, sem lições de moral. Estou torcendo para que a sua cabeça fria possa me salvar agora.

— Tá certo. — Ele pigarreia para tirar a rouquidão da garganta, afastando umas mechas rebeldes de cabelo do rosto. — Desembucha.

— Então… — Apesar do meu pânico e do tempo curto, decido que é melhor introduzir o assunto aos poucos. — Eu, o Theo, o Miles e o Andrew estávamos jogando uns jogos de tabuleiro no porão ontem à noite — começo.

— Aham — ele murmura, baixinho. — Uma noite como outra qualquer.

— Detetive — gaguejo, jogando o cabelo para trás do ombro.

— Sei. — Benny, como sempre, demonstra uma paciência extrema.

— O Miles caiu no sono no chão — digo. Meu irmão mais novo tem dezessete anos e, como a maioria dos adolescentes, consegue pegar no sono em cima de qualquer pedra dura. — O Andrew saiu para o galpão.

O "aham" que vem a seguir sai junto com uma risada, porque o Benny ainda está achando muito engraçado que Andrew Hollis, irmão mais velho do Theo, tenha finalmente batido o pé e conseguido convencer o pai a deixá-lo de fora da situação infantilizante de ter que dormir em beliches: ele foi dormir no galpão durante as férias de fim de ano. O galpão é uma construção pequena, fria e velha que fica a uma distância de cerca de vinte metros do chalé principal. O que me deixa louca é que o galpão não fica nem perto da água. É um espaço usado principalmente como uma extensão do quintal no verão e, com toda a certeza, nada adequado para hóspedes que vêm passar noites de inverno nas Montanhas Rochosas.

Por mais que eu odeie não ver o Andrew Hollis na parte de cima do beliche do outro lado do quarto, sinceramente, não posso culpá-lo.

Nenhum dos hóspedes que está no porão é criança. Já ficou estabelecido que o Theo consegue (*e como*) dormir em qualquer lugar e que o meu irmão, Miles, o idolatra e fica em qualquer lugar onde ele estiver. Eu aceito a situação só porque a minha mãe me mataria com as próprias mãos se eu reclamasse da generosa hospitalidade da família Hollis. Mas o Andrew, com quase trinta anos, parece ter ficado de saco cheio dessa história de ter que agradar os pais: pegou uma cama dobrável, um saco de dormir e saiu faceiro do chalé na noite em que chegamos aqui.

— A gente tinha bebido um pouco — digo, e em seguida me corrijo. — Quer dizer, o Miles não bebeu, claro, mas a gente bebeu.

Benny ergue as sobrancelhas.

— Duas doses. — Faço uma careta. — Gemada com conhaque.

Será que o Benny sabe onde essa conversa vai dar? Todo mundo sabe que eu fico bêbada muito fácil e que o Theo é um bêbado muito assanhado. Bom, para dizer a verdade, o Theo é sempre muito assanhado.

— Eu e o Theo subimos para pegar água. — Passo a língua nos lábios e engulo em seco, com uma sede repentina. — Há, e aí a gente falou, tipo, "ah, vamos dar uma voltinha bêbados lá na neve!". Mas aconteceu que… — Prendo a respiração, estrangulando as palavras. — A gente acabou se beijando no vestíbulo.

Benny fica paralisado e, de repente, fixa os olhos castanho-esverdeados bem arregalados em mim.

— Você está falando do Andrew, né? Você e o Andrew?

Aí é que está. Com essa simples pergunta, Benny acertou em cheio.

— Não — digo, por fim. — Não com o Andrew. Com o Theo.

Pois é, essa sou eu: vadia.

Com a sobriedade a meu favor e a clareza chocante da manhã seguinte, a confusão frenética da noite passada ainda está ofuscada na minha cabeça. Será que fui eu que comecei a coisa toda, ou foi o Theo? Só sei que foi muito atrapalhado. Nada sedutor: dentes batendo, alguns gemidos e beijos intensos. A mão dele meio que pegou no meu peito de um jeito que pareceu mais um exame de mama do que uma carícia apaixonada. Foi aí que eu o afastei, e, pedi desculpas às pressas, passei por baixo do braço dele e desci correndo para o porão.

Sinto vontade de me sufocar com o travesseiro do Benny. É isso que eu ganho por enfim aceitar a gemada mega-alcoólica do Ricky Hollis.

— Espera aí. — Se inclinando, Benny pega uma mochila do chão ao lado da cama e tira uma piteira de vidro fina e comprida.

— Sério, Benedict? Nem amanheceu ainda.

— Olha só, *Maelyn*, você está me dizendo que deu uns amassos no Theo Hollis na noite passada. Você não tem direito de me encher o saco por dar uma tragada antes de ouvir o resto dessa história.

Justo. Suspiro, fecho os olhos e jogo a cabeça para trás, enviando um pedido silencioso para o universo para apagar a noite passada da existência. Infelizmente, ao abrir os olhos, ainda estou no sótão com o Benny — que está tragando a fumaça da erva antes do nascer do sol — e sentindo uma pontada de arrependimento se instalar dentro de mim.

Benny solta uma nuvem fedida e guarda a piteira na mochila.

— Beleza — ele diz, cerrando os olhos. — Você e o Theo.

Assopro a franja para tirar do meu rosto.

— Não fale assim, por favor.

Ele ergue a sobrancelha.

— Você sabe que a Lisa e a sua mãe fazem piada sobre isso há anos… não sabe?

— Sim. Eu sei.

— Poxa, sei que você gosta de agradar os outros — ele diz, me estudando —, mas isso passou de todos os limites.

— Eu não fiz isso para agradar ninguém! — Paro e penso. — Pelo menos acho.

É uma piada antiga, desde que éramos crianças, que os nossos pais sempre quiseram que eu e o Theo namorássemos um dia. Assim seríamos, oficialmente, uma família. E acho que, em teoria, nós até que combinaríamos. Nascemos com duas semanas de diferença. Fomos batizados no mesmo dia. Dividimos a cama de baixo do beliche até o Theo ter idade suficiente para que confiassem que ele não se jogaria da cama de cima. Ele cortou o meu cabelo com a tesoura da cozinha quando tínhamos quatro anos. Eu cobria o rosto e os braços dele com band-aid sempre que ficávamos sozinhos, até que os nossos pais perceberam e começaram a esconder os band-aids. Para que nos deixassem sair da mesa logo, eu costumava comer as vagens do prato dele e ele comia as cenouras do meu.

Mas eram coisas de criança, e já não somos mais crianças. Theo é um cara legal e eu o adoro, porque somos praticamente da mesma família, e eu meio que tenho que gostar dele, mas crescemos e nos tornamos pessoas tão diferentes que às vezes parece que as únicas coisas que temos em comum aconteceram há mais de uma década.

O mais importante (leia-se: patético) é que eu nunca me interessei pelo Theo porque, em primeiro lugar, sempre tive uma queda avassaladora, louca e silenciosa pelo irmão mais velho dele, o Andrew. O Andrew é gentil, carinhoso, lindo e muito engraçado. Ele é divertido, sedutor, criativo e afetuoso. Ele também é muito correto e reservado, e tenho certeza de que nada no mundo o afastaria mais rápido de uma mulher do que saber que ela deu uns amassos no irmão mais novo mulherengo dele, sob a influência de uma gemada alcoólica.

Benny, a única pessoa na casa que sabe da minha paixão por Andrew, fica me olhando com grandes expectativas.

— E aí, o que aconteceu?

— Estávamos bêbados. Nós três nos encontramos no vestíbulo: eu, o Theo e a língua dele. — Enfio a ponta do dedão na boca e a mordo. — Me fala o que você está pensando.

— Estou tentando entender como isso aconteceu. Não é do seu feitio, Chuchu.

Tento entrar na defensiva, mas logo a minha atitude é substituída por um sentimento de autodepreciação. Benny é o meu Grilo Falante e está certíssimo: não é do meu feitio.

— Quem sabe não foi um ato do subconsciente? Estou precisando superar essa besteira de gostar do Andrew.

— Tem certeza? — Benny pergunta, gentil.

Não.

— Sim? — Tenho vinte e seis anos. Andrew tem vinte e nove. Até eu tenho que admitir que, se alguma coisa fosse acontecer entre nós, já teria acontecido.

— E aí você chegou à conclusão: "por que não o Theo?" — Benny pergunta, lendo os meus pensamentos.

— Não foi tão calculado assim, tá legal? Quer dizer, ele até que é apresentável.

— Mas você sente atração por ele? — Benny coça a barba do queixo. — Acho que é uma pergunta importante.

— Tipo, muitas mulheres parecem sentir.

Ele ri.

— Não foi isso que eu perguntei.

— Tipo, na noite passada, acho que senti, né?

— E? — ele pergunta, fazendo uma careta como se não quisesse saber da resposta.

— E… — Enrugo o nariz.

— Pela sua expressão, foi terrível.

Solto o ar, murchando.

— Péssimo. — Faço uma pausa. — Ele lambeu o meu rosto. Tipo, meu rosto inteiro. — Benny se encolhe e eu aponto o dedo para ele. — Jura que vai guardar segredo.

Ele ergue a mão.

— Para quem eu contaria? Para os pais dele? Para os *seus*?

— Será que eu estraguei tudo?

Benny me lança um sorriso divertido.

— Vocês não são as primeiras pessoas da história a terem se beijado bêbadas. Mas talvez isso tenha sido uma espécie de estopim. O universo está falando para você seguir em frente, de um jeito ou de outro, nessa história com o Andrew.

Eu rio, porque isso parece genuinamente impossível. Como alguém pode esquecer um homem com um coração tão gentil e um bumbum tão perfeito? Não é como se eu não tivesse tentado esquecer o Andrew nos últimos, sei lá, treze anos.

— Tem alguma ideia de como eu posso fazer isso?

— Sei lá, Chuchu.

— E agora? Será que devo fingir que nada aconteceu? Será que eu falo com o Theo?

— Não deixe passar assim — Benny diz e, por mais que eu estivesse esperando receber uma autorização para simplesmente escapulir disso tudo, sei que ele tem razão. Evitar confrontos é o maior vício da família Jones. Meus pais devem poder contar com uma mão o número de vezes que discutiram com maturidade os sentimentos um com o outro. Bom, pelo menos é isso que o advogado que cuida do divórcio diria. — Vá acordá-lo antes que o dia comece. Alivie a tensão.

Ele olha para fora da janela, para o céu que reluta em clarear, e então de volta para mim. Minha expressão facial deve ser de puro pânico, porque ele apoia a mão na minha.

— Sei que é da sua natureza tentar evitar confrontos para suavizar os problemas, mas é o nosso último dia aqui. Você não vai querer ir embora com essa questão pendente entre vocês. Imagine como vai ser voltar aqui no próximo Natal.

— Você é o serralheiro mais intuitivo e sensível da face da Terra, sabia? Ele ri.

— Você está fugindo do assunto.

Concordo com a cabeça. Coloco a mão entre os joelhos e olho para o assoalho velho de madeira.

— Mais uma pergunta.

— Manda? — Pelo tom, sei que ele sabe exatamente o que vou dizer.

— Será que devo contar para o Andrew?

Ele devolve com outra pergunta.

— Por que o Andrew precisaria saber?

Pisco e, ao olhar para o seu rosto, percebo uma expressão gentil de solidariedade. *Droga.* Ele tem razão. Andrew não precisa saber, porque ele não estaria nem aí mesmo.

2

Ao sair de fininho do quarto do Benny, torço para que todos ainda estejam dormindo. Boa parte da casa está silenciosa e sossegada. O meu plano é simples: acordar o Theo, pedir para ele me acompanhar até a cozinha — não, a cozinha fica muito perto do vestíbulo — antes que alguém acorde. Aliviar a tensão. Deixar claro que foi um acidente, nada que justifique agirmos de forma estranha. Foi só um beijo de bêbados! O fato é que ninguém mais precisa saber disso.

Será que estou muito paranoica por causa de um beijo desastrado e uma pegada no peito? Sem dúvidas. Mas o Theo é como se fosse da minha família e essas coisas podem complicar as relações. Não quero ser uma bomba para a dinâmica confortável desta família que escolhemos ser.

Me recordo das outras centenas de manhãs que passei aqui, eu costumava ficar acordada na cozinha, jogando e trapaceando em silêncio no jogo de Paciência, enquanto o Ricky, que é o pai do Andrew e do Theo, comia biscoito fazendo barulho e tomava café feito um morto-vivo, despertando aos poucos. *"Maelyn Jones, eu e você somos farinha do mesmo saco"*, ele dizia assim que conseguia articular palavras. *"Nós dois acordamos junto com o sol."* Mas, nesta manhã, o Ricky ainda não acordou. No lugar dele está o Theo, inclinado sobre uma tigela gigante de cereal matinal.

Ainda é perturbador vê-lo de cabelo curto. Desde que me lembro, o Theo sempre teve um cabelo escuro e ondulado, estilo surfista, que às vezes ele prendia em um rabo de cavalo curto. Mas a cabeleira já era, foi cortada alguns dias antes de chegarmos ao chalé. Agora aqui estou eu, parada à porta, cercada por festões metálicos e folhas de azevinho de papel que os gêmeos e o Andrew penduraram ontem de manhã, olhando para o topo da cabeça do Theo, agora de cabelo curto, e pensando que ele parece um estranho.

Sei que ele sabe que eu estou aqui, mas age como se eu não existisse. Finge estar fascinado com as informações nutricionais na caixa do cereal à sua frente. Há leite escorrendo pelo seu queixo, que ele limpa com as costas da mão.

Sinto uma pedra no estômago.

— Oi — digo, dobrando um guardanapo de papel solto.

Ele não ergue a cabeça.

— Oi.

— Dormiu bem?

— Dormi.

Cruzo os braços e me dou conta de que estou de pijama, sem sutiã. Sinto o piso de linóleo frio sob os pés descalços.

— Acordou cedo.

Ele ergue os ombros largos.

— Pois é.

Ao piscar, percebo claramente o que está acontecendo. Não estou conversando com o Theo, meu amigo de longa data. Estou falando com Theo, o cara da manhã seguinte. Este é o Theo que a maioria das garotas conhece. O meu erro foi acreditar que eu não faço parte da *maioria das garotas*.

Vou até a cafeteira, ponho o filtro, encho com um pó de café bem escuro e aciono para passar. O aroma profundo e inebriante do café invade a minha mente e, por um instante, me distraio da angústia.

Olho para o calendário do Advento em cima do balcão, que está vazio não porque ontem foi Natal, mas porque Andrew adora chocolate e, cinco dias atrás, já tinha acabado com todos os doces que ficavam ali. Lisa, a mãe deles, fez uma barrinha de chocolate crocante no primeiro dia das férias, mas quase ninguém teve coragem de pegar, porque todo mundo ficou com medo de perder um dente depois de ter visto o meu pai trincar um dente com um biscoito.

Conheço cada prato nesta cozinha, cada pegador de panela, cada jogo americano. Este lugar é mais querido para mim do que a casa onde passei a infância e não quero estragar tudo por causa de decisões idiotas tomadas sob efeito de gemada com conhaque.

Respiro fundo e me lembro do motivo de estarmos aqui: passar as férias com a família que escolhemos chamar de nossa. Comemorar a nossa união. Às vezes, nos irritamos uns com os outros, mas amo este lugar. Todos os anos fico ansiosa pelo momento de vir para cá.

Theo deixa a colher cair na mesa e o barulho me traz de volta àquele ambiente tenso e carregado. Ele chacoalha a caixa para se servir de mais cereal.

Tento puxar conversa de novo.

— Tá com fome?

Ele resmunga.

— Tô.

Dou a ele o benefício da dúvida. Talvez ele esteja com vergonha. Só Deus sabe como eu também estou. Talvez eu deva pedir desculpas, ver se estamos de acordo.

— Olha, Theo, sobre ontem à noite…

Ele ri, mastigando o cereal.

— Ontem à noite não foi nada, Mae. Eu bem que imaginei que você levaria a sério.

Pisco. Levar a sério?

Por um breve momento, eu me imagino arremessando qualquer objeto que esteja a meu alcance na cabeça dele.

— Que negócio é esse de… — começo a perguntar, mas passos se aproximando interrompem a minha explosão e evitam que o Theo seja decapitado por um descanso de panela de ferro fundido.

Ricky entra na cozinha e diz um "bom dia" rouco.

Ele pega uma caneca e, ao vê-lo esperando com a mão estendida, pego o jarro da cafeteira e o sirvo. Vamos até a mesa, arrastando os pés, em uma dança familiar. Mas Ricky hesita, sem saber onde se sentar, surpreso por um inesperado Theo em sua cadeira. Ele puxa outra cadeira e solta um suspiro, sentindo o aroma do café.

Espero Ricky dizer. Lá vem. *Maelyn Jones, eu e você somos farinha do mesmo saco.* Mas as palavras não saem. Theo criou um muro de silêncio frio naquele espaço que em geral é tão acolhedor e sinto um pequeno tremor de pânico no estômago. Ricky é o rei das tradições e eu com certeza sou a herdeira do seu trono. Este é o único lugar do mundo em que eu nunca me questionei o que estou fazendo da vida ou quem eu sou, mas, na noite passada, eu e o Theo mudamos o roteiro e agora o clima está esquisito.

Olho para o Theo, do outro lado da mesa, mas ele não ergue os olhos. Ele está compenetrado no cereal como um típico universitário de ressaca.

Theo é um babaca.

De repente, sinto uma raiva cega. Como ele pode não ter nem coragem de olhar para mim hoje? Uns míseros beijos embriagados não deveriam significar nada para Theo Hollis. Não passam de um arranhão que poderia muito bem ser ignorado. Mas não, ele está de propósito enfiando o dedo mais fundo na ferida.

Ricky se vira devagar para olhar para mim, e a sua expressão de dúvida entra na minha visão periférica. Talvez o Theo tenha razão. Talvez eu esteja levando tudo muito a sério. Fazendo um esforço, pisco e me afasto da mesa para me levantar.

— Acho que vou tomar café lá fora para aproveitar a última manhã aqui.

Pronto. Se o Theo tiver metade de um cérebro, o que atualmente está em discussão, ele vai se tocar e me seguir para conseguirmos conversar.

Mas quando me sento no balanço da varanda, embrulhada em um casaco comprido, com meias grossas, botas e um cobertor, sinto um frio que vem de dentro para fora. Eu não quero abalar as estruturas deste lugar tão especial e é por isso que nunca cedi às cantadas do Theo e nunca admiti para ninguém além do Benny que gosto de verdade do Andrew. A sólida amizade dos nossos pais vem de muito antes de qualquer um dos filhos nascerem.

Lisa e a minha mãe dividiam um quarto quando estavam na faculdade. O papai, o Aaron, o Ricky e o Benny moravam juntos em uma casa alugada caindo aos pedaços fora do campus. Eles chamavam a velha casa vitoriana pelo apelido incrivelmente criativo de Casa Internacional da Cerveja, mas pelas fotos parecia mais um zoológico. Depois da formatura, o Aaron se mudou para Manhattan, onde conheceu e se casou com Kyle Liang e, mais tarde, eles adotaram os gêmeos. O Ricky e a Lisa ficaram em Utah, o Benny ficou vagando pela Costa Leste até fixar residência em Portland. Meus pais firmaram raízes na Califórnia, onde nasci, e, bem mais tarde, quando eu já tinha nove anos, veio o Miles, o bebê-surpresa. Eles se divorciaram há três anos e a mamãe se casou de novo e está feliz. Já o papai… nem tanto.

Aaron sempre diz que essas amizades salvaram a vida dele quando sua mãe e seu pai morreram em um acidente de carro durante o terceiro ano da faculdade, e o grupo se reuniu para eles passarem o período de festas juntos. Mesmo com todos esses altos e baixos da vida, a tradição permaneceu: todos os anos, no dia 20 de dezembro, nós nos entregamos ao roteiro natalino do Ricky, com todas as suas especificidades e detalhes. Nunca perdemos um ano desde que nasci, nem no ano em que meus pais se divorciaram. Aquele ano não foi agradável — dizer que foi *tenso* é um eufemismo —, mas, de certa forma, passar um tempo com esta família sem laços sanguíneos me ajudou a aliviar a sensação de deslocamento dentro da minha família.

A contagem regressiva para as férias sempre foi marcada com um círculo vermelho comemorativo no meu calendário. O chalé é o meu oásis, não só porque o Andrew está aqui, mas também porque é um chalé de inverno perfeito, com a quantidade de neve perfeita, as pessoas perfeitas e o nível de conforto perfeito. É o Natal perfeito e eu não quero que nada disso mude.

Será que eu acabei de estragar tudo?

Me inclino e abraço os joelhos. *Eu sou um desastre.*

— Você não é um desastre.

Eu me assusto e, ao olhar para cima, vejo o Andrew parado na minha frente, sorrindo e segurando uma xícara fumegante de café. A visão do seu rosto na luz da manhã, com seus olhos verdes de criança arteira, a barba rala por fazer e marcas de travesseiro na bochecha esquerda, faz meu corpo reagir de imediato: o coração cai de um penhasco e sinto o estômago quente e pesado no fundo da barriga. Ele é, ao mesmo tempo, exatamente quem eu queria ver neste momento e a última pessoa que quero que saiba por que estou incomodada.

Tentando me lembrar de como está o meu cabelo, puxo o cobertor até o queixo, pensando que eu deveria ter colocado um sutiã.

— Eu estava falando sozinha?

— E como. — Ele sorri e, meu Deus, esse sorriso faz o sol surgir por detrás das nuvens. Covinhas tão profundas que eu perderia todos os meus sonhos e esperanças lá dentro. É sério, seus dentes chegam a brilhar. Como que de propósito, um cacho castanho perfeito cai na sua testa. Só pode ser brincadeira.

E, ai, meu Deus do céu, eu beijei o irmão dele. Culpa e arrependimento se misturam, deixando um sabor amargo no fundo da minha garganta.

— Acabei revelando os meus planos de derrubar o governo e conduzir a Beyoncé ao posto legítimo de nossa líder suprema? — pergunto, fugindo do assunto.

— Devo ter chegado depois dessa parte. — Andrew olha para mim com uma expressão divertida. — Só ouvi a parte em que você disse que é um desastre. — Há algo no seu tom, um ar de brincadeira que eu não consigo decifrar direito. Sinto uma pontada de terror me acertar em cheio no plexo solar.

Aponto o dedo para seu rosto.

— O que está rolando aqui?

— Ah, nada. — Ele se senta ao meu lado, passa o braço pelo meu ombro e me dá um beijo no topo da cabeça. O beijo me distrai o suficiente para dissipar o terror e eu me esforço para não o agarrar, enquanto ele se afasta. Em termos de demonstração de afeto, um abraço longo e apertado de Andrew é o equivalente a beber goles generosos de água gelada em um dia de calor. Sei que não mereço tanto — ele é bom demais para qualquer reles mortal —, mas isso nunca me impediu de desejá-lo mesmo assim.

Uma sensação de desconforto se acomoda na minha mente quando ele diz o meu nome, rindo, junto ao meu cabelo.

— Você está terrivelmente alegre hoje — digo.

— E você *não* está — ele observa, se inclinando para analisar o meu rosto, de brincadeira. Os fones de ouvido em volta do seu pescoço caem para a frente e percebo que ele não se deu ao trabalho de desligar a música. Ouço "She Sells Sanctuary", do Cult. — O que está rolando, Maisie?

É isso que nós fazemos juntos: incorporamos os nossos personagens idosos, Mandrew e Maisie. Fazemos vozes trêmulas e agudas para brincar, para trocar confidências, para provocar. Mas hoje estou demais apavorada para entrar na brincadeira.

— Nada — digo, dando de ombros. — Dormi mal. — Sinto a mentira deixar uma camada de gordura na minha língua.

— Noite difícil?

— Hum... — Os órgãos se desintegram nas minhas entranhas. — Tipo isso.

— Você e o meu irmão, hein?

Sinto a cabeça inteira incinerar. Cinzas de cérebro queimado se espalham pela neve.

— Ai, meu Deus.

Os ombros de Andrew se mexem quando ele ri.

— Vocês dois aí! Dando umas escapadas!

— Andrew... não é nada, eu não...

— Não, não. Tudo bem. Quer dizer, não é surpresa para ninguém, né? — Ele se afasta para olhar para o meu rosto. — Ei, relaxa. Vocês dois são adultos.

Solto um grunhido, enfiando o rosto entre as mãos. Ele não entende e, pior, ele *não* liga.

Seu tom suaviza, como que para pedir desculpas.

— Não achei que você ficaria tão apavorada. Só estava brincando. Quer dizer, para ser sincero, eu imaginava que era só uma questão de tempo até você e o Theo...

— Andrew, não. — Olho em volta, já desesperada. Seria ótimo descobrir uma saída de emergência secreta agora. Mas o que vejo é só um reflexo prateado vindo da manga do blusão de Natal horroroso e engraçado de Andrew, pendurado para fora da lata de lixo. A Missô, que é o cão da raça corgi dos Hollis, pegou a blusa na véspera de Natal e a Lisa deve ter resolvido que era impossível salvá-la. Entrar no lixo agora não seria uma má ideia. — Não foi isso que aconteceu entre a gente.

— Ei. Tá tudo bem, Maisie. — Percebo que ele ficou surpreso com o meu susto e coloca a mão tranquilizadora no meu braço, não entendendo bem o meu chilique. — Não vou contar para ninguém.

Sinto a humilhação e a culpa surgirem na minha garganta.

— Não... acredito que ele... te contou.

— Ele não contou — Andrew diz. — Eu voltei para casa ontem à noite porque tinha deixado o celular na cozinha, aí vi vocês dois.

Andrew *viu* a gente? Sério, alguém me mate, por favor.

— Qual é, não precisa ficar tão preocupada por causa de uns beijos. Lembra que a minha mãe fica mudando o ramo de visco[1] de lugar na casa todos os dias. Metade deste grupo já se beijou em algum momento. — Ele me dá um cascudo na cabeça e, como se fosse possível piorar, minha humilhação só aumenta. — O meu pai pediu para eu vir te chamar para o café da manhã. — Ele dá um soquinho de brincadeira no meu ombro, um gesto entre amigos. — Eu só queria pegar um pouco no seu pé.

Dando uma piscadela, Andrew se vira e entra na casa, e eu fico ali, tentando encontrar a minha sanidade.

Dentro de casa, músicas natalinas ainda tilintam pelo ar. A sala de estar agora está repleta de vestígios do Natal: uma pilha de caixas de papelão amassadas, sacos de lixo cheios de papel de presente e caixas de plástico abarrotadas de fitas dobradas para serem reaproveitadas no próximo ano. As malas foram enfileiradas ao lado da porta da frente. Enquanto eu estava surtando do lado de fora, a cozinha virou um alvoroço e, pelo visto, perdi uma cena engraçadíssima do papai e do Aaron sendo pegos juntos debaixo do visco viajante da Lisa.

O café da manhã está a todo vapor: mamãe misturou sobras de tender, ovos, batata e tudo o que havia na geladeira para preparar uma caçarola. Lisa tirou um pão de centeio do armário e o Ricky encheu os pratos com pilhas de panquecas e bacon. O grupo todo está lento, depois de nos empanturrarmos por dois dias com calorias suficientes para um mês inteiro, mas também sei que estamos nos movendo sem pressa porque é a nossa última manhã juntos. Eu não sou a única pessoa desta casa apavorada com a ideia de voltar para a rotina entediante do trabalho das nove às cinco.

---

[1] A tradição norte-americana de mover o ramo de visco pela casa na época de Natal está associada ao costume de que, quando alguém se encontra debaixo do visco, espera receber um beijo de outra pessoa próxima. É também um gesto divertido, visto como uma oportunidade para novos casais se beijarem ou para as pessoas trocarem gestos afetuosos, trazendo um aspecto romântico às celebrações natalinas (N. T.).

Daqui a poucas horas, eu, a mamãe, o papai e o Miles vamos colocar as malas no carro e ir até o aeroporto. Vamos pegar um voo até Oakland juntos e, ao desembarcar, cada um vai para um lado. Victor, o novo marido da mamãe, já terá voltado da viagem anual com suas duas filhas adultas e estará esperando a mamãe com flores e beijos. Papai irá sozinho de carro para o seu apartamento próximo à universidade. Devemos ficar semanas sem vê-lo.

E, na segunda-feira, vou voltar para um emprego que eu não tenho coragem de largar. Vou voltar para a vida de que eu *queria* gostar, mas não gosto. Bem na hora certa, o meu celular vibra com um lembrete para enviar por e-mail uma planilha de demonstração de resultados financeiros para a minha chefe amanhã de manhã. Não abri o meu notebook desde que chegamos aqui. Acho que já sei o que vou fazer no caminho até o aeroporto. Só de pensar nisso, sinto todas as células do meu corpo ficarem cabisbaixas.

Todos se ajeitam em volta da mesa, diante de travessas fumegantes de comida.

É proibido usar celular durante as refeições, mas o Miles e seus grandes olhos castanhos sempre conseguem se safar e ninguém quer se aborrecer em uma discussão com o Theo, que está com o nariz enfiado no Instagram, curtindo fotos e mais fotos de modelos, carrões e golden retrievers. Ele ainda não está olhando para mim. Não está conversando comigo. Para ele, eu nem estou aqui.

Percebo que o Benny está me observando com aquele seu jeito gentil e perceptivo, e meu olhar encontra o dele por poucos segundos. Torço para que ele leia a mensagem silenciosa: O ANDREW ME VIU BEIJANDO O THEO E AGORA EU SÓ QUERO AFUNDAR NO CHÃO.

Kyle cantarola enquanto se serve de café. Ele deve ter um anjo da guarda antirressaca em algum lugar, sofrendo por todos os seus pecados, porque mesmo depois de toda a bebedeira da noite passada, ele ainda parece estar pronto para subir em um palco da Broadway e dançar até semana que vem. Por outro lado, seu marido, o Aaron, não bebeu nem um gole, e ainda assim parece acabado. Ele está passando por uma crise de meia-idade.

Parece que tudo começou quando um amigo deles comentou que o cabelo do Aaron estava quase todo grisalho, mas *bonito para um cara daquela idade.* Kyle jura que foi com a melhor das intenções, mas para o Aaron não fez diferença. Ele pintou o cabelo com um preto tão forte que a sua cabeça parece formar um buraco em qualquer lugar em que ele entra. Ele passou a maior parte da viagem malhando como um alucinado e fazendo caretas na frente do espelho. Aaron não está sofrendo de ressaca, mas ele mal consegue erguer uma xícara por causa das milhares de flexões que fez ontem.

Kyle então se vira e examina toda a casa.

— Que clima estranho é esse? — ele pergunta, se sentando no seu lugar de sempre.

— Olha, eu tenho um palpite — Andrew diz, abrindo um sorriso largo e malicioso para o irmão, e eu quase me engasgo com o café. Benny fica atento.

Por fim, Theo olha para mim e, cheio de culpa, desvia o olhar.

É isso mesmo, seu babaca, eu estou bem aqui.

Ricky pigarreia e segura a mão de Lisa. Ai, Senhor. Será que eles também sabem? Se a Lisa contar para os meus pais, a minha mãe vai dar nome para os netos antes de chegarmos à garagem.

— Talvez seja por nossa culpa — Ricky diz devagar. — Eu e a Lisa temos uma notícia para dar para vocês.

O leve tremor nervoso na sua voz faz meus calmos batimentos dispararem. Será que o melanoma da Lisa voltou?

De repente, uns amassos no vestíbulo parecem não ter a menor relevância.

Ricky pega um prato de bacon e o passa pela mesa. Lisa faz o mesmo com a caçarola. Mas ninguém se serve. Só passamos os pratos para o próximo, sem querer nos comprometer a comer até saber qual é o nível de devastação que nos espera.

— A empresa está bem — Ricky nos tranquiliza, olhando nos nossos olhos. — E ninguém está doente. Não tem nada a ver com isso, não se preocupem.

Nós todos soltamos um suspiro de alívio, mas então vejo o papai, por instinto, segurar na mão da mamãe e é então que eu me dou conta. Só existe uma coisa que valorizamos tanto quanto a saúde das pessoas que amamos.

— Mas este chalé aqui está velho — Ricky diz. — Está velho e todos os meses tem alguma coisa diferente para trocar.

Sinto um nó quente no peito.

— Queríamos que vocês soubessem que esperamos continuar passando o Natal juntos, como fazemos há trinta anos.

Ele pega de novo o prato de bacon intocado que volta para ele e devagar o coloca na mesa. Ficamos todos imóveis, até os gêmeos de cinco anos de idade do Aaron e do Kyle — Kennedy abraça os joelhos no peito, com um band-aid de ursinho apertado no joelho arranhado, e o Zachary aperta o braço da irmã —, com medo do que virá em seguida:

— Mas vamos ter que bolar um novo plano. Eu e a Lisa decidimos vender o chalé.

3

Pense na música mais depressiva de todos os tempos. Preferiria ouvir isso a ficar naquele silêncio mórbido dentro do carro alugado em que estamos eu, Miles, a mamãe e o papai, enquanto saímos da entrada de veículos coberta de neve para a rua principal.

A mamãe chora baixinho no banco do passageiro. O papai tamborila as mãos no volante, como se não soubesse direito o que fazer com elas. Acho que quer consolar a mamãe, mas ele também parece estar precisando de consolo. Se eu já sinto que o chalé é tudo para mim, não é nada comparado às lembranças que eles devem ter. Eles vinham aqui desde que eram recém-casados e depois começaram a trazer eu e o Miles ainda bebês.

— Mãe. — Eu me inclino para a frente, colocando a mão no seu ombro. — Vai dar tudo certo. Vamos ver todo mundo no próximo ano.

Seus soluços baixinhos se transformam em um choro, e o papai aperta o volante com as mãos. Eles se divorciaram depois de quase um quarto de século de casamento. O chalé é o único lugar em que eles se dão bem. Na verdade, é o único lugar em que eles se deram bem. Lisa é a melhor amiga da mamãe. O Ricky, o Aaron e o Benny são os únicos amigos que o papai tem fora do hospital. Papai abriria mão da própria casa, da guarda unilateral do Miles e de uma parte do seu salário todos os meses, mas não abriria mão do Natal no chalé. Para a mamãe, também era importante. As filhas do Victor adoravam passar um tempo com o pai e, de algum jeito, conseguimos manter uma paz frágil. Será que isso vai durar se tivermos que ir a um novo lugar, sem lembranças felizes ou âncoras de nostalgia?

Olho para o meu irmão e me pergunto como deve ser passar a vida com essa inocência feliz. Ele está de fones de ouvido, cantarolando uma música animada e otimista.

— Eu não quis surtar na frente da Lisa. — A mamãe soluça, procurando um lenço de papel na bolsa. — Ela também estava arrasada, você não percebeu, Dan?

— É… bom, pois é. — Ele hesita. — Mas ela também deve estar se sentindo aliviada por tomar essa decisão difícil.

— Não, não. Isso é péssimo. — Mamãe assopra o nariz. — Ai, coitada da minha amiga.

Estendo a mão e dou um peteleco na orelha do Miles.

Ele estremece e se afasta.

— Que porra é essa?

Aponto com a cabeça para a mamãe, como que dizendo: *Fale alguma coisa para ajudar, seu idiota.*

— Ei, mãe, tá tudo certo. — Ele dá um tapinha sem jeito no ombro dela, sem nem se dar ao trabalho de desligar a música. Ele mal tira os olhos da tela do celular para olhar para mim, como que em resposta: *Tá bom assim?*

Eu me viro para a janela e solto um suspiro controlado, tentando não deixar ninguém me ouvir.

Antes de partirmos, Lisa tirou uma foto do grupo, provavelmente a última, e conseguiu cortar o topo da cabeça do pessoal que ficou atrás, e depois tivemos uma sessão de lágrimas e abraços, promessas de que nada mudaria. Mas nós todos sabemos que é mentira. Mesmo tendo prometido passar o Natal juntos, para onde iríamos? Para o apartamento de dois quartos do Aaron e do Kyle, em Manhattan? Para o apartamento do Andrew em Denver? Para a casa da mamãe e do Victor, que antes era a casa da mamãe e do papai? Seria bizarro! Ou quem sabe a gente não possa se espremer no trailer do Benny, em Portland?

Meu cérebro solta uma lágrima histérica.

A gente pode alugar uma casa em algum lugar, e chegaremos com malas e sorrisos, mas tudo vai parecer diferente. Não vai haver neve o suficiente, ou o jardim não vai ser grande o bastante, ou talvez nem tenha jardim. Será que vamos decorar uma árvore? Será que vamos escorregar na neve? Será que vamos dormir na mesma casa? Achei que a minha infância terminaria pouco a pouco, e não com essa corrida acelerada na direção de uma parede com um escrito em letras garrafais: *Fim de uma era.*

Mamãe suspira e se vira depressa para nos encarar, interrompendo meu giro mental. Ela coloca a mão na perna do Miles e dá uma batidinha carinhosa.

— Obrigada, querido. — E depois na minha. Suas unhas estão pintadas com um esmalte fúcsia e a aliança brilha com a luz da manhã.

— Me desculpa, Mae. Eu estou bem. Você não precisa cuidar de mim.

Sei que ela está tentando ser mais consciente em relação à carga emocional que tende a colocar em mim, mas a vulnerabilidade que ela demonstra é como uma lança no meu peito.

— Eu sei, mãe, mas não tem problema se você ficar triste.

— Eu sei que você também está triste.

— Eu também estou — o papai resmunga. — Caso alguém queira saber.

O silêncio que se segue a essa frase é do tamanho de uma cratera na lua.

Os olhos da mamãe se enchem de lágrimas.

— Tantos anos que passamos lá.

O papai repete como um eco vazio.

— Tantos anos.

— Pensar que nunca mais vamos voltar. — Mamãe leva a mão ao peito e olha para mim por cima do ombro. — O que tiver que ser, será.

Ela pega minha mão e sinto que vou trair o papai se aceitar o gesto e que vou trair a mamãe se não aceitar. Então aceito, mas meu olhar se encontra por um instante com o dele pelo espelho retrovisor.

— Estou vendo você aí pensativa, Mae, e quero que saiba que não é a sua obrigação fazer com que todo mundo fique feliz no ano que vem e nem garantir que a mudança seja tranquila.

Sei que minha mãe acredita nisso, mas é mais fácil falar do que fazer. Passei a vida toda tentando manter a paz entre nós na medida do possível.

Aperto sua mão e solto para que ela possa se virar.

— A vida é boa — mamãe afirma em voz alta. — O Victor está bem, as meninas estão crescidas, têm os filhos delas. Olhem para os nossos amigos. — Ela abre as mãos. — Todos estão bem de vida. Os meus dois filhos estão bem de vida.

É assim que eu estou? *Bem de vida*? Como o amor de mãe é cego.

— E você, Dan? Também está bem, não está?

O papai dá de ombros, mas ela não olha para ele.

Ao meu lado, Miles balança a cabeça, ouvindo música.

— Talvez seja hora de experimentar algo diferente — papai diz com cuidado. Olho para ele pelo retrovisor. — Uma mudança pode ser algo bom.

Como é? Mudar nunca é bom. Mudança foi o que aconteceu quando o papai trocou de especialidade médica, quando eu tinha cinco anos, e nunca mais ficou em casa durante o dia. Mudança foi o que aconteceu quando a minha melhor amiga mudou de cidade na oitava série. Mudança foi o que aconteceu quando eu cortei o cabelo bem curtinho no segundo ano do ensino médio. Mudança foi o que aconteceu quando eu me mudei para Los Angeles, percebi que foi um passo maior do que a perna e tive que voltar para a casa da minha mãe. Mudança foi o que aconteceu quando eu beijei um dos meus amigos mais antigos porque estava bêbada.

— É uma questão de ponto de vista, não é? — ele diz. — Sim, pode ser que o Natal seja diferente, mas as partes importantes vão permanecer.

O chalé é a parte importante, penso e respiro fundo.

Ponto de vista. Tá bom. Temos saúde. Temos uns aos outros. Temos uma situação financeira confortável. Ponto de vista é algo positivo.

Mas ponto de vista também é algo traiçoeiro que foge do meu alcance. O chalé! À venda! Beijei o Theo, mas queria ficar com o Andrew! Odeio o meu emprego! Estou com vinte e seis anos e tive que voltar para casa! Miles se candidatou a universidades de todo o país e provavelmente vai ter uma casa própria antes de eu conseguir sair do meu quarto de menina!

Se eu morresse hoje, o que escreveriam sobre mim? Que sou obcecada em manter a paz entre as pessoas? Que consigo criar uma planilha decente? Que amo arte? Que nunca consegui de fato entender o que queria fazer da vida?

Abstraindo do som da música de Judy Garland tocando no rádio, fecho os olhos e faço um apelo silencioso: *Universo, o que estou fazendo da vida? Por favor. Eu quero...*

Nem sei como terminar a frase. Quero ser feliz e fico apavorada com a ideia de que o caminho que estou tomando vai me deixar infeliz e sozinha.

Então eu simplesmente peço ao universo: *Dá para me mostrar o que vai me fazer feliz?*

Encosto a cabeça na janela e a minha respiração faz o vidro embaçar. Quando ergo a mão para limpar, tomo um susto ao ver uma guirlanda de Natal suja, decorada com um laço igualmente encardido. Uma buzina estridente, um borrão verde acelera na direção do nosso carro.

— Pai! — grito.

Tarde demais. Meu cinto de segurança trava e somos atingidos na lateral. Metais explodem e vidros estilhaçam em um impacto caótico. Tudo que estava solto no carro vai para o ar e, de alguma forma, vejo os objetos que estavam dentro da minha bolsa caírem e flutuarem com uma lentidão surreal enquanto capotamos. O rádio ainda toca: *Through the years, we all will be together, if the fates allow...*

Tudo fica preto.

4

Esticando o braço para o lado para me preparar para o impacto, acordo em um sobressalto. Mas a porta do carro não está aqui, nem a janela. Acabo estapeando o rosto do meu irmão.

Ele solta um gemido áspero e segura o meu braço.

— Pô, cara. Tá maluca, Mae?

Eu me levanto, tentando me livrar do cinto na minha cintura, apertando a cabeça e já esperando encontrar sangue. Tudo seco. Suspiro outra vez, com a respiração ofegante. Meu coração parece subir feito uma britadeira até a minha garganta, quase saltando para fora do meu corpo.

Calma. O Miles está à minha direita. Mas no carro ele estava à minha esquerda. Estendo o braço, seguro seu rosto nas mãos e o puxo para mais perto.

— O que você tá fazendo? — ele resmunga encostado no meu ombro.

Eu me sinto tão aliviada por ele não estar morto que nem me importo com o seu cheiro forte de desodorante. Por *eu* não estar morta. Por nós todos...

— Não estamos no carro — digo, soltando-o abruptamente.

Olho de um lado para o outro, procurando feito louca. Estou tão confusa que vejo uma luz forte e clara. Ouço o ruído branco de um motor, de um fluxo de ar. O ar está seco, reciclado e quente. Vejo fileiras e mais fileiras de cabeças à minha frente, algumas se viram para olhar para o tumulto atrás delas.

Eu sou o tumulto atrás delas.

Não estamos no carro. Estamos em um avião. Estou no assento do meio, Miles está no corredor e o estranho no assento da janela está tentando fingir que eu não acabei de acordar em pleno surto.

A confusão faz as minhas têmporas latejarem.

— *Onde* estamos? — pergunto para o Miles. Nunca me senti tão desorientada assim. — A gente estava no carro. Houve um acidente. Eu desmaiei? Eu fiquei em coma?

E se fosse isso, quem me trouxe até aqui? Estou tentando imaginar os meus pais me transportando, inconsciente, pelo aeroporto e me carregando até o assento. Não consigo imaginar nada disso. O meu pai, um médico cuidadoso; a minha mãe, com toda a sua superproteção e preocupação.

Miles olha para mim e, devagar, tira o fone de um ouvido.

— O quê?

Resmungando, desisto do meu irmão e me inclino na direção do meu pai, que está soltando o próprio cinto do outro lado do corredor.

— O que houve, pai?

Ele se aproxima e se agacha ao lado do assento do Miles.

— O quê?

— O acidente de carro.

Ele olha para o meu irmão e em seguida de volta para mim. Seu cabelo e sua barba são grisalhos, mas suas sobrancelhas ainda são escuras e vão aos poucos se erguendo até o meio da testa. Ele parece bem, sem nenhum arranhão visível.

— Que acidente, Chuchu?

Que acidente?

Eu me recosto no assento e fecho os olhos, respirando fundo. *O que está acontecendo?*

Mais uma tentativa. Tiro os fones de ouvido do Miles.

— Você não se lembra do acidente de carro, Miles? Quando saímos do chalé?

Ele recua e lança um olhar de ligeira repugnância para a minha histeria mal contida.

— Estamos no avião, indo para Salt Lake. Como assim "quando saímos do chalé"? A gente nem chegou lá ainda. — Ele se vira para o papai, erguendo as mãos. — Juro que ela só tomou um refrigerante.

Estamos indo para Salt Lake?

— Tinha uma caminhonete — digo, me esforçando para lembrar. — Acho que estava carregada de... árvores de Natal.

— Deve ter sido um sonho estranho — o papai diz ao Miles, como se eu não estivesse sentada ali, e volta ao seu assento.

Um sonho. Concordo com um gesto, como se fizesse sentido, mesmo sabendo que não faz. E não faz. As férias não foram um sonho. Mas o Miles não costuma ser uma boa fonte de informações nem sob circunstâncias normais e o papai já voltou para as palavras cruzadas. A mamãe está dormindo no assento do corredor em frente ao papai e, de onde estou sentada, vejo que sua boca está um pouco aberta e o pescoço, inclinado de um jeito estranho.

No que eu estava pensando logo antes da batida? Acho que no Natal. Ou no meu trabalho? Eu estava olhando para fora da janela do carro.

O carro.

Aquele em que, pelo visto, não estamos mais.

Ou será que nunca estivemos?

Pego a bolsa debaixo do assento à minha frente, tiro o meu celular e ativo a tela.

Segundo o calendário, hoje é 20 de dezembro. Mas hoje de manhã era 26 de dezembro.

— Nossa. — Eu me recosto, olhando em volta. A sensação de pânico pressiona os cantos dos meus olhos, deixando o mundo preto e distorcido.

Respira, Mae.

Você tem a cabeça fria. Você já enfrentou outras crises. Você é a responsável financeira de uma organização não governamental em dificuldades, caramba. Crises SÃO o seu trabalho. PENSE. Quais são as possíveis explicações para isso?

Primeira: eu morri e estou no purgatório. Uma possibilidade se acende na minha mente: talvez sejamos todos personagens de *Lost*, uma série da qual, uns anos atrás, o papai e o Benny ficavam falando mal por horas enquanto estavam bêbados. Se este avião nunca pousar, acho que saberei o porquê. Ou se pousar em uma ilha, acho que também terei uma resposta. Ou se explodir no ar...

Isso não está ajudando. Vamos à próxima teoria.

Segunda: o papai tem razão e eu tirei uma soneca monstruosa e acabei sonhando com tudo que aconteceu na semana no chalé. Lado bom: eu nunca beijei o Theo. Lado ruim... qual é o lado ruim mesmo? Não ter que voltar ao trabalho na segunda-feira, poder repetir a minha semana preferida de férias, sem a parte da besteira que eu fiz? E talvez os Hollis nem estejam colocando o chalé à venda! Mas a questão é que não parece ter sido um sonho. Sonhos são confusos e distorcidos, e os rostos não são precisos, ou os detalhes não se alinham de forma sequencial. Parecem mesmo seis dias de lembranças verdadeiras, abarrotadas com total clareza na minha cabeça. Além disso, se eu tivesse que dar uns beijos em alguém em um sonho, não seria no Andrew? Acho que nem a Mae Sonhadora é lá tão sortuda.

Miles me olha quando eu solto uma risada alta e ele franze a testa ainda mais.

— O que deu em você?

— Não tenho a mínima ideia de como responder à sua pergunta.

Ele volta a olhar para o celular, já se esquecendo do assunto.

— Só para confirmar: estamos indo para Salt Lake, não estamos? — pergunto.

Meu irmão me dá um sorrisinho cético.

— Você é tão estranha.

— Tô falando sério. Estamos indo para Salt Lake City?

Ele franze a testa.

— Estamos.

— E depois para Park City?

— Sim.

— Para passar o Natal?

Ele confirma com um gesto devagar, como se estivesse interagindo com uma criatura lesada.

— Sim, para o Natal. Tinha *alguma coisa* naquele copo além de refrigerante?

— Nossa — repito e rio. — Pode ser que sim.

5

Fico molengando atrás da minha família, desde a ponte de desembarque até a retirada de bagagens, o que me rende alguns olhares impacientes, mas tudo chama a minha atenção. Um bebê chorando no portão ao lado. Um homem de meia-idade falando alto ao celular. Um casal discutindo na fila do café. Um menininho brigando para tirar um casaco azul pesado.

Não consigo me livrar da sensação de *déjà-vu*, como se eu já tivesse estado aqui antes. Não só neste aeroporto, mas *aqui,* neste exato momento. Na base da escada rolante que leva à retirada de bagagens, um homem derruba um refrigerante na minha frente, e eu paro a tempo, quase como se soubesse que isso ia acontecer. Uma família com uma faixa de boas-vindas passa por mim, e eu me viro para observá-la por alguns instantes.

— Juro que já vi isso antes — digo para o Miles. — Aquela família ali atrás com a faixa.

Sua atenção se volta para além de mim por alguns segundos e, com desinteresse, torna a olhar para a frente.

— Estamos em Utah. Todas as famílias aqui trazem uma faixa de boas-vindas. É uma terra de missionários, tá ligada?

— Claro — digo, vendo-o se afastar. Claro.

Como andei muito devagar por todo o percurso desde o portão de desembarque até a retirada de bagagens, as nossas malas são as únicas que ficaram rodando pacientemente pela esteira. Papai pega todas e as empilha no carrinho, enquanto a mamãe segura o meu rosto com as duas mãos.

Seu cabelo escuro está ondulado e jogado para um lado. Seus olhos estão apertados de preocupação.

— O que deu em você, querida?

— Não sei.

— Está com fome? — Ela olha bem para os meus olhos. — Quer um analgésico?

Não sei o que dizer para ela. Não estou com fome. Não estou com nada. Sinto como se estivesse flutuando pelo terminal, olhando para coisas que eu jurava que já fossem lembranças dentro da minha cabeça.

        *   *   *

Meu estômago revira quando vejo todo mundo na entrada do chalé, acenando para o nosso carro. Tenho certeza de que vi esta cena seis dias atrás, no dia 20 de dezembro. Lembro que fomos os últimos a chegar. Os horários de voos estavam complicados, então o Kyle, o Aaron e os gêmeos vieram na sexta-feira à noite. Também lembro que o Theo e o Andrew chegaram antes do que de costume.

Os pneus do carro param, fazendo um barulhão ao lado da gigante caminhonete alaranjada do Theo e nós saímos do mesmo Toyota RAV4 que com certeza deu perda total no acidente que não aconteceu. Somos logo engolidos por abraços de todos os lados. Kyle e Aaron fazem um sanduíche comigo. Os gêmeos, Kennedy e Zachary, se enrolam envolta das minhas pernas. A distância, Benny espera pacientemente um abraço e eu lanço um pedido não verbal de ajuda.

O meu cérebro não consegue processar o que está acontecendo. Será que eu perdi um ano todinho? Falando sério, quais são as chances de eu estar morta de verdade? A minha versão do paraíso seria o chalé, então como eu poderia saber? Se estivesse em coma, será que eu sentiria o ar gelado do inverno no rosto?

Olho para as árvores atrás da Lisa, procurando uma câmera escondida. *Surpresa!*, eles gritariam juntos. Todo mundo começaria a rir da pegadinha bem elaborada. *Você caiu direitinho, não foi, Mae?*

Com todo esse tumulto mental, antes de conseguir pensar em como vai ser olhar para o Theo, sou erguida em um abraço de urso. A sensação é como se eu estivesse assistindo de alguns passos de distância.

— Sorriam! — Lisa tira uma foto e o flash me cega por um momento. — Ai, droga — ela resmunga, fazendo uma careta ao ver a imagem na telinha. Tenho certeza de que o meu rosto foi cortado pela metade na foto, mas ela parece achar que a foto está boa, porque guarda o celular de volta no bolso.

Quando o Theo me coloca no chão, seu sorriso vai se desfazendo. Será que os nossos amassos no vestíbulo chegaram a acontecer mesmo? E o que a minha expressão está dizendo agora? Sinto vontade de colocar a mão no rosto para saber.

— O que foi, esquisitona? — ele diz, rindo. — Parece que você esqueceu o meu nome.

Por fim, deixo escapar um sorriso.

— Ah. Oi, Theo.

— Ela deve estar chocada com o seu cabelo. — Minha atenção é atraída para atrás do Theo, onde Andrew está parado e esperando pacientemente por um abraço. Isso. Isso sim é a minha versão definitiva do paraíso.

Mas então assimilo as palavras do Andrew e percebo que todo mundo está vendo o novo corte de cabelo do Theo só agora. Eu já tinha visto há quase uma semana.

— É, *caramba* — gaguejo. — Olha só para ele. Quando foi que você cortou?

Distraída, dou um abraço apertado no Andrew. A minha cabeça está girando tanto que, a princípio, não consigo me dar conta da felicidade que é ter o corpo dele contra o meu. Andrew tem pernas e braços longos e um corpo definido e musculoso. Sua barriga é uma tábua firme e lisinha, mas se molda ao meu corpo quando ele me aperta, me atingindo com seu cheiro, uma mistura de eucalipto com amaciante de roupa.

— Ei. — Ele ri, baixinho, perto do meu cabelo. — Você tá bem?

Balanço a cabeça, permanecendo no abraço por mais tempo do que estritamente necessário para um cumprimento, mas ele não parece se opor, e não consigo mandar o comando certo do meu cérebro para os músculos se soltarem.

Preciso desta âncora física e aconchegante.

O meu tronco vai aos poucos relaxando, o meu pulso estabiliza, e eu o solto, apertando os olhos de surpresa ao vê-lo se afastar e perceber que o seu rosto está corado.

— Semana passada. — O Theo passa a mão na cabeça, abrindo seu sorriso largo e mostrando os dentes grandes.

— Semana passada o quê? — Tiro os olhos do rosto ruborizado do Andrew.

— Meu cabelo — o Theo diz, rindo para mim. — Cortei na semana passada. Gostou?

E não há nenhum traço de estranheza na sua voz. Nada na sua expressão indica que ele está ciente de que nós, sabe como é, enfiamos a língua na boca um do outro.

— Sim, sim, ficou ótimo. — Não estou conseguindo ser nada convincente. — Ótimo *mesmo*.

O Theo franze a testa. Ele é movido a elogios.

Olho para o Benny, que está com o Zachary, desenhando alguma coisa na neve com um galho. A minha voz sai tremida.

— Ei, Benizinho.

Ele sorri e vem correndo na minha direção.

— Aí está a minha Chuchu!

Isso. Benny. Era dele que eu precisava. Me agarro a ele como se ele fosse um cipó enraizado e eu estivesse pendurada sobre um precipício, e sussurro com urgência em seu ouvido:

— Preciso falar com você.

— Agora? — Seu cabelo macio roça no meu rosto. Sinto o cheiro daquele xampu natureba de ervas que ele usa desde que o conheço.

— Sim, *agora*.

O Benny me coloca no chão e me sinto desnorteada, com a visão periférica rodando e me deixando tonta. Só percebo que estou caindo para o lado quando ele me segura.

— Ei, ei. Tá tudo bem?

A mamãe vem correndo até mim e coloca a mão na minha testa.

— Você está quente. — Ela aperta com cuidado o meu pescoço, procurando glândulas inchadas. — Você bebeu água hoje?

Lisa se aproxima e elas trocam um olhar preocupado.

— Como ela está pálida.

Meu irmão tira os olhos do celular.

— Ela estava toda estranha no avião.

— Ela teve um *pesadelo* no avião — o papai corrige, repreendendo.
— Vamos entrar.

Ele chega por trás de mim e passa o braço pela minha cintura.

— Será que vocês podem parar de falar de mim como se eu não estivesse aqui?

Enquanto subimos os largos degraus da entrada, olho para trás e vejo o Andrew. Nossos olhares se cruzam e ele me dá um sorriso meio descontraído, meio preocupado. Está usando aquele blusão horroroso prateado que ele tanto adora, o mesmo que ele veste no primeiro dia das férias todos os anos.

O mesmo que a Missô estragou uns dias atrás.

No instante em que esse pensamento me vem à mente, Missô vem correndo. Em um lampejo de *déjà-vu*, grito:

— Cuidado, Kennedy!

Mas é tarde demais: a cadelinha passa correndo pelo meio das pernas dela e a derruba na soleira. Kennedy desata a chorar.

Entorpecida, olho para baixo e vejo Aaron e Kyle examinando o queixo e os cotovelos da Kennedy. Isso já aconteceu antes. Ouço um zumbido no ouvido. Hoje de manhã, olhei para Kennedy na mesa da cozinha e vi o band-aid de ursinho já gasto cobrindo o machucado no seu joelho.

— O joelho. — Estou surtando agora. — Ela ralou o...

Kyle levanta uma perna da calça e olha para trás, impressionado. O sangue ainda não passou pelo tecido, mas do corte saem grandes gotas vermelho-vivas.

— Como você sabia?

A risada que sai de mim beira a histeria.

— Não faço ideia!

Entramos na casa. Kyle leva a Kennedy ao banheiro para limpar o machucado e eu sou conduzida até um banco na mesa da cozinha.

— Pega uma água para ela — Lisa sussurra para o Andrew, que me traz um copo e deixa na minha frente com tanto cuidado que parece que a mesa vai quebrar. Olho para baixo e vejo que ele colocou um monte de gelo, bem como eu faria se tivesse me servido.

Ergo o copo e, ouvindo o barulhinho dos gelos tilintando, tomo um gole.

— Tá bom, pessoal, parem de olhar para mim. — Ninguém se mexe. A mamãe se aproxima e começa a massagear a minha mão livre. — Sério, vocês estão me assustando.

Quando todo mundo tenta achar outra coisa para fazer no espaço reduzido da cozinha, olho para o Benny e arregalo os olhos: *Precisamos conversar.*

Como um míssil guiado por calor, a minha atenção se volta para o Andrew, que atravessa a cozinha e rouba um chocolate do calendário do Advento. Ele olha para mim ao colocar um pedaço na boca e dá de ombros, fingindo culpa. Perto dele, o papai se encosta no balcão e fica me olhando com aquele olhar de pai preocupado, até que ele enxerga um prato cheio de biscoitos ao seu lado.

Meu estômago embrulha. Ele vai pegar um, e vai morder, e...

Um barulho horroroso de algo quebrando ecoa pelo ambiente.

— Meu Deus — ele diz, enfiando um dedo na boca. — Quebrei o meu molar.

AI, MEU DEUS.

Lisa fica pálida.

— Dan! Não. Essa não. Foram os...

Todo mundo tenta tranquilizá-la, dizendo que *É claro que não foi o biscoito que quebrou o dente dele* e *Ah, estava meio duro, mas muito gostoso.* Andrew pega outro pedaço de chocolate. E eu aproveito o tumulto para sair da cozinha e tomar uma rajada de ar fresco fora de casa.

6

Do lado de fora, consigo respirar.

Inspiro, expiro.

Inspiro fundo, expiro devagar.

Não foi um sonho.

Eu viajei no tempo. Seis dias atrás.

Já vi histórias parecidas em livros e filmes: alguém sofre um acidente e volta com superpoderes. Capacidade de voar, superforça, supervisão.

Caramba, eu deveria ter prestado atenção nos números da loteria da semana passada.

Rio ao pensar nisso e a minha respiração condensa no ar frio. *Você está perdendo a cabeça, Mae.*

Olhar para as árvores alinhadas e para o brilho da neve é o mais perfeito amortecedor da natureza. Na época de Natal, é tudo tão lindo aqui nas redondezas de Park City. Eu deveria pegar o meu caderno e desenhar esta cena. Talvez assim eu consiga acalmar os nervos em frangalhos.

A casa do vizinho está mais escondida pela folhagem do que costumava ser quando eu era criança, o que cria uma sensação agradável de isolamento invernal no chalé dos Hollis. Uma cerca de madeira envolve os dois lados do terreno e o bosque de pinheiros que já foram da altura do papai agora ultrapassa a altura da garagem. Theo uma vez me desafiou a fazer xixi no bosque e depois ficou tão bravo por eu ter conseguido — de pé, devo acrescentar — que ele roubou a minha calça e saiu correndo para dentro de casa. Naquele mesmo inverno, eu e o Andrew construímos um iglu no jardim ao lado da casa e juramos que dormiríamos lá dentro, mas só conseguimos ficar dez minutos antes de desistirmos.

A vista ajuda a desacelerar o meu coração e clarear a névoa da minha mente até que eu consigo, enfim, respirar fundo, contar até dez e soltar uma baforada quente e demorada de fumaça.

— Mas que *merda* é essa? — sussurro sozinha e caio na risada de novo.

— Era o que eu ia falar.

Levo um susto tão grande que, quando giro o braço esquerdo para o lado, consigo derrubar a caneca de chocolate quente do Andrew da mão dele para fora da varanda. Nós dois acompanhamos com o olhar a curva que a caneca faz no ar, indo parar em um montinho de neve. O líquido quente derrete o neve fofa, formando uma nuvem de vapor, o que faz com que a caneca branca de unicórnio que fiz para ele quando eu tinha quinze anos — e que é a sua caneca preferida no chalé — afunde, sumindo de vista. Mal sabe ele que eu pintei as palavras *Mae + Andrew* em branco no fundo da caneca antes de cobrir todo o fundo com uma tinta rosa-chiclete.

— Nossa. Tá bom, né? — Ele se vira, se encosta no corrimão da varanda para olhar para mim. — Vim aqui para perguntar por que você estava tão estranha, mas estou vendo que preciso conjugar esse verbo no presente.

Tenho tantas perguntas sobre o que diabos está acontecendo que o meu fluxo de pensamentos simplesmente se transformou em ruído branco estático.

— Você está olhando para mim como se não soubesse onde está. — Andrew dá um passo à frente. — Queria te encher o saco, mas agora estou preocupado de verdade que você possa ter batido a cabeça e não tenha contado para a gente.

— Eu só estou meio avoada hoje.

Ele sorri e, para o meu deleite, seu par perfeito de covinhas entra em cena. Pressionando os dedos juntos no peito, ele diz:

— Eu me chamo Andrew Polley Hollis, que é a pior combinação de sobrenomes que um garoto da sétima série poderia ter. Você pode me chamar de "Mandrew". Eu trabalho com equipamentos de som e moro em Red Rocks. O meu irmão mais novo é meio babaca. Sou o único homem do planeta que não gosta nem de uísque nem de cerveja. Eu e você brincávamos de vampiros quando éramos crianças e não percebíamos que as marcas que deixávamos um no pescoço do outro eram chupões. — Ele faz um gesto com a mão, apontando para o próprio corpo. — Um metro e oitenta e oito de altura. Uns oitenta quilos. Ariano. Isto aqui — ele aponta para a cabeça cheia de cachos — é natural e uma bagunça constante.

— O cabelo tem vida própria? — Sorrio. *Será que estamos flertando? Porque parece um flerte.*

Cale a boca, cérebro.

— Lá dentro, você vai encontrar o seu pai, Daniel Jones. Ele é obstetra e dono de um dente recém-quebrado. Além disso, é famoso por se preocupar demais com as próprias mãos e conta várias histórias perturbadoras sobre partos. A sua mãe, aquela pessoa que não para de sentir a sua testa, se chama Elise. Ah, e você é muito parecida com ela, devo dizer. Ela é muito preocupada, mas também bem engraçada e algum dia os quadros dela vão valer mais do que esta casa. Marque as minhas palavras.

Concordo, tão impressionada quanto ele pelo fato de a carreira da mamãe estar deslanchando. Ele espera que eu diga alguma coisa, mas faço um gesto para ele continuar, porque a voz do Andrew é hipnótica. Tem uma profundidade doce, com uma leve rouquidão. Sério, seria um prazer até mesmo ouvi-lo ler o dicionário.

— Os meus pais, Ricky e Lisa, também estão lá dentro. — Ele dá um sorriso predador. — O meu pai é o cara que vai levar o seu pai ao dentista. A coisa mais importante a lembrar é que nenhum de nós deve comer nada do que a minha mãe cozinhar. A minha mãe, escandinava tanto de origem quanto de temperamento, é uma escritora brilhante. Mas, diferente da Elise, que é uma deusa da cozinha, a Lisa não é, como se diz, habilidosa com as panelas.

Sorrio.

— Ou com câmeras.

Andrew ri.

— Kyle e Aaron Amir-Liang são dois cavalheiros muito bem apessoados, mas com o gênio de crianças de cinco anos. Não sei bem o que está acontecendo com o cabelo do Aaron este ano. Parece ter sumido e sido trocado por uma escuridão permanente em cima da cabeça dele.

— Ele faz uma pausa e fala baixinho: — E acho que ele estava usando uma *legging*.

Deixo escapar uma gargalhada.

— Acho que sim. Mas imagino que a gente deveria agradecer por ele ter saído da fase das calças de moletom de grife. Aquilo era… mais informação sobre o tio Aaron do que eu precisava quando era adolescente.

Andrew retruca:

— Mas é um bom sinal você se lembrar disso. Quanto ao Kyle, não preciso contar para você que ele é um bailarino premiado da Broadway e trabalhou como bailarino de apoio da Janet Jackson, porque ele sem dúvida vai contar em algum momento da noite.

Rio de novo, mordendo o lábio. Tenho certeza de que estou demonstrando a alegria desvairada de um participante de um programa de TV que acabou de ganhar um milhão de dólares. A minha memória nunca acerta a imagem do Andrew. Meu cérebro não sabe recriar aquele verde dos seus olhos, não acredita que maçãs do rosto podem ser tão bem esculpidas, que covinhas podem ser tão profundas e joviais. Andrew, em carne e osso, é sempre um choque no meu sistema.

— No ano passado, o Zachary aprendeu sobre a morte quando o peixe Beta dele bateu as botas. Ele saiu andando pela casa feito um ceifadorzinho, falando para todo mundo que a gente ia morrer um dia. A Kennedy sabe a capital de todos os estados e de todos os países do mundo — ele diz, em tom de confidência. — Ela diz algumas das coisas mais inteligentes que já saíram deste grupo, e não deixamos ninguém pegar no pé daquela menininha. Ela vai ser a primeira presidente dentro do espectro, marque as minhas palavras. Mas espero que não seja a primeira mulher.

— Acho que você tem razão.

— Vejamos… já o Miles, seu irmão… — Ele se contorce, brincando. — Ele é um cara inteligente, mas não tenho certeza se chegou a tirar os olhos do celular nos últimos dois anos. Se você quiser conversar com ele, talvez seja interessante pensar em colar o celular dele na testa. — Se inclinando, Andrew olha bem dentro dos meus olhos e o meu coração cai e sai rolando pela varanda. — Soa familiar?

Dou um soquinho nele.

— Para. Eu estou bem, sério. Acho que foi só a altitude que mexeu comigo.

Andrew fez uma expressão como se não tivesse pensado nessa hipótese e, para falar a verdade, eu também não tinha pensado até as palavras saírem, então fiz um joinha mental para os poucos pares de neurônios que me restam e parecem estar tentando fazer o trabalho deles. Passos soam atrás de nós e então a cabeça desgrenhada do Benny aparece na varanda. Ele sai para participar da conversa, tremendo de frio em uma camiseta fininha de ciclista.

— Ei, Chuchu — ele diz, erguendo os olhos em expectativa. — Desculpem interromper. Mas posso roubar você um pouquinho?

Acho que não posso culpar o Benny por me chamar de lado depois de ter lançado pelo menos dez olhares suplicantes de SOCORRO desde que chegamos. Entramos na casa, e eu derreto de satisfação ao sentir o calor na entrada, em comparação com o frio penetrante do anoitecer de inverno. Ouvindo as vozes de todo o pessoal atravessando o corredor, e a proximidade com o Andrew se desfazendo, a realidade vem à tona: de alguma forma, acho que estou aqui de novo.

Meu cérebro grita: *Isso não é normal!*

Com a intenção de ir para o mais longe possível de todo mundo, vou na direção das escadas que levam ao segundo andar da casa. Eu me viro para o Benny, colocou o dedo indicador sobre os lábios, pedindo para ele ficar quieto, enquanto subimos pé ante pé. Em silêncio, contornamos o corrimão, nos arrastamos pelo corredor e subimos os degraus íngremes e estreitos que levam ao seu quarto no sótão. Quando eu era pequena, tinha medo de subir aqui sozinha. A escada rangia e o patamar era escuro. Mas o Benny explicou que, se a escada que levava ao sótão fosse tão bonita quanto o resto da casa, todo mundo encontraria os tesouros que ficavam escondidos lá.

Com o coração batendo feito um martelo na garganta, eu empurro Benny para dentro do quarto e fecho a porta.

Suas pulseiras azul-turquesa chacoalham quando ele para de andar. Ele ergue as sobrancelhas.

— Tudo bem com você? — ele pergunta, e uma preocupação genuína faz com que o seu sotaque misture as palavras.

Pela segunda vez no dia — *quanto tempo dura este dia?* —, eu me pergunto como deve estar o meu rosto.

— Não, acho que não. — Fico ouvindo por alguns segundos para garantir que ninguém nos seguiu. Quando me convenço que estamos sozinhos, sussurro: — Tem algo maluco acontecendo comigo, Benny.

Ele dá uma piscadela cúmplice.

— Já sei. Você e o Andrew pareciam estar paquerando lá fora. É isso que você queria me contar? Aconteceu alguma coisa entre vocês?

— O quê? Não. Quem me dera. — Aponto para a cadeira no canto mais distante, debaixo da janela, e balanço a mão até ele entender o recado e se sentar.

Ele se inclina para a frente, coloca os cotovelos no joelho e se concentra no meu rosto. A tranquilidade no olhar do Benny é como um bálsamo entorpecente para os meus nervos à flor da pele.

— Bom — começo, puxando outra cadeira dobrável e me sentando à frente dele, com os joelhos encostados. — Eu já dei a impressão de... como é que vou dizer isto? Ter algum problema mental?

— Fora hoje? — ele brinca. — Não.

— De ser emocionalmente instável?

— Em alguns momentos, lá pelos seus treze ou quinze anos, mas depois disso, nunca mais.

— Tá, então, por favor, você tem que acreditar no que eu vou te contar, porque estou falando sério.

Ele respira fundo, se preparando.

— Tá bom. Manda.

— Acho que é possível que eu esteja de volta ao passado, repetindo as mesmas férias, e eu sou a única que sei disso.

Parece ainda mais maluco quando falo em voz alta. Suas sobrancelhas grossas se juntam no meio da testa e ele tira os cabelo bem comprido do rosto.

— Você está falando do pesadelo que o seu pai contou?

— Não, estou falando sério. — Olho em volta do quarto, esperando encontrar algo que possa me ajudar. O velho tabuleiro Ouija da Lisa? Assustador demais. A bola mágica do Theo? Desesperado demais. — Coisas que aconteceram há seis dias estão acontecendo de novo.

Ele enfia a mão no bolso, tira uma bala de hortelã e põe na boca.

— Começa do começo da história.

Passo a mão no rosto.

— Tá bem. Então, hoje de manhã era dia 26 de dezembro *para mim*. Eu, o papai, a mamãe e o Miles saímos daqui e estávamos no carro, indo para o aeroporto daqui. Uma caminhonete ultrapassou o sinal vermelho... — Faço uma pausa, juntando os fragmentos. — Acho que uma caminhonete que carregava árvores de Natal. Todo mundo estava distraído, e a caminhonete bateu no nosso carro. Eu acordei no avião. — Olho para cima, para ver se ele está me acompanhando. — Um avião que estava trazendo a gente *de volta para cá*, hoje. No dia 20 de dezembro.

Ele solta um "uau" baixinho. E, em seguida:

— Não consigo entender.

Eu me aproximo, tentando ordenar as palavras.

— Talvez eu nem esteja falando com você agora. Talvez eu esteja em coma num hospital ou talvez tudo seja um sonho. Só sei que já vivi este Natal, acabei estragando tudo, fui esmagada por uma caminhonete e agora estou de volta e as férias só estão começando tudo de novo.

— Tem certeza?

— Nem um pouco.

— Legal. Beleza. Continue.

— Antes de a gente ir embora, o Ricky e a Lisa contaram que iam vender o chalé.

Benny arregala os olhos castanhos.

— Eles *o quê*?

— Né? — Faço um gesto enfático com a cabeça. — Então é claro que todo mundo estava chateado quando a gente saiu daqui. E acrescente o meu pânico por ter beijado o Theo e ter sido pega no flagra pelo Andrew.

Benny me interrompe.

— Ei, calma aí.

— Você já sabia disso, não se preocupa. — Tento deixar esse detalhe passar batido. — O que eu...

Ele ergue a mão.

— Posso garantir que eu não sabia que você beijou o Theo, porque esta conversa teria começado por aí.

— Bom, eu te contei hoje de manhã, mas você esqueceu. Como todo o resto. Como aconteceu com todo mundo. — Respiro fundo para me acalmar. — E que fique registrado que você me ajudou muito mais da última vez.

Ele fica pensativo.

— Eu também estava chapado?

— Pior que sim.

Ele vira a palma das mãos para cima, como que dizendo *Tá explicado*.

— Comece por aí e depois me conta tudo.

Resmungo, sentindo a humilhação voltar.

— Teve gemada com conhaque na noite passada.

Ele solta um "ah" compreensivo. Benny adora fumar maconha, mas uma xícara da gemada com conhaque do Ricky tem o poder de derrubá-lo, como acontece comigo. Aquele negócio deveria vir com um índice de octanagem.

— Foi rápido e constrangedor — conto. — Você me falou para ir conversar com o Theo na manhã seguinte, mas ele me ignorou completamente. E *aí* eu descobri que o Andrew viu a gente se beijando. E *aí* descobrimos que os Hollis vão vender o chalé, e aí, fomos embora. Bum! Acidente. Bum! De volta ao avião. Bum! Cá estamos.

Benny assovia.

— Vou ter uma conversinha com o Theo.

— Sério, Benny? É essa a parte importante para você? O único aspecto libertador de começar as férias outra vez é *não* ter que lidar com o Theo de novo.

Benny parece levar isso em consideração.

— Acho que estou conseguindo acompanhar. Tem certeza de que isso não é efeito da altitude ou coisa parecida?

Estalo o dedo ao lembrar de algo.

— Lembra do dente do papai? Eu já sabia que aquilo ia acontecer.

— Se você sabia, por que não avisou?

— Eu estava surtando! — berro e me encolho, esperando que ninguém tenha me ouvido lá embaixo. Baixando a voz, continuo: — E o que ele teria dito? "Claro que não, estes biscoitos estão com uma cara ótima"? Eu já tinha visto o corte de cabelo do Theo e foi por isso que reagi feito um robô. E lembra que eu sabia que a Kennedy tinha ralado o joelho? — Aponto para a porta, como se o Benny pudesse ver a cozinha daqui de cima.

— Por acaso você andou mexendo na minha mochila azul? — ele pergunta.

— Não, claro que não.

— Que bom. Porque eu tenho um amigo que cultiva cogumelos dentro do guarda-roupa e ele me deu...

— Eu não estou chapada, Benny. Nem de maconha nem de cogumelo. E não estou bêbada. Estou falando sério. Esse negócio está me enlouquecendo!

— Eu sei, Mãe. Calma, estou pensando.

Lá embaixo, ouço o som abafado de todo mundo indo para a sala para o momento dos coquetéis de boas-vindas. Fecho os olhos, tentando lembrar todos os detalhes que nunca achei que seriam importantes, mas que agora podem fazer a diferença para o Benny acreditar em mim. A voz forte e teatral do Kyle chega ao segundo andar, seguida pela gargalhada estrondosa do Ricky,

— Isso, isso. — Estalo os dedos, apontando para a porta. — O Kyle acabou de mostrar a nova tatuagem dele para o Ricky.

Benny se estica para ouvir.

— Você conseguiu ouvir isso daqui de cima? Caramba.

— Não — digo. — Eu me lembrei.

Percebo que ele não está nada convencido.

A risada eufórica do Zachary chega até nós e, apesar do caos na minha cabeça, não consigo conter um sorriso.

— Tá. A Missô está lambendo os dedos do pé do Zacky. Ouça, ele está rindo.

— Não é difícil imaginar. — Benny sai pela tangente. — Aquela cachorra adora os gêmeos.

Suspiro.

— Poxa. Acredita em mim.

— Eu quero acreditar, mas você sabe como isso tudo está soando.

O problema é que eu sei.

— Digamos que você esteja certa — ele sussurra — e que essa história que está me contando esteja mesmo acontecendo. Tipo um *De volta*

para o futuro, só que para o passado. Calma. — Ele balança a cabeça.
— Ele volta para o passado nesse filme, não volta?

Confirmo e continuo balançando a cabeça, porque o cansaço me invade com tanta força que sinto que eu poderia desmaiar agora mesmo.

— Então eu sou o seu Doutor Brown? — ele pergunta.

Eu rio.

— Claro. — Mas o bom humor logo se esvai. — Mas o que é que eu faço? Será que isso está acontecendo para eu não beijar o Theo de novo? Que plano patético, universo.

— Mas se você não tivesse beijado o Theo, não estaria aqui — ele pondera.

— Não. Foi quando eu beijei o Theo que fiz a cagada… não foi?

— Não. É como em *Vingadores*, quando eles querem voltar no tempo e matar o cara que tem as pedras, mas se eles *tivessem* matado o cara, não teriam que ter aquela conversa. — Ele faz uma pausa. — Puta merda, esse negócio de viagem no tempo é complicado.

Massageio as têmporas.

— Benny.

Ele olha para mim e eu enfio a ponta do polegar na boca e começo a roer.

— Acho que você deveria ir conversar com o Dan — ele diz, por fim,

— Com o meu *pai*? Ele é a pessoa mais literal e científica que eu conheço. Ele não acreditaria nem por um segundo que eu viajei no tempo, ou que sou uma super-heroína, ou que sou vidente.

Benny ri.

— Quis dizer porque ele é médico.

— Sim, um médico que lida com canais de parto e cordões umbilicais.

Sua voz fica mais gentil, porque é claro que eu não estou acompanhando o raciocínio.

— Tenho certeza de que ele se lembra de procedimentos básicos como checar a sua pupila e os seus reflexos.

Ah.

— Para ver se eu sofri algum traumatismo craniano? É isso que você acha que aconteceu?

Benny fecha as mãos em volta dos meus ombros.

— Acho que tem alguma coisa acontecendo com você. Mas é só isso que eu posso fazer: acreditar em você. Acho que não posso te ajudar. O seu pai vai saber dizer se tudo está funcionando do jeito que deveria.

Talvez esta seja a situação ideal: algum acontecimento neurológico. Afinal, qualquer coisa diferente disso seria impossível, não seria?

— Tudo bem. — Beijo o rosto do Benny e dou um passo para trás. — Plano A: presumir que eu estou lesada ou maluca.

Benny abre um dos seus sorrisos doces.

— Eu *não* disse isso.

— Estou brincando. Vou falar com o papai.

Dando um tchauzinho, eu me viro para a escada, mas piso em falso no primeiro degrau. Minha perna passa por baixo do corpo e, em vez de cair para trás, eu tombo para a frente, escorrego e...

7

— Ahhhhhhhh! — Acordo gritando alto, assustada com a sensação de cair de um lance de escadas íngreme. Estico o braço para a lateral para tentar me agarrar ao corrimão. Mas não tem nenhuma escada, nenhum corrimão. Estapeio meu irmão outra vez.

Ele solta um gemido áspero e segura o meu braço.

— Pô, cara. Tá maluca, Mae?

Me erguendo, sinto que já estou suada. Coloco a mão no pescoço. Será que estou parecendo um saca-rolhas? A minha cabeça está virada para o lado certo? *Se eu olhar para baixo, vou ver a minha bunda?* Afundo no assento, aliviada, até que percebo o mesmo ruído de motor, o mesmo ar seco e reciclado. Tudo *igualzinho*.

— *Não* — sussurro, com o coração disparado. *De novo não.*

8

Benny olha para mim. Pisca devagar e, em silêncio, eu o observo tentando processar tudo isso. De novo.

— Acho que estou conseguindo acompanhar. — Ele franze a testa, preocupado. — Tem certeza de que isso não é efeito da altitude ou coisa parecida?

Respirando fundo, massageio as têmporas e me lembro de que preciso ter paciência, pois o Benny não sabe que já passou por isso antes. Ele não sabe que acabou de me fazer a mesma pergunta. Não é culpa dele que estou presa nesse loop temporal.

— É a terceira vez que estou vivendo este dia — digo. — É a segunda vez que tenho esta conversa com você.

— Então você viu que o seu pai quebrou um dente — ele diz devagar. — Três vezes?

— Vi.

— E nem pensou em avisar para ele?

Eu me abaixo e cubro o rosto, soltando um grunhido. No aeroporto, foi tudo igual. A caminho para cá, também. Só que, desta vez, a minha chegada ao chalé foi ainda mais desconcertante do que antes. O pânico me deixou com um nó na garganta quando percebi que, sim, eu *já* tinha feito isso tudo antes. Pode ser só coisa da minha cabeça ou talvez esteja acontecendo mesmo. O fato é que estou vivendo este dia de novo. Só não sei como nem por quê.

A única coisa que me acalmou assim que chegamos foi o tempo que passei com o Andrew na varanda outra vez. Talvez porque eu estivesse ainda mais pálida e mais vulnerável do que antes, ele pareceu se esforçar ainda mais nas apresentações ridículas que fez de todo mundo.

A gente se reúne aqui em dezembro para fazer monstros de neve, deslizar em trenós por montanhas enormes, assar pilhas de biscoitos e ver nossos pais se embebedarem durante o dia...

A gente brincava que tinha uma banda de rock e que você era o David Bowie e eu era a Janis Joplin...

Você fala dormindo, mas infelizmente nunca disse nada escandaloso ou interessante, é quase sempre sobre comida ou planilhas...

— O que mais vai acontecer hoje à noite? — Benny agora pergunta, trazendo a minha atenção de volta ao presente. Ele segura as minhas mãos para tentar afastá-las devagar do meu rosto. — Você se lembra de alguma coisa que...

Continuo de onde ele parou:

— Que possa fazer você acreditar em mim?

O doce Benny se encolhe e dá de ombros, como que pedindo desculpas, mas eu não o culpo. Não vi a minha própria imagem refletida em lugar nenhum, mas devo estar parecendo uma maníaca. Estou toda suada, sem fôlego, me sentindo esgotada. Sinto uma rigidez estranha e viro o pescoço de um lado para o outro e um estalo alto reverbera pela sala. Hum. Melhor assim.

As vozes saem da cozinha, atravessam o corredor e chegam à sala de estar.

Eu me levanto de repente e puxo o Benny comigo.

— Isso. Isso. O Kyle vai mostrar uma tatuagem nova para todo mundo.

Atravessamos o quarto e chegamos à porta. Juro que o Benny está andando de um jeito estranho, na ponta dos pés, parecendo o Salsicha, do *Scooby-Doo*, enquanto descemos com cuidado os degraus do sótão para espiar pelo canto. A voz do Ricky, vinda da sala de estar, ecoa pela casa.

— Gente, venham aqui! — Ricky chama. — O Kyle fez uma tatuagem nova!

Quando as palavras chegam até nós, o Benny aperta o meu braço com tanta força que consigo sentir cada dedo seu.

Fecho os olhos e escuto com atenção.

— O Ricky vai se martirizar por ter se esquecido de trazer um gim Hendrick para o Aaron. A Missô vai lamber os dedinhos do Zachary e ele vai gargalhar. A Lisa vai colocar aquele álbum de Natal do Bob Dylan que é *péssimo* e o Theo vai tomar um gole de cerveja que não vai cair bem e ele vai começar a tossir por uns dez minutos sem parar.

— Olho para o Benny e faço um gesto com a cabeça, determinada. — Espera só para ver.

Ficamos em silêncio, prestando atenção na sala, que está longe dos nossos olhos, mas ao alcance dos nossos ouvidos.

— Não sei o que vou pensar se você estiver certa — Benny sussurra.

— Pois é. Eu também não.

✳ ✳ ✳

Vinte minutos mais tarde, estamos de volta ao sótão e o Benny está andando para cá e para lá pelo quarto. Suas pulseiras chacoalham a cada passo. Estou na cama, olhando para o teto. Ele está surtando, porque eu disse tudo o que ia acontecer. Por fim, ele para ao meu lado, suspira com reverência e sussurra:

— Caramba. E eu nem estou chapado agora.

Sei que eu deveria me sentir vingada, mas como não é surpresa nenhuma que tenho razão, preciso me perguntar: *Esta é a minha vida agora? Estou condenada a viver este dia repetidas vezes? Será que eu deveria tentar sair do sótão agora ou vou cair da escada de novo?*

E a pergunta mais importante: será que faz alguma diferença o que eu fizer ou, para mim, o tempo está… quebrado?

Bom, acho que a pior situação possível é que vou acabar revivendo este dia para sempre e passar meus dias flertando com o Andrew na varanda.

Eu me ergo, me apoiando nos cotovelos.

— Tá. E aí, o que eu faço agora?

— Acho que você deveria conversar com o seu pai — Benny diz, determinado.

— Não. — Reviro os olhos e me deito de costas novamente. — Você disse isso da última vez. Saí daqui decidida a fazer isso, caí da escada e acordei no avião.

— Ai — ele fala, baixinho, passando a mão no pescoço e se sentindo culpado. — Foi mal, Chuchu.

Seu tom de voz faz doer meu coração, e eu me sento na cama, puxando-o para ele se sentar ao meu lado. Acaricio o seu rosto.

— Não foi culpa sua.

— E se... — Ele ergue as mãos, inseguro. — Você tentasse sobreviver a esta noite? Talvez amanhã as coisas fiquem mais claras e você saiba o que precisa fazer. Talvez tenha algo a ver com o Theo. Talvez tenha a ver com o chalé. Aposto que você vai entender. O meu lema é "seguir o fluxo", então acho que é isso que você precisa fazer agora. — Ele dá um tapinha no meu joelho. — Vai dar tudo certo, parceira.

Seguir o fluxo. É claro que esse é o lema do Benny.

Não é como se existisse um manual de *loops* temporais, ou algum portal óbvio na parede do sótão — pelo menos em Nárnia, eles sabiam como voltar ao guarda-roupa. Então, acho que a nossa única opção é descer e participar da celebração. Que seja: vamos *seguir o fluxo*.

Eu me levanto e Benny segura meu braço, com seu jeito protetor.

— Fora isso, tudo certo? Trabalho? Vida social? Vida amorosa?

Paro com a mão na porta.

— Trabalho? — Sinto uma pontinha de pavor esmagar o meu pulmão. — Daquele jeito. A vida social está bem. A Mira... você se lembra dela? A gente era colega de quarto na faculdade. Ela voltou para Berkeley, aí agora somos uma dupla que passa o tempo rolando aplicativos de críticas de restaurantes, procurando o próximo lugar em que vamos comer para afogar as mágoas.

Benny ri e em seguida fica em silêncio, esperando a minha resposta para a última pergunta. Por fim, ele provoca:

— O que mais?

— Vida amorosa, o que é isso? — faço uma pergunta retórica. — Saí com três caras no último ano. Com dois deles, ficou óbvio logo de cara que não daria certo, aí usei a boa e velha desculpa do "Minha amiga teve uma emergência e precisa de mim".

— Eita.

— O terceiro cara era bonito, tinha um emprego legal, bom de conversa...

— Legal.

— ... mas, no segundo encontro, ele admitiu que, embora ainda morasse junto com a esposa, ele *jurou* que estavam separados e planejava se mudar em breve.

Benny resmunga.

— Caramba.

— Pois é. Não dá para acontecer muita coisa quando você ainda mora com a mamãe. — Aceno com a mão. — Então é isso. A vida amorosa está em suspenso.

Ele me dá um beijo na testa.

— A vida não é fácil.

— Não me diga. — Eu me viro e sorrio para ele. — Quer dizer, você vai acabar dizendo isso de novo, só que não vai saber disso.

Benny ri, insistindo em ir à minha frente na escada e eu desço os degraus com todo o cuidado possível. Quando chegamos ao final, ele me oferece a mão para fazer um *toca aqui* animado. Eu retribuo com gosto. Estamos celebrando as pequenas vitórias.

9

Meus olhos se abrem no escuro, e a visão é tão familiar que sinto uma descarga de alívio. Sei exatamente onde estou: cama de baixo do beliche, quarto do porão, no chalé. O que eu não sei é *quando*.

Quando tateio para procurar o celular, não sei bem o que esperar: se quero voltar para o presente ou ficar aqui no passado. Não importa: ao olhar para a tela, vejo que é 21 de dezembro. Consegui chegar à manhã seguinte, mas como saber se vou conseguir sobreviver ao resto do dia? Mesmo assim, faço um *toca aqui* mental para mim mesma. Lembra? Pequenas vitórias.

Eu me deito de costas e me dou um tempo para processar os acontecimentos. Quero entender não só *o que* está acontecendo, mas também *por quê*. Será que eu causei isso de alguma forma? Se sim, como? O que estava acontecendo antes do acidente?

A mamãe estava chorando por causa da venda do chalé.

O papai estava dizendo que precisávamos de uma mudança na nossa vida.

O Miles estava no mundinho dele. Nenhuma novidade. E eu... bom, eu estava caindo em um buraco mental de medo, entrando em pânico por perder a única coisa na minha vida que sempre fez sentido...

Eu paro, me erguendo na escuridão, e por fim me lembro. Eu pedi: *Universo, o que estou fazendo da minha vida? Por favor. Dá para me mostrar o que vai me fazer feliz?*

Será que é possível? Respiro fundo e me obrigo a responder à pergunta: *O que pode me fazer feliz?*

O chalé, é claro. E ter a minha família e a nossa família de coração aqui com a gente todos os anos no mês de dezembro. Mas também... a risada do Andrew. Uma tarde tranquila desenhando no meu quintal. Ver o Miles tentar dançar break. Fazer bonecos de neve no chalé. A comida da minha mãe. Andar de trenó. As panquecas de ricota do Aaron. A sensação de cair no sono com a janela aberta na primavera.

Mas fui trazida especificamente para cá. Não para um momento na primavera ou no verão. Não para o quintal, com um caderno de desenhos nas mãos. *Aqui*. E eu preciso saber por quê.

De olhos fechados, deixo uma enxurrada de imagens me dominar, até que uma se fixa e se torna clara na minha mente.

Eu e o Theo tínhamos treze anos, o Andrew tinha dezesseis. E foi a primeira vez que percebi que ele era lindo de verdade. Antes disso, os irmãos Hollis estavam profundamente enraizados na categoria *família* e eu os via da mesma forma como via a mim mesma: sem interesse e sem atenção. Mas naquele inverno, o Ricky estava tendo problemas com a fiação elétrica do chalé e não parava de pedir para o Andrew descer até a caixa de fusíveis para rearmar o disjuntor. Quando não estava ajudando o pai, Andrew jogava War comigo e com o Kyle, e as coisas começaram a ficar bem tensas. Achei que o Andrew estava tirando as cartas boas do fundo do baralho. Com calma, ele insistia que não estava. Eu o segui até o porão, gritando na cara dele e ele, tranquilo, me pediu "fica quieta por dois segundos, Mae", e então a luz voltou e o rosto dele se iluminou, senti como se um pedregulho estivesse rolando dentro de mim.

Pela primeira vez, eu o *notei* de verdade: o cabelo macio caindo na testa, a forma cada vez mais masculina do seu pescoço, o traço perfeito do seu nariz, o tamanho que suas mãos pareciam ter tomado de repente. Depois daquele momento, tive a sensação de que a minha adolescência ficou dividida em duas metades: antes e depois de eu me apaixonar pelo Andrew.

Nós subimos, mas eu já não quis mais jogar. Não porque eu ficaria brava se perdesse, mas porque eu queria que ele ganhasse. Eu queria que ele ganhasse, porque queria que ele ficasse feliz. Andrew nunca mais seria só um amigo da família. Ele sempre seria algo um pouquinho a mais. Sempre seria um pouquinho meu, mesmo sem saber.

Mas o sentimento era perturbador: eu não gostava da sensação de ser uma porta aberta balançando em uma ventania.

O resto das férias foi um tormento. Andrew de calça de pijama, sem camisa, coçando a barriga distraído, enquanto ajudava o Miles, à época com quatro anos, a pendurar pássaros de origami. Andrew sentado ao meu lado na mesa, me vendo desenhar e jurando, com admiração e carinho, que eu tinha dom para arte, como a minha mãe. Andrew de calça jeans e um suéter grosso de lã, ajudando o papai e o Benny a trazer lenha para a lareira. Andrew tocando violão sem parar, para mim e para o Theo, tentando nos apresentar às maravilhas de Tom Petty. Andrew sonolento no sofá em frente à lareira, com o Miles dormindo em cima dele. Quando brincávamos de esconde-esconde às avessas e eu tinha que me esconder para todos os outros procurarem, eu rezava para que o Andrew me achasse primeiro, para que pudéssemos passar um tempo juntos em um local escondido e apertado. Que, "sem querer", acabássemos nos pegando.

Andrew adorava música, praticava esportes meio a contragosto, era quieto e inatingível. Era generoso com o tempo e os elogios que distribuía, altruísta com a família. Cabelo bagunçado de um jeito fofo, sorriso tímido e o tipo de adolescente horrível que nunca precisou usar aparelho. Imagine dormir em um beliche perto dessa pessoa, no mesmo quarto, todas as noites, sabendo que talvez ele tivesse uma namorada, sabendo que ele tinha partes do corpo nas quais eu nunca havia pensado antes, que ele já devia estar fazendo SE-XO.

Embora fosse plausível que os adultos se preocupassem que algo escandaloso pudesse acontecer entre mim e um dos irmãos Hollis no porão, ninguém dava a mínima. A minha mãe costumava ser muito rígida com os limites, mas, no final das contas, éramos uma família. Talvez fosse tão nítido que o Andrew não tivesse qualquer interesse em mim e que eu não tivesse qualquer interesse no Theo que a possibilidade nunca entrou no radar dos pais, mesmo quando tínhamos idade suficiente para beber e tomar péssimas decisões.

Eu cresci indo à igreja todo domingo, mas decidi há um bom tempo que o Catolicismo não era para mim. Agora, no escuro, estou começando a acreditar que algo me deu uma segunda chance. Algo inusitado no momento mais maravilhoso do ano. Mas neste mundo cheio de gente precisando de coisas muito mais importantes do que evitar um beijo bêbado e inconsequente, eu gostaria de entender por que tive esta chance.

* * *

Saio da cama, com cuidado para não acordar o Theo ou o Miles. Entro em silêncio na cozinha, sem saber o que vou encontrar.

Mas tudo parece normal. Além da ausência da guirlanda que os gêmeos ainda não penduraram na cozinha, tudo parece exatamente como estava quando fomos embora, daqui a cinco dias. Ou foi há dois dias? Sei lá.

Ricky entra logo depois de mim. Seu cabelo grisalho está ajeitado na frente, mas todo bagunçado atrás. Seus olhos ainda estão semicerrados, mas ele abre um sorriso tão radiante que chega a doer no peito. Eu me permito celebrar por um segundo o fato de estar mesmo *aqui*, nesta cozinha. Eu achava que tinha perdido isso para sempre.

— Maelyn Jones — ele diz, rouco. — Eu e você somos farinha do mesmo saco.

Por dentro, estou aguardando, exultante.

Ele se senta com um suspiro.

— Nós dois acordamos junto com o sol.

Ahhhhh. Aí está.

— Sabia que a pior coisa que poderia acontecer seria nunca mais ouvir você dizer isso? — Dou um beijo no topo da sua cabeça e lhe sirvo café na sua xícara de rena favorita.

— Por que você se preocuparia com isso?

Eu não respondo. *Difícil explicar, Ricky.*

Mas a ideia volta à minha mente, ainda mais pesada, como uma pedra jogada em um rio: *achei que tinha perdido isto*. Achei que nunca mais teria este momento com o Ricky, nesta cozinha, e cá estou. Será que ele tem ideia do bem que este lugar faz para todo mundo? Que, no chalé, eu me sinto mais do que feliz, me sinto *no meu lugar*. Será que estou tendo uma chance de impedir a venda?

Ele toma um longo gole de café e apoia a xícara na mesa.

— Como você está se sentindo hoje, Chuchu?

Eu? De repente os meus sentimentos são a última das minhas preocupações. Com a clareza de um possível propósito, sinto uma euforia tão grande que só pode significar que estou no caminho certo. Afinal de contas, o teto não caiu e o chão não se abriu para me trazer de volta do avião para cá.

— Estou bem. — Eu me encosto no balcão. Com a xícara de café em frente ao rosto, sorrio para o Ricky, mas os meus pensamentos são um ciclone de lembranças e planos, enquanto tento manter a calma. — Melhor do que nunca, na verdade.

Eu me viro ao ouvir passos na escada e vejo o Benny, todo desgrenhado de sono, espiando pelo canto. Ele coloca um dedo na boca e faz um gesto para eu me aproximar. Olho sobre o ombro e vejo o Ricky feliz, tomando café, já faltando pelo menos três biscoitos da lata de biscoitos natalinos, então eu me afasto do balcão e, de fininho, vou para o corredor.

Colocando as mãos em cada ombro meu, Benny dobra os joelhos e olha bem nos meus olhos.

Eu espero uma explicação. Nada.

— O que foi?

— Estou só procurando.

— O quê?

— Não sei bem. Tentando me lembrar dos sintomas de concussão.

Reviro os olhos e o seguro. Seu cardigan é incrivelmente macio.

— Isso é *caxemira*?

Ele olha para baixo, como se não se lembrasse de ter vestido aquilo.

— Pode ser que sim. — Ele volta a olhar para mim. — Foco, Mae.

Piscando, eu me lembro do motivo de estarmos ali.

— Você se lembra da nossa conversa na noite passada?

— Lembro.

Suspiro, aliviada.

— Tá — digo, resolvendo a situação na minha cabeça. — Nós estamos repetindo tudo, mas só eu percebo. Eu não voltei para o avião, então devo estar fazendo a coisa certa.

— Existe outra explicação?

Mordo o lábio.

— Que eu estou louca? Que isso tudo é aleatório? Que eu estou em coma em um hospital em Salt Lake?

— Eu não gosto de nenhuma dessas opções — ele admite.

— Pois é — concordo, com um sorriso irônico. — Eu também não sou muito fã delas.

— Eu estou aqui — ele raciocina. — Quer dizer, eu sou *de verdade*. Estamos juntos nessa, então não pode estar acontecendo apenas com você, não é?

Uma ideia me ocorre.

— Me conta alguma coisa que eu não poderia saber sobre você, além do seu óbvio estoque de cogumelos, rápido. Só para garantir, caso eu volte para o começo de novo.

— Você sabe sobre os cogumelos?

— Benny.

Ele franze a testa, pensativo. Então, se inclina perto de mim e sussurra às pressas uma sequência de palavras.

Quando ele se afasta, eu o fico encarando.

— *Benny*.

Ele ri, balançando a cabeça.

— Pois é.

Estremeço.

— Eu quis dizer algo do tipo: "O nome da minha primeira cadelinha era Lady". Não algo como "Eu tenho uma vida dupla esquisita e trabalho como garçom pelado no Arizona".

Ele dá de ombros.

— Foi a primeira coisa que me veio à cabeça.

Fechando os olhos, balanço a cabeça para tentar apagar a imagem.

— Será que devemos contar para os outros? — Benny pergunta. — Poxa, essa situação toda é muito louca. Talvez alguém já tenha passado por isso e tenha conseguido sair dessa. Talvez você tenha razão e este lugar seja mesmo mágico.

— Gostei da ideia, mas acho que tenho uma ainda melhor. Tipo, o fato de o Ricky e a Lisa terem decidido vender o chalé foi o estopim para o meu pedido para o universo. Você acha que a gente pode convencê-los a não vender? Talvez se todo mundo contribuísse e mostrasse o quanto este lugar significa para nós…

Ele olha para trás de mim e vê o Ricky bebericando o café.

— Acho que não custa tentar.

— Todo mundo sempre reclama das tradições — sussurro —, mas é verdade, o Ricky faz muito pela gente. Pode ser que sejamos empolgados demais com tudo. E se a gente se oferecesse para ajudar com a manutenção e com os reparos?

— Você acha que consegue convencer os outros? — ele pergunta.

Olho para fora e faço uma careta. Antes, a tradição para o dia de hoje era construir bonecos de neve, mas então a Mae mais nova perguntou por que não poderíamos construir *bonecas* de neve e depois veio o pequeno Miles e perguntou por que não poderíamos construir macacos de neve. Agora, o dia 21 de dezembro se tornou o Dia das Criaturas de Neve, o que parece agradar todo mundo.

Claro, isso se o tempo não estiver horrível lá fora. Ricky não costuma mudar os planos por causa do mau tempo, e nós ficamos tão competitivos nesta atividade que costumamos passar umas boas duas ou três horas lá fora antes de escolhermos um vencedor. Ao olhar para fora da janela, vejo um céu azul-acinzentado intimidador. No beiral da casa, há pingentes grossos de gelo, como adagas ameaçadoras. Com certeza teremos muitas reclamações lá fora hoje.

Engulo em seco e olho para ele.

— Vou tentar.

Benny cerra os dentes e inspira fundo.

— Cara, mas esse negócio de mudar o futuro. Você já ouviu falar de efeito borboleta? E se algo terrível acontecer se a gente mudar uma coisinha de nada?

— Olha, se o universo quiser me mandar um anel amaldiçoado para eu jogar dentro de uma montanha cheia de lava, eu tô dentro. Mas isso aqui é o que temos para hoje.

Sigo o Benny até a cozinha e escuto a porta dos fundos se abrir. Andrew entra, trazendo consigo uma corrente de ar gelado e uma descarga de adrenalina no meu coração.

— E aí! — grito de um jeito animado.

Na minha cabeça, me pareceu que eu disse isso com um charme controlado, ao estilo James Dean encostado no batente da porta.

Na realidade, eu gritei com uma agressividade esquisita, e todo mundo se assusta.

Benny coloca a mão nas minhas costas para eu me acalmar.

Andrew tira um fone e sorri para mim, sem se deixar abalar, pois ele é uma criatura mágica.

— E aí.

Andrew está tremendo de frio. Está usando uma jaqueta, cachecol, luvas e um cobertor enrolado nas costas. Essa mistura humana de beleza + fofura costuma se esconder na cabine dos técnicos de som durante os shows no anfiteatro natural de Red Rocks, mas, na verdade, deveria ficar nos palcos para poder ser apreciado pela plateia.

— E aí, o galpão estava quentinho? — pergunto, agora no volume normal.

Ele tira uns cachos bagunçados dos olhos.

— Congelar lá fora é melhor do que dormir no beliche do porão.

Que mentiroso mais lindo. Os beliches podem até ficar no porão, mas pelo menos tem isolamento térmico, e as camas são quentinhas e aconchegantes, cobertas com edredons macios. O galpão é uma caixa quadrada de quatro metros por quatro, com uma parede toda de vidro com vista para a parte de trás da montanha, e sem nem um fogão a lenha para manter aquecido. É lindo, mas é só um nível a mais do que uma barraca no meio da neve. Andrew vai acabar morrendo por causa deste duelo de vontades com o pai.

Com certa arrogância, o Ricky fica olhando para o filho mais velho, tremendo, com a xícara de café em frente ao rosto.

— Tem certeza?

Atrás de nós, Benny dá uma bufada.

Uma lembrança estoura como uma bolha no meu cérebro.

— Por que você não usa aqueles sacos de dormir que ficam no depósito do porão?

Três pares de olhos se viram na minha direção e eu percebo que falei besteira.

Com certeza despertei o interesse do Andrew.

— Sacos de dormir?

— Como é que você sabe dos sacos de dormir? — Ricky pergunta com um sorriso surpreso. — Nem *eu* lembrava que tínhamos aquilo. Não usamos há anos.

— Pois é, Mae. Como você sabe? — Benny diz e me faz um joinha disfarçado.

Eu sei, porque na manhã de Natal, o Ricky se lembrou de que tinha sacos de dormir guardados no porão. Ele colocou para arejar e deu para o Andrew, depois que ele entrou em casa tremendo pelo quinto dia seguido. São aqueles sacos de lona gigantes, verde-militar, que pesam mais ou menos uns vinte quilos. Por dentro, são de flanela vermelha grossa com uma estampa de caça que faz os sacos de dormir parecerem carcaças ensanguentadas quando estão abertos, mas quem sou eu para julgar, se for para deixar o Andrew quentinho, tudo bem. Lembro que ele se empacotou em um daqueles sacos e disse que foi a melhor noite de sono que teve em todo o ano. Acabei de proporcionar a ele mais quatro noites de um sono abençoado.

Olho para cima. Pontos extra, universo?

Com ou sem pontos extra, a lembrança dos sacos de dormir é o que me leva a ficar lá fora às oito da manhã, naquele frio congelante, vestindo uma parka enorme e com um taco de beisebol nas mãos, dando pancadas em um saco de dormir aberto e pendurado no varal. Tento ficar longe dos pingentes de gelo.

Na outra ponta do varal, o Andrew sacode sua raquete de tênis e bate na outra carcaça de lona verde e flanela vermelha. Ele dá umas boas pancadas que fazem levantar poeira para todos os lados.

— Ah, Maisie, sua ideia veio a calhar.

— Você já deveria saber que é desta cabeça aqui que saem as melhores ideias.

Andrew me olha de soslaio no ar frio da manhã.

— Já fazia uns dez anos que eu não via estes sacos de dormir.

A pergunta implícita — a mesma que o Benny e o Ricky fizeram em voz alta minutos atrás — fica evidente no seu olhar.

— Eu fui procurar uma fôrma para a mamãe — minto. — Vi os sacos de dormir no depósito. — Olhando para o revestimento vermelho berrante, resmungo: — Que coisa sórdida. Chega a ser perturbador.

— Lembro que a gente usava estes sacos para acampar quando eu era criança — ele me conta —, e eu fingia que era o Luke Skywalker dormindo em um tauntaun.

— Que referência mais nerd.

— Dormir como Luke em um tauntaun ainda não é um ditado, mas podemos fazer com que se torne um.

— Olha — digo, dando uma tacada —, você também pode ir para a cidade e comprar um aquecedor.

Andrew dá várias raquetadas no saco de dormir, tirando uma quantidade impressionante de poeira.

— Isso seria admitir derrota.

— Com certeza vale a pena morrer para evitar ter que admitir derrota.

— É o que o meu pai acha. Mas valeu por ser tão esperta.

Aparecem rugas de sorriso nos seus olhos e uma vozinha poderosa grita no meu crânio: OLHA SÓ COMO ESSE SORRISO FAZ VOCÊ FELIZ.

— Falando em derrota, está pronta para hoje? — ele pergunta.

Mesmo com aquela temperatura congelante, a neve caiu e há uma camada linda de pó fresco e fofinho pronta para a nossa próxima aventura.

— Pode apostar.

10

Quem conhece a família Hollis não se surpreende com a seriedade que eles dedicam à montagem das criaturas de neve. Quando saímos na varanda em frente a casa após o café da manhã, vemos os inúmeros equipamentos que eles prepararam para nós: de pás enormes a pazinhas de jardim, de rastelos a rodos. Ao pé da escada, há uma mesa cheia de xícaras, pratos, baldes, colheres, facas, colheres de sorvete e até maçaricos para nos ajudar a modelar e esculpir traços perfeitos nas nossas criaturas. Ao lado da mesa, há uma caixa de madeira e uma cesta de vime enorme. A caixa contém cenouras, nabos, batatas e uma grande variedade de abóboras, que serão os narizes, pernas e braços das criaturas, enquanto a cesta está repleta de luvas, perucas, chapéus e cachecóis.

Como manda a tradição, formamos equipes e trabalhamos juntos para criar a melhor escultura e, em seguida, votamos para escolher o vencedor. Há muita coisa em jogo: para o jantar desta noite, o Ricky escolhe de propósito uma grande variedade de cortes de carne, de acém a filé mignon. Cada um deposita um papelzinho com o voto anônimo em uma caixa e o código de honra diz que não podemos votar em nós mesmos. O time vencedor escolhe a carne da noite: para eles e para os outros. No dia da criatura de neve, eu nunca comi filé mignon.

Uns dias atrás, eu e o Andrew fizemos um macaco de neve, mas as boas ideias só vieram no final, aí tivemos que correr para terminar e acabamos perdendo para o urso pardo da mamãe e do Ricky. Theo ficou provocando e os dois irmãos acabaram brigando. A disputa ficou bem competitiva, eu me coloquei no meio e o Theo me empurrou no chão, caindo por cima de mim, e levou tempo demais para se levantar.

Será que aquilo foi o começo de algo que eu não imaginei que aconteceria? Estremeço só de pensar.

Não vou deixar acontecer de novo.

Os gêmeos saltitam escada abaixo e mergulham na neve fresca. Como acontece em todos os outros anos de suas breves vidinhas, eles participarão com entusiasmo por cerca de quinze minutos e depois vão acabar perdendo o interesse.

Aaron preparou as famosas panquecas de ricota da sua avó hoje de manhã, mas não comeu nenhuma, preferindo bebericar só um *milk-shake* de proteína e insistindo que "poderia muito bem passar sem toda aquela lactose" e que "nunca se sentiu melhor". Agora ele está na varanda, vestindo uma calça jeans rasgada e justa, uma jaqueta bomber florida e um tênis de sola alta da moda, que parece mais adequado para andar em uma espaçonave do que em quinze centímetros de neve fresca.

— Que visual… diferente — Andrew diz, olhando-o de cima a baixo.

— O papai tá maneiro, né? — Zachary diz, se enrolando na ponta do lenço da Burberry do Aaron. — O sapato dele é igual ao do sr. Tyler.

— Quem é o sr. Tyler? — pergunto.

Kyle olha com o sorriso sofredor de um cônjuge que há meses vem convivendo com as novas peripécias do marido e está feliz demais para compartilhar tamanha alegria.

— É o técnico de futebol dos gêmeos. Um influenciador do Instagram de vinte e quatro anos de idade.

Aaron emula uma corridinha parado no lugar.

— São superconfortáveis.

Andrew, todo querido e encantador, responde:

— Devem ser mesmo.

A esta altura da vida, já conhecemos a rotina: as duplas se reúnem para pensar nas estratégias e depois começam a construir. Faria mais sentido eu fazer dupla com o Theo, já que somos praticamente gêmeos, mas 1) o Miles mataria qualquer um que ousasse tentar roubar um pouco do tempo que ele pode passar com o seu ídolo; 2) eu e o Andrew nos distraímos facilmente e não nos empenhamos o suficiente para ganhar, então ninguém nos quer como dupla; 3) eu só quero ficar perto do Andrew. Não é o mais nobre dos motivos, mas cá estamos.

Quanto aos outros, o Benny se interessa no evento só de vez em quando e, na maior parte do tempo, só atua como juiz ou torcedor. A Lisa faz dupla com o Kyle. O Aaron, com o papai, que, por sorte, só dá uma boa olhada na roupa da sua dupla, mas se abstém de comentar. O Theo e o Miles fazem uma dupla, óbvio, e o Ricky e a mamãe fazem outra. Eles ganham nove a cada dez vezes. É isso que acontece quando se junta um paisagista com uma artista.

Quando a Kennedy e o Zachary começaram a frequentar o jardim de infância no ano passado, instituímos a Regra da Roupa de Banho: não é permitido esculpir nada que se esconda dentro de uma roupa de banho. Sem essa orientação, não dá para confiar no Theo. Vários anos atrás, quando tínhamos vinte e poucos anos, até os lagartos de neve do Theo tinham peitos.

Pelo canto de olho, flagro o Theo no exato momento em que ele vê o galho grosso e curvado que o inspira a construir um elefante de neve junto com o Miles. A adrenalina da descoberta potencializa a energia da dupla, e os dois rapazes fazem um *toca aqui* como calouros universitários brindando com a primeira chopada da vida.

Benny chega ao meu lado na mesa.

— Qual é o seu plano?

Fico observando o Andrew vasculhar a caixa de legumes, buscando inspiração. Alguns dias atrás, começamos a fazer um panda e abortamos a missão quando percebemos que parecia só um urso, o que a mamãe e o Ricky já estavam fazendo, e melhor que nós. Então mudamos para o macaco e acho que teria ficado incrível se tivéssemos trabalhado nessa ideia desde o início.

— Vou aplicar a lição que aprendi da última vez para ganhar.

Benny murmura:

— Que altruísta da sua parte.

Dou um sorrisinho pouco convincente.

— Na versão original, a mamãe e o Ricky ganharam como sempre, e todo mundo reclamou — sussurro. — Não queremos ninguém reclamando, queremos que as pessoas se divirtam! Projeto Salve o Chalé, lembra? Então, se eu e o Andrew ganharmos, podemos fazer uma festa por ser a nossa primeira vez escolhendo a carne. Danem-se as tradições!

Benny fica me encarando.

— Todo mundo sabe que você não liga para a carne.

Eu devolvo o olhar.

— Acho que hoje estou com fome. — Ele ergue a sobrancelha. — Ou talvez eu esteja cansada de perder.

Benny ri dentro da xícara de café.

— Agora sim.

Andrew se aproxima. Bato o meu ombro no dele, fingindo dar importância à opinião dele.

— No que você está pensando?

— Num panda? — ele diz, fazendo um gesto grande com as mãos para mostrar uma barriga grande e redonda.

Finjo considerar por cinco segundos, levando a mão ao queixo.

— Acho que a minha mãe e o seu pai já estão fazendo um urso. — Inclino a cabeça, fazendo um gesto sutil, antes de perceber que é claro que eles ainda estão coletando os materiais e não teria como saber o que estão fazendo, pois a única coisa que eles têm é um monte disforme de neve.

Andrew me olha em dúvida, apertando os olhos verdes.

— Ouvi a minha mãe falando sobre isso hoje cedo — minto. — Aposto que vai ficar incrível.

Ele se convence — *obrigada, universo* — e eu vou até a lateral da varanda para encontrar dois pedaços de casca de árvore que servirão de orelhas para o nosso macaco.

— E se a gente fizer um macaco? — Seguro as cascas ao lado da minha cabeça para demonstrar.

Sorrindo, ele vasculha a caixa e exibe duas abóboras em formato de braços que vão se encaixar perfeitamente no nosso macaco. Nós dois sorrimos. Somos geniais!

— Disfarça — ele sussurra, se esforçando para esconder o sorriso. Comemoramos com um soquinho.

Começamos trabalhando em nossas respectivas áreas, sem prestar atenção no que os outros estão fazendo. Leva um tempo para os blocos de neve começarem a tomar alguma forma. Mas, à medida que o tempo passa, mais ou menos quando os gêmeos se entediaram e começaram a fazer bolas de neve ao nosso lado, a disputa vai ficando acirrada. As duplas começam a olhar para trás com mais frequência. Começamos a sussurrar e apontar. Ninguém está salivando para comer um bife de acém cheio de nervos, e temos que saber qual dupla precisaremos derrotar.

Depois de uns quarenta e cinco minutos, a nossa macaca está saindo melhor do que eu esperava, até melhor do que da última vez. As orelhas têm o tamanho certo para deixá-la com uma cara fofinha de desenho animado. Consegui pegar uns belos botões com estampa de casco de tartaruga, que deixaram seus olhos escuros e luminosos. Pelo visto, o Andrew leva jeito com a faca de manteiga, porque ele se alterna entre aquecer a faca com um isqueiro e esculpir os traços do animal com todo o cuidado. O nariz e a boca ficam perfeitos. Não é que conseguimos fazer coisas lindas quando nos esforçamos?

E pode ser que trapaceamos. Só um pouquinho.

— Está molhado demais.

Olho para cima ao ouvir Andrew dizer isso.

— O que está molhado demais?

Andrew engole em seco, fazendo um barulho alto, e usa a faca de manteiga para apontar para o local onde estou tendo dificuldades para curvar o rabo do macaco. A neve racha sempre que eu tiro mais neve.

— Seu rabo está molhado demais, vai dar problema.

As palavras ricocheteiam entre nós, aumentando de volume no silêncio retumbante. Contendo uma risada, os seus olhos começam a tremer e, por fim, sem conseguir segurar, nós dois caímos na gargalhada.

— *Meu rabo está molhado?* Você falou isso mesmo?

Ele não consegue parar de rir.

— Não. Sim.

— Você está bem, Andrew Polley Hollis?

Ele se inclina.

— Juro que nunca falei isso para nenhuma mulher antes.

Levando a mão ao peito, digo:

— Que grande honra ser a primeira. — Faço um gesto para chamá-lo. — Venha me ajudar com isso aqui.

— Com o rabo molhado?

— Andrew.

Ele se abaixa, com os olhos brilhando ao encontrar os meus. Quero capturar este momento. Quero colocar esta cena em um globo de neve e ficar assistindo para sempre.

Decidimos batizar a nossa macaca de Thea, porque queremos atingir níveis elevadíssimos de zoeira com o Theo quando ganharmos. Faço questão de ficar parada ao lado da criatura com alguma frequência, para parecer que estou pensando no que fazer em seguida. Andrew entende o que estou fazendo e me dá um sorrisinho malicioso.

A nossa isca funciona muito bem. Ricky se aproxima, de olho na Thea.

— O que é isso?

Percebo que ele vai falar besteira e já corto, passando o dedo bem de leve por baixo do queixo perfeitamente esculpido.

— Você sabe muito bem o que é. O nome dela é Thea, mas eu gosto de chamá-la de filé mignon.

Ele inclina a cabeça, dando uma volta em torno da escultura. Dá para ver que ele está chocado e impressionado. Eu e o Andrew estamos dando o nosso melhor.

Por fim, Ricky se manifesta, mas suas palavras saem com uma pontinha de inveja.

— Não sei, não, Mae. Você já viu o nosso urso?

Dando uma rápida olhada, Andrew diz:

— Ah, aquela bolota de neve coberta de casca de árvore ali?

— Ei, aquilo ali vai ser a minha obra-prima!

Rindo, a minha mãe joga uma bola de neve fofa na direção do Andrew. Infelizmente, naquele exato momento, o papai se levanta no meio do caminho entre eles e a bola de neve o acerta em cheio no pescoço, fazendo um barulhão. O gelo desliza pela gola da sua blusa, e vejo um tufo desaparecer por baixo do seu suéter.

Meu estômago embrulha. A mamãe é alegre e divertida. O papai... bom, não é. Ele é gentil, mas sensível, e não gosta de ser motivo de piada.

Por favor, não briguem. Não estraguem este dia.

Brincando, a mamãe cantarola:

— Ops! Acertei você, Dan?

O grupo todo segura a respiração junto. A mamãe, inabalável, faz uma dancinha atrevida. Ela está brincando com fogo.

Mantendo contato visual, o papai se abaixa para juntar e formar uma bola de neve perfeita — e assustadoramente compacta. Solto a respiração, aliviada, quando ele se levanta e me dou conta de que está sorrindo. Quando ele arremessa, a bola de neve rasga o ar, fazendo um assovio sinistro, e passa a poucos centímetros da mamãe.

A mamãe solta um gritinho de satisfação. O papai ri, se abaixando para fazer mais uma e grita:

— Agora você vai ver.

Isso é novo.

Mas começo a ficar nervosa de novo. Eu e o Andrew estamos indo tão bem com a Thea e, por alguns poucos segundos felizes, até esqueço que já vivi este dia antes e me permito só curtir. Mas estar na neve com este pessoal aqui é mais ou menos como caminhar em uma piscina de gasolina com um fósforo aceso. Guerras de bolas de neve são sempre uma possibilidade.

Os gêmeos, que estavam estocando uma quantidade monstruosa de bolas de neve, entendem o gesto do papai como um sinal de que chegou a hora de lançar e, antes de eu me dar conta do que está acontecendo, a cena se transforma em uma grande guerra. O fósforo na gasolina: Zachary acerta o seu pai, Aaron, na parte de trás da perna, que acaba rasgando a calça jeans de grife na virilha ao tentar se abaixar e rolar para se proteger. Ao se levantar, Aaron acerta uma bola de neve na barriga do Kyle, que acerta o braço do papai. O papai mira no Kyle, mas acerta no ombro da Lisa e ela retalia com uma bomba de neve perigosa que o acerta entre as escápulas. A mira dela parece ser muito melhor com bolas de neve do que com uma câmera.

— Pessoal, já chega! — Abro os braços, mas ninguém presta atenção. Nem o Ricky parece se deixar abalar por essa quebra de tradição. Ele está lançando bolas de neve contra os filhos e sua risada parece ecoar pelo chalé, pelas árvores e chegar até as montanhas.

As pessoas estão correndo, se jogando, desviando e se escondendo atrás das criações de neve e, para o meu assombro, as derrubando. Com a cueca rosa agora à mostra, Aaron e o papai saem correndo e o urso de neve da mamãe e do Ricky desmorona, se desfazendo em pó. Com a animação dos gêmeos, o elefante do Theo e do Miles é reduzido a uma pilha triste de bolotas de neve e, em retaliação, eles derrubam a girafa da Lisa e do Kyle, que já era um projeto ambicioso demais. Quando o Theo se levanta, a girafa já está sem cabeça e parece uma pedra branca. Uma hora atrás, o jardim era uma camada perfeita e espessa de neve fofa e molhada. Agora, já dá para ver pedaços de terra aparecendo por baixo. Folhas de grama se misturam com bolas de neve lamacentas e partidas. É um caos invernal descontrolado.

— O que está acontecendo? — grito para o Andrew no meio da confusão.

— Enfim a tradição está indo abaixo! — No rosto, ele exibe um sorriso maníaco ao correr para se posicionar em defesa na frente da Thea, com os braços abertos, e falando com bravura: — *Eles podem destruir este dia, mas não podem destruir a nossa macaca!*

O pânico sobe como uma trepadeira na minha garganta. Tudo bem, guerras de bola de neve são demais, mas não é assim que este dia deveria acabar. Podemos deixar a guerra de bola de neve para amanhã, ou quem sabe para a véspera de Natal. Tipo, se somos capazes de jogar esta tradição fora, o que vai acontecer hoje à noite quando o papai e o Ricky forem escolher a nossa árvore de Natal? Será que eles vão deixar passar a tradição de procurar a melhor e vão preferir trazer para casa a primeira que virem? Vamos desprezar tudo o que contribui para estas férias serem perfeitas?

Abrindo os braços, protejo a Thea enquanto posso, em meio ao que parece uma enxurrada insana de bolas de neve voadoras. Mas, de canto de olho, logo depois de ver o Andrew fazendo um lançamento perfeito e acertando o Miles nas suas partes baixas, vejo o Theo dando um mergulho na nossa direção.

Andrew derruba o irmão, mas não dá tempo. Thea, o animal de formas perfeitas, cai, formando uma explosão de neve e membros despedaçados. Neste instante, o Benny surge de dentro de casa.

O caos se dissipa e a visão diante de mim se reduz a uma reunião de idiotas ofegantes e cobertos de neve.

Benny para na base da escada e olha em volta, confuso.

— Eu fiquei fora por uns dois minutos, pessoal.

Com tudo destruído, as pessoas enfim param alguns instantes para observar a destruição no jardim. Espero um pouco de tristeza e remorso. Espero que o Ricky lamente, de coração partido, *O que foi que fizemos?!*

Mas isso não acontece. O que ele faz é rir da nossa bagunça, jogando a cabeça para trás e soltando uma gargalhada estrondosa e radiante.

— Qual é o problema de vocês? — grito. — Vocês não entendem? Isto aqui é especial! E a nossa tradição? Não vamos poder continuar fazendo isso juntos se a gente não respeitar o que construiu até aqui!

Gentilmente, o Andrew coloca a mão no meu braço.

— Mae — ele diz, mas nós nos distraímos ao ouvir o barulho de algo rachando no alto. Olho para cima a tempo de ver um galho enorme coberto de neve ceder com o peso e despencar, quase que em câmera lenta. Bem na minha direção.

11

Desta vez, acordo gritando, me sentindo traída, apertando o rosto e a cabeça, procurando sangue ou miolos para fora, ou sabe-se lá o quê. Mas é claro que eu não encontro nada.

Não preciso olhar para saber exatamente onde eu estou, e quer saber? Já estou cagando para isso tudo.

— EU NÃO ESTOU ENTENDENDO NADA — grito para o avião todo ouvir. É claro, duzentas e dezenove pessoas agora precisam aguentar uma maluca gritando em um lugar fechado, mas com sorte o universo também vai me ouvir, porque eu já estou *farta*.

Eu não perguntei para o meu pai se a minha cabeça estava machucada.

Eu prometi que salvaria o chalé.

Eu estava no caminho certo para nunca mais beijar o Theo Hollis.

O que mais tenho que fazer?

Um silêncio se espalha por todo o avião, e eu sinto o peso da atenção e da surpresa da minha família se voltarem para o meu rosto. Até a minha mãe acorda com a cena.

Uma comissária de bordo se inclina sobre o Miles para sussurrar comigo. Os sininhos prateados presos à sua blusa chacoalham no silêncio ensurdecedor.

— Está tudo bem, senhora?

— Tudo bem — digo, irritada e com certeza nada bem. Mas quem se importa? Ninguém! Eles não vão se lembrar mesmo! — Só estou revivendo este dia sem parar, mas que se dane. Vamos aterrissar e acabar logo com isso.

— Posso oferecer uma bebida? — ela pergunta, falando baixinho.

— Isso é um código para "Você está assustando os outros passageiros, posso trazer um vinho"?

Ela apenas sorri.

— Não precisa, obrigada.

Ao me inclinar para a frente, vejo que meu pai está olhando para mim.

— Pai, quando a gente chegar ao chalé, não coma a porcaria do biscoito.

* * *

Saímos do carro e é tudo ótimo e todo mundo está animado e, sim, este costuma ser o meu momento preferido do ano, com as minhas pessoas preferidas, mas, Deus do céu, já não posso fazer isto de novo. Estou tão cansada.

Vou distribuindo conselhos ao mesmo tempo que distribuo abraços apressados.

— Kennedy, cuidado com a Missô quando você entrar. Pai, vou repetir, não coma os biscoitos. Pessoal? O Kyle fez uma tatuagem nova. É uma nota musical, no braço. É muito bacana e tal, mas não toquem, ainda está cicatrizando. Ricky — continuo —, não se preocupe em comprar gim Hendrick, todo mundo gosta de Bombay. E o Aaron não vai beber, porque ele está na meia-idade e todo estressado por estar ficando velho. E, falando em cabelo, Theo, o seu corte está ótimo, mas o problema nunca foi o seu cabelo. Ah, e, Lisa? — digo, com uma pontada de remorso, porque todo mundo está me encarando, de olhos arregalados de preocupação. — Eu amo você, muito mesmo, mas acho que você deveria deixar o Aaron escolher a música hoje. — Faço uma pausa.

— E deixe a mamãe tirar as fotos.

Se não estivesse tão frio no jardim, poderíamos ouvir os grilos cantando em meio àquele silêncio confuso.

— Eu não quero parecer mesmo uma idiota — digo, acrescentando: — Ops, coloquem seus protetores de ouvido, crianças! Eu tive um dia péssimo. — Aquilo me faz rir, *um dia*, e preciso de alguns segundos para conseguir controlar a gargalhada. — É fato comprovado que eu não sei beber, mas se alguém for preparar coquetéis hoje, adoraria beber algo que envolva frutas e vodca. Nada de gemada alcoólica.

Andrew estala os dedos e eu olho para ele. Seus olhos estão arregalados, mas seus lábios sorriem. Meu eterno herói inabalável.

— É pra já, Maisie Maluca.

Será que quero acompanhá-lo até lá dentro? Será que quero flertar com ele na varanda? Quero. Mas não faz diferença, só vai me fazer criar mais expectativas.

Olho para o céu e solto um grunhido longo e exausto.

— De que *adiaaaaaanta*?

Sinto uma mão envolver o meu braço.

— Maelyn? — É o papai. — Querida, o que está acontecendo?

— Eu diria que é uma longa história, mas o pior é que não é. Estou presa aqui. No tempo.

Solto uma gargalhada descontrolada. Quero visitar o chalé todos os anos? Sim. Mas quero mesmo ficar revivendo o dia 20 de dezembro para sempre para que isso aconteça? Não. Não quero.

Ele e a mamãe trocam um olhar preocupado.

— Talvez a gente devesse levá-la a um médico — a mamãe diz.

O papai se vira para ela, incrédulo.

— Eu *sou* médico.

Ela suspira.

— Você entendeu o que eu quis dizer.

— Na verdade, não entendi.

A onda de culpa aumenta dentro de mim. Eles já estão discutindo, e o motivo sou eu. Mas não posso resolver isso agora. Eles vão ter que resolver isso sozinhos.

Lançando um olhar suplicante para o Benny, digo:

— A gente precisa conversar.

Olho para a mamãe de volta, pedindo em silêncio *Só preciso de um tempo,* então eu e o Benny subimos até a varanda. Amo a minha mãe, mas o que preciso agora é do temperamento sereno do Benny.

Tento desfazer a minha chegada turbulenta com beijinhos carinhosos na cabeça da Kennedy e do Zachary, mas eles travam e ficam nervosos ao sentir o meu toque.

Pelo menos a Kennedy presta atenção na cachorra ao entrar em casa.

E o papai não come o biscoito.

Mas ninguém vai se lembrar disso de qualquer forma.

* * *

Benny se senta ao meu lado no balanço da varanda e ficamos nos balançando em silêncio. Eu mal consigo distinguir o formato da casa ao lado em meio às árvores, mas dá para ver entre os galhos a fumaça rodopiando da chaminé, o brilho das luzes natalinas do lado de fora.

Os galhos.

Olho para cima com cautela. Do outro lado do jardim, acho que reconheço o galho coberto de neve que caiu na minha cabeça, aponto para ele e resmungo:

— Você não vai me pegar amanhã, seu desgraçado.

Benny fica imóvel.

— Você vai me contar o que está acontecendo?

— Não vai fazer diferença.

Ele me analisa.

— Por que não?

— Porque esta é a quarta vez que estou vivendo este dia e não importa o que eu tente fazer diferente, continuo voltando para o mesmo lugar.

— Como em *O feitiço do tempo*?

— Isso é um filme?

Ele passa a mão no rosto.

— Caramba, você é muito nova. Acho muito esquisita aquela tradição de achar que o começo da primavera é determinado pelo aparecimento das marmotas. De onde eu venho, a primavera começa no mesmo dia todos os anos.

Devo estar olhando embasbacada para ele, porque ele diz:

— Sim, Maelyn, *O feitiço do tempo* é um filme.

— Então a resposta é sim. Não importa o que eu faça, continuo me ferrando e acordando no avião.

— Talvez você deva conversar com o seu...

— O meu pai? — digo, negando com a cabeça. — Não. A gente já tentou isso duas voltas atrás, mas eu caí da escada do sótão e... — Faço um movimento para mostrar que me espatifei e ele estremece. Faço um gesto para ele terminar a frase.

— E você teve que começar de novo?

— Bingo. Parece que não tem a ver com a minha cabeça — digo, direcionando a voz para o céu. — E parece que não tem a ver com salvar o chalé.

Sem resposta. O universo é tão inútil.

Benny faz uma careta.

— Salvar o chalé do quê?

Respiro fundo e decido contar tudo de novo. Mesmo se eu só conseguir chegar até amanhã, preciso que alguém daqui saiba. Gemada. Rosto lambido. Theo sacana. Andrew querido. Arrependimento, arrependimento, arrependimento. Chalé. Acidente. Purgatório. Sei lá.

— Ah — digo —, e eu pedi para você me contar algum segredo seu para você acreditar em mim se isso acontecesse de novo.

— E?

— E você me contou sobre o bar em Sedona.

Ele arregala os olhos.

— *Contei?*

— Contou. — Estremeço. — Agora eu preciso viver sabendo disso.

Benny solta um *caramba* baixinho.

— Por mais louco que pareça, acho que isso tudo está acontecendo porque pedi para o universo me mostrar o que me faria feliz e ele continua me mandando de volta para cá, *sem um manual de instruções* — grito, olhando para cima. — Tipo, eu adoro este lugar. Tudo bem. Mas agora tenho que viver aqui para sempre. Natal eterno. Cuidado com o que você deseja, não é mesmo? — Rio um pouco como uma maníaca.

Depois de uma longa pausa, Benny pergunta por fim:

— Tá, mas digamos que não exista limite para o que você possa desejar, neste mundão tão enorme. O que faria você feliz?

Como em um sinal, ouço passos se aproximando de fininho pela porta da frente. E de lá sai ele, Andrew, segurando um copo alto cheio de suco de laranja, vodca e gelo.

— *Screwdriver.* Com bastante suco — ele diz, com um sorriso doce. — Porque, sem ofensas, você é fraca para bebida, Maisie.

Ele se senta no balanço da varanda, me deixando esmagada entre o seu corpo quente e o do Benny. As minhas emoções estão em chamas, e a grande paixão da minha vida passa os olhos de mim para o Benny.

— E aí, qual é o assunto?

Não confiar no universo.

A gente estava conversando sobre o meu maior desejo em todo o universo e você aparece. Coincidência, né?

Ao olhar para o Benny, percebo que ele não vai me socorrer nessa. Que sacanagem ele escolher exatamente este momento para me obrigar a encarar os meus sentimentos.

— A gente estava falando sobre o dia louco que eu tive e o Benny me perguntou o que me faria feliz e você veio com um drinque. — Pego o copo da mão dele e continuo: — Então, obrigada. Agora estou feliz.

Tomo um gole demorado e, *uau*, o Andrew não estava para brincadeira. Não tem nada de suco ali. Fico surpresa por não ver chamas saindo da minha boca ao exalar. Na próxima volta ao tempo, vou ter que pedir para ele preparar um drinque que não tenha tanto gosto de fogo.

— Que forte. — Engasgo, passando o copo para o Benny, que o apoia na mesa à sua direita.

— Você está estranha hoje, Maisie — Andrew diz, rindo.

Começo a tossir, lutando contra a queimação.

— Só vivendo a minha realidade.

— Entendo. — Percebo que ele olha para o Benny por cima da minha cabeça. — Você não está mesmo chateada com alguém aqui por algum motivo?

A culpa penetra o meu comportamento impulsivo. Ainda que eles sejam invenções da minha imaginação ou peões no jogo do universo, eu amo estas pessoas de todo o coração. Terei que ser mais gentil da próxima vez que eu perder a cabeça.

— Espero não ter magoado a sua mãe.

Ele ri.

— O meu pai contou que ela está colocando aquele álbum de Natal do Bob Dylan para tocar há três semanas e todo mundo já disse que é péssimo. Pode ser que ouvir de alguém que não seja o marido ou o filho sirva de alguma coisa. — Andrew cerra as sobrancelhas. — Mas como você sabia que o meu pai tinha se esquecido do gim Hendrick?

— Um pressentimento estranho — digo.

Andrew faz um beicinho, pensando no assunto de um jeito fofo, e então concorda, como se estivesse satisfeito com a minha falta de explicação. Ele lida com coisas estranhas e surreais quase tão numa boa quanto o Benny.

— Esse sonho que você teve no avião deve ter sido uma loucura. Na semana passada, eu sonhei que trabalhava num parque de diversões — ele diz, começando uma conversinha fiada. — Durante toda a semana, fiquei com a sensação de que eu estava sempre atrasado para trabalhar na barraquinha de algodão-doce. Foi tão estressante.

Isso me faz rir e então nós três ficamos em silêncio. O assovio do vento entre as árvores é o único som audível, até que não consigo me controlar.

— Mas por que uma barraquinha de algodão-doce?

— Você tá falando sério? — Andrew olha para mim, incrédulo. — Seria o *melhor* lugar para trabalhar num parque de diversões.

— O lugar mais grudento — corrijo.

Benny murmura alguma coisa, concordando comigo.

— Eu preferiria trabalhar na Xícara Maluca.

Faço uma careta.

— Muito vômito para limpar. — Andrew estremece ao pensar e eu olho para ele. — O que foi? Você acha que não vai ter gente vomitando perto da barraquinha de algodão-doce?

Benny ri e fecha os olhos, erguendo o rosto na direção do céu.

— Sobre o que a gente está falando mesmo?

O sol desapareceu há um bom tempo atrás das montanhas e eu estou tão cansada que parece que a gravidade está me puxando mais do que o normal.

— Andrew — digo —, vai fazer muito frio dentro do galpão.

Ao meu lado, ele paralisa.

— Como você sa…

— Outro pressentimento.

Ele digere a informação por alguns segundos e então diz:

— Ainda é melhor do que dormir num beliche.

— Deve ser — reconheço. — Mas vamos arejar aqueles velhos sacos de dormir que estão no porão antes de você passar a noite lá hoje. Não quero que você congele. Vamos poupar você e as partes salientes do seu corpo.

— Eu… — Ele fica me encarando. — Sacos de dormir? — Ao perceber o meu silêncio, ele continua: — Outro pressentimento?

— Aham.

Duas covinhas se aprofundam nas suas bochechas.

— Você está preocupada comigo, Maisie?

— Eu sempre me preocupo com você — digo.

— E com as partes salientes do meu corpo?

Ao meu lado, percebo que o Benny está se esforçando muito para desaparecer no balanço.

— Sempre — continuo, sem conter a sinceridade. — Eu te amo demais. Vamos ajeitar um lugar para você lá fora, para eu poder tirar um cochilo depois.

Quando olho para ele, o momento se prolonga. Ele não está rindo, provocando ou brincando. Está só me encarando. Os nossos olhares não se afastam e, por um instante, a atenção do Andrew se volta para a minha boca e vejo que, com a surpresa, seus lábios se contraem por um instante. Como se ele estivesse vendo algo novo no meu rosto que nunca esteve ali antes.

Quem me dera esse fosse *seu* momento de epifania, uma rocha desenfreada descendo uma montanha. Não custa sonhar.

Ainda assim, a sensação da sua atenção sobre mim é como uma droga e, quando tento me levantar, troco as pernas e quase caio. O Benny e o Andrew pulam para me segurar. Mas o Andrew me segura antes e com mais firmeza. Suas mãos sobem pelos meus braços, me mantendo firme enquanto eu invado o seu espaço pessoal.

Não consigo me controlar. Estou sem defesas. Sabe aquele abraço do Andrew que eu sempre quis? Está acontecendo agora. Eu me aproximo ainda mais dos seus braços.

Eu só precisava disto por um segundo. Eu só queria ser abraçada, sentir o calor dele em um momento que não fosse de oi ou tchau. Percebo que ele fica surpreso no início, mas depois seus braços enlaçam a minha cintura, e as minhas mãos enlaçam o seu pescoço, e eu o trago para mais perto de mim em um abraço apertado.

Mas os meus pés ficam firmes na varanda.

— Só vou ali… — Benny logo desaparece ao fundo, indo na direção da porta da frente de fininho. Mandou bem, Benny.

— Ei. Está tudo bem? — Andrew pergunta, junto ao meu cabelo.

— Está. — Fecho os olhos e viro o rosto na direção do seu pescoço. Atingida pelo cheiro suave e quente do Andrew, tento engolir o sentimento de afeto que está se avolumando na minha garganta. Mas fica preso ali, como um comprimido que tentei engolir sem um gole d'água.

— Só está precisando de um abraço? — Percebo um riso na sua voz áspera e assinto. Dos seus fones de ouvido, sai a música "Just Like Heaven", do The Cure. O som fica abafado pela pressão dos nossos corpos, mas a melodia inconfundível é suficiente para eu sentir uma dor de saudades se alojando no meio das minhas costelas. Já ouvi o Andrew cantar essa música centenas de vezes. A música é algo que está gravado no seu DNA, é o alicerce daquela felicidade mansa e, neste momento, este abraço parece uma cantiga de ninar, uma melodia relaxante murmurada na hora de dormir.

Sério, eu poderia ficar aqui para sempre, mas, no fundo, sei que não é o que o universo quer que eu faça. Eu o aperto com mais força uma última vez e dou um passo para trás.

— Foi isso o que o médico receitou. Você abraça muito bem, Mandrew.

— Ora, obrigado, senhorita. — Seu cabelo cai como arbustos selvagens na sua testa. Sempre achei a cor dos seus olhos verdes tão luminosa e hipnotizante. Ele passa a língua nos lábios e eu fico encarando sua boca carnuda, e sedutora, e voltada para mim. Ele tira o cabelo da testa, mas as mechas caem novamente.

Meu filtro se quebra por um momento.

— O que deu em *você*? — pergunto, baixinho.

Ele ri.

— O que deu em mim? O que deu em você? Quem é essa nova Mae mandona que precisa de drinques e abraços?

— Você não acreditaria se eu contasse — digo.

— Bom, seja lá o que for, gostei dela — ele diz. — Você está me deixando embriagado, assim do nada. E não é nada ruim.

Antes de conseguir entender o que ele quer dizer, seus lábios se abrem em um sorriso e ele puxa o meu gorro de crochê para baixo, cobrindo os meus olhos. Só percebo que ele já se foi pela sua risada se afastando.

12

Mesmo sabendo que, se eu fizer as contas, já comi este mesmo café da manhã duas vezes em quarenta e oito horas, parto para cima com tudo na manhã seguinte. Em geral, eu tentaria garantir que vai ter uma quantidade suficiente para todos da mesa. Mas também sei que há mais um prato com o dobro de panquecas aquecendo no forno e que nunca vamos dar conta de tudo aquilo, e por qual outro motivo estaríamos aqui? Desperdiçar uma comida deliciosas dessas? Sem chance. Não enquanto eu estiver aqui.

Andrew pega das minhas mãos a travessa, que de repente ficou muito mais leve, e começa a rir.

— Estou vendo que a Mae cheia de vontades está de volta hoje. Gostei.

— Olha — digo —, tem panquecas aqui para alimentar umas cinquenta pessoas. Vamos parar de fingir que não queremos cair de cara na comida e mandar ver com todas as panquecas que a gente aguentar.

Entrando na onda, Andrew pega uma pilha enorme de panquecas e depois ainda enche o prato de bacon e ovos quando também são servidos.

— Vou me arrepender disso.

Enfio um pedaço na boca e respondo, ainda de boca cheia:

— Será que vai?

Ele me dá um sorriso que quer dizer: *Tem razão, não vou, não.*

— Se você tiver essa mesma energia na construção da criatura de neve hoje — Aaron diz, dispensando a travessa que passa por ele —, pode acabar sendo muito bom ou muito ruim para as suas chances de ganhar. — Ele ainda está de pijama, e eu sinto que deveria avisá-lo sobre o problema de vestuário que ele vai ter daqui a algumas horas, mas não sei se existe uma forma minimamente lúcida de explicar como sei disso.

— Que tipo de comentário é esse? — pergunto.

— Acho que o que ele quer dizer — Kyle diz, pegando a bandeja das mãos do marido — é que a sua energia está um pouquinho...

— Imprevisível — o papai termina, falando com cautela.

— Ele quis dizer "doida de pedra" — Miles corrige.

— Não foi isso que eu quis dizer.

Kennedy esmaga uma panqueca com o garfo.

— Que tipo de pedra?

Miles tira os olhos do celular.

— O tipo doido.

Zachary se levanta na cadeira.

— Pedra boba, pedra feia!

— Miles — mamãe repreende.

— O que foi?

— É Natal. Seja mais gentil com a sua irmã — ela diz.

Kyle coloca Zachary de volta no lugar.

— Quando eu era bailarino de apoio da Janet Jackson, sempre que alguém estava assim, a gente dizia que a pessoa estava com a pá virada.

Os olhos de Andrew encontram os meus, como que dizendo: *Por favor, anote a menção número um do bailarino de apoio da Janet Jackson.*

— Com a pá virada, é bem assim que estou me sentindo mesmo.
— Deixo passar o fato de que, embora eu seja a única com a *energia imprevisível*, todo mundo, exceto o Aaron, também pegou o dobro de comida do que costumam pegar.

Kyle entrega a travessa vazia ao Theo, que reclama por ter que ir reabastecer.

— Mae. — Olho para cima e vejo o Theo parado atrás da mesa, fazendo um gesto com o queixo para pedir para eu acompanhá-lo. Para ajudar a abrir o forno? Para segurar a travessa enquanto ele serve?

Faço um gesto para mostrar que estou muito ocupada, passo uma colherada gigante de geleia em cima da minha panqueca, murmuro: "Por que não?" e finalizo com uma porção enorme de compota de maçã.

Com esta obra de arte à minha frente, é fácil ignorar os olhares embasbacados em volta da mesa.

— Querida — a mamãe diz toda gentil —, tem certeza de que vai comer tudo isso?

Eu nunca discuto com a minha mãe, mas como nada disso importa mesmo...

— Meus olhos dizem que sim, a minha barriga diz que talvez seja melhor não. Mas estas são as melhores panquecas que eu como no ano, e quem sabe quando vou poder comê-las de novo? — Olho para o Benny e dou uma piscadela. — Quer dizer, eu sei. Com certeza vou comer esta delícia de novo logo, logo. — Ataco com o garfo, espetando um pedaço da comida.

Benny me lança um olhar gentil de advertência.

— Vai com calma, menina. Por que você não passa os acompanhamentos?

Fazendo uma careta, entrego para o Andrew, que entope as próprias panquecas de geleia.

— Mae — Kennedy, sentada do outro lado da mesa, me diz —, se você comer tudo isso, vai vomitar.

— Uma vez eu comi quatro panquecas com gotas de chocolate e vomitei no carro do papai — Zachary diz.

Kennedy fecha os olhos.

— O carro ficou fedendo por um tempão.

— Parecia o cheiro do metrô! — Zachary acrescenta, animado.

— Kennedy, Zachary, não vamos falar sobre vômito durante o café da manhã — Aaron alerta.

— Isso mesmo — Ricky diz, tentando ajudar a mudar de assunto. — Vamos falar sobre criações. Vocês já sabem que criatura de neve vão construir este ano?

Andrew se inclina e sussurra no meu ouvido:

— Estava pensando em fazer um panda.

Eu nego, balançando a cabeça, e me viro para encará-lo. Estamos a poucos centímetros de distância. Há uma sujeirinha de compota de maçã logo abaixo do seu lábio. Na minha cabeça, eu tiro com a língua e uma voz na minha mente fica me provocando: *Vai logo. Ele não vai lembrar mesmo.*

— A gente vai fazer um macaco de neve — digo para ele. — O nome dela vai ser Thea, e vamos ganhar.

❄ ❄ ❄

Andrew se curva para esculpir com cuidado o rosto da macaca Thea. À nossa volta, todos estão concentrados em suas obras, em silêncio. Nenhuma bola de neve à vista.

— A gente nunca conversa sobre essas coisas, mas você ainda está morando em Berkeley, né? Não voltou para Los Angeles?

Olho para ele, pega de surpresa. Bom, não por ele ter perguntado, afinal é um assunto óbvio quando se encontra alguém que você vê poucas vezes por ano. O que me surpreende é que a Mae de verdade parece ser alguém que existiu há muito, muito tempo. Agora, eu sou a Mae do chalé. A Mae do *loop* temporal de Utah. Que parece passar o tempo todo com o Andrew do chalé. Até onde sei, talvez ela nunca mais volte para casa. Se esses saltos temporais continuarem acontecendo, talvez eu nunca mais saia de Utah, e o mundo real nunca vai saber que eu fui embora.

Expirando bem devagar, digo:

— É, não estava dando certo em Los Angeles.

Na verdade, não deu certo em Los Angeles porque, para começo de conversa, eu nem deveria ter aceitado aquele emprego. Eu tinha acabado de sair da faculdade e era um emprego de designer gráfica em uma pequena *startup* que me pagava um salário miserável em uma das cidades mais caras e menos acessíveis do país. A vergonha de voltar para a casa da minha mãe — e do novo marido dela — foi logo superada pelo alívio de não ter mais que usar o cartão de crédito para pagar as contas. Mas, dois anos depois, eu me sinto menos inteligente quando se trata de dinheiro e mais empacada na própria vida.

— Mas você está feliz?

— Tipo — digo —, eu não preciso pagar aluguel e consigo aproveitar a companhia do Miles quando ele me quer por perto. Mas também durmo na minha cama de solteira de quando eu era criança e sei quando a minha mãe e o marido dela estão transando, então… defina o que é "estar feliz".

Ele estremece e resmunga:

— *Por quê?*

— Olha, se é para eu sofrer, que você sofra junto.

— E como estão as coisas no trabalho?

Coloco mais neve na barriga da Thea.

— Tudo certo.

— Vai com calma — ele diz, e seu vozeirão parece ressoar pela minha espinha. — Não precisa se empolgar tanto na conversa.

Isso me faz rir.

— Foi mal. É que, quando eu aceitei o meu emprego, achei que faria coisas mais interessantes, e não só as coisas burocráticas que sugam a alma das pessoas.

— Achei que você estivesse trabalhando com crianças.

Dou de ombros, me sentindo estranhamente distante.

— O programa não correu como eu imaginava.

Para dizer o mínimo. Quando voltei para casa, eu me candidatei a um emprego em uma ONG com sede em Berkeley cuja missão é oferecer cursos gratuitos e inovadores para crianças vulneráveis e de baixa renda. Tendo cursado duas graduações, uma em artes gráficas (porque a mamãe me falou para correr atrás dos meus sonhos) e uma em finanças (porque o papai me falou para ser prática), propus criar um curso que seria ministrado no período da tarde, no centro de Berkeley, em que os jovens poderiam aprender sobre artes gráficas e design. Em um mundo perfeito, eu daria as aulas e os jovens poderiam agregar a experiência ao currículo e juntar um dinheirinho para a faculdade, oferecendo serviços de design gráfico a um preço competitivo para as empresas locais.

— A sua chefe não topou o plano? — ele pergunta e usa o polegar para tirar uma linha de neve solta da nossa obra.

— Ah, ela adorou a ideia — conto. — Passamos mais de um ano pensando em como fazer dar certo, analisando quanto de verba precisaríamos levantar e como faríamos isso, solicitando as licenças e discutindo como montaríamos as equipes no local.

— Ah, é verdade, eu me lembro dessa parte.

— E ela conseguiu. Montar a equipe, digo. No verão passado, ela contratou uma amiga para dar o curso.

Ele solta um grunhido baixinho, em solidariedade.

— Espera, então depois de tudo pronto, não é você que vai cuidar do projeto?

Balanço a cabeça.

— A Neda, minha chefe, achou que, por eu ter formação em conta-bilidade, seria melhor para o "time" se eu cuidasse da parte financeira.

— Você faz a *contabilidade*?

— Também faço algumas coisas do site, mas, sim. A maior parte do tempo são rotinas contábeis. — Eu me abaixo ao lado das pernas da macaca Thea e coloco um pouco mais de neve ali. — Não cheguei a conhecer nem um aluno, porque da forma como nós, ou melhor, da forma como *eu* redigi a licença, para proteger os jovens, não deixamos que nenhum adulto além dos professores entre nas salas. Adoro demais o que a gente faz, só não gosto do papel que eu tenho lá.

— Pode ser intromissão minha, mas e se você pedir demissão? A parte boa de morar com os pais é que, se você precisar, tem uma rede de apoio.

Ele não é o primeiro a sugerir isso. A minha melhor amiga da facul-dade, a Mira, vem tentando me convencer a pedir demissão há meses. Todo mundo sabe que eu sou péssima em pular sem paraquedas, então me vejo diante de um problema interminável do ovo e da galinha: se eu encontrar outro emprego, poderia pedir demissão, mas encontrar outro emprego seria admitir que vou pedir demissão. É um ciclo paralisante.

— Pois é — eu digo com eloquência.

Andrew faz cara de solidariedade.

— Que merda, Maisie. Sinto muito.

É uma merda mesmo, mas, de repente, a minha atenção se volta ao que está acontecendo em outro lugar. Ou melhor, ao que não está acontecendo. Todo mundo está tão concentrado, tão em silêncio. Eu e o Andrew somos a única dupla que está conversando. Não vejo mais nenhuma gargalhada ou grito histérico da guerra de bola de neve. Noto que estamos todos muito empenhados nos projetos, mas isso está acon-tecendo porque é assim que fazemos. É a rotina. Mas ninguém, nem mesmo o Ricky, está curtindo.

A guerra de neve foi espontânea, foi engraçada. Fez todo mundo rir e sentir uma conexão. Eu não deveria ter tentado interromper.

— Isso não está legal — digo.

Andrew olha para mim e depois olha para as nossas famílias.

— O que não está legal?

— Estão todos parecendo uns robôs. Por que estamos fazendo isto?

— Porque é a tradição — Andrew diz, como se fosse óbvio. E é. Mas quem de nós de fato se importa? Ele acompanha o meu olhar, que passa de um grupo para o outro, todos trabalhando com uma determinação triste.

Eu me levanto, sorrio para ele, e então me abaixo e modelo uma grande bola de neve. Apertando entre as mãos, olho em volta procurando minhas possíveis vítimas.

— A pergunta é: quem merece *isto aqui*?

Sem hesitar, Andrew se abaixa e prepara uma bola para ele.

— O Theo.

— Talvez o Miles.

— Talvez o seu pai.

— Meu pai *com certeza* — concordo.

— A minha mãe escolheu aquela música horrível, mesmo depois de você falar para ela escolher outra coisa — ele argumenta.

— O Kyle nunca fica de ressaca. É injusto — digo.

— Você acha que a bola de neve desapareceria dentro do buraco negro do cabelo pintado do Aaron?

— Vale a pena testar — concordo. — A ciência depende de nós.

— Mas temos o Benny também — ele diz. — Ele está todo tranquilão ali na escada, com uma xícara de café bem quente.

— Porque ele é esperto.

— Ele e as boas decisões dele vão ter que se ferrar um pouquinho. — Andrew joga a bola de neve de uma mão para a outra.

— Vamos no Benny, então. Quando eu contar até três — digo. — Um.

— Dois.

— Três.

Lançamos as nossas bolas de neve no desavisado Benny. A minha o acerta no ombro. A do Andrew o acerta em cheio no peito. A princípio, ele olha para nós sentindo uma traição profunda e imediata. Mas algo muda na sua expressão quando vê que eu e o Andrew estamos parados ali, juntos, nos abaixando para pegar mais bolas de neve. Talvez ele consiga ver a dinamite no meu olhar, ou talvez perceba que o Andrew precisa muito desta mudança na rotina — talvez consiga ver como eu preciso que isto aconteça —, mas ele pega um montão de neve, aperta firme e joga no Ricky.

Em poucos segundos, eu já não sei mais quem me acertou, quem acertou o Andrew, quando a Thea é destruída e o que está acontecendo no meio de toda aquela bagunça de neve voando. Só sei é que as risadas das pessoas que eu amo ricocheteando nas colinas é o melhor som que já ouvi.

Mais uma pequena vitória.

13

A Park City Nursery é uma floricultura tradicional na maior parte do ano, mas no inverno, se transforma em um verdadeiro paraíso reluzente e cintilante. A casinha verde que costuma vender ferramentas de jardinagem fica coberta por uma variedade de guirlandas frescas, cheia de decorações natalinas e opções de presentes. Há pisca-piscas pendurados no teto e, em vez dos vasos de flores coloridas que se veem no verão, há viscos, bicos-de-papagaio e pinheiros naturais para todo lado. Há até uma fogueira rodeada de bancos para os clientes se sentarem e funcionários distribuindo sidra quente com especiarias.

Em geral, o papai e o Ricky enfrentam o tumulto, mas hoje eu precisava sair de casa. Já que a ideia de fazer só o que quero ainda não deu errado, falei para o Andrew vir comigo. O papai, feliz por não precisar se meter na multidão, nos deixa na calçada em frente à loja e vai para um café, dizendo para ligarmos quando estivermos com uma árvore pronta para entrar no porta-malas.

Percebo que o Andrew está olhando para mim enquanto tentamos desviar da multidão e isso me deixa ao mesmo tempo trêmula e em chamas.

— Eu deveria ter te perguntado sobre o *seu* trabalho — digo, desviando de um casal que está abaixado para verificar o preço de uma árvore.

— Você estava ocupada demais travando uma guerra de bolas de neve.

Eu rio.

— Como estão as coisas em Denver?

— Estou naquela situação complicada de ter um emprego perfeito, mas sem nenhuma oportunidade de crescimento. O único cargo acima do meu é o de engenheiro-chefe de som, e o cara que está lá só é cinco anos mais velho do que eu e nunca vai largar aquele emprego.

Andrew sempre foi o que nós chamamos carinhosamente de nerd musical. Ele fez aulas de todos os instrumentos musicais que havia disponível na escola e ia a todos os shows que chegavam à cidade. Eu o invejo pelo amor que ele tem pelo que faz; talvez ele até trabalhasse de graça.

— Você já pensou em trabalhar com produção musical?

Ele balança a cabeça.

— Eu não tenho a cabeça pilhada que precisaria ter para esse tipo de vida.

— Quer que eu dê cabo do seu colega? Talvez eu só esteja tão perdida profissionalmente porque ainda não encontrei o meu verdadeiro propósito como assassina.

Andrew sorri.

— Escuta o que estou dizendo, você vai se encontrar, Mae. Você é tão talentosa. A maçã artística não cai longe da árvore artística.

Essa eterna confiança que ele tem em mim me anima.

— Valeu, Mandrew.

— Sei que é meio aleatório, mas você já fez uma leitura de tarô? — ele pergunta.

— Isso é sério?

Ele ri.

— Acho que sim.

— Nunca fiz — admito —, em parte porque eu nunca quero ouvir coisas ruins.

— Eu já fiz — ele diz e logo ergue as mãos. — Eu sei, parece maluquice. Pode acreditar, achei que fosse uma piada. Mas, em uma festa que eu fui, havia uma mulher lendo cartas de tarô. Ela disse que só tarólogos babacas fazem leituras trágicas.

— Você acha que uma leitura de tarô me ajudaria a encontrar um rumo profissional? — A última coisa de que preciso é brincar com mais energia cósmica.

— Só estou dizendo que pode ser que a leitura traga algo à tona para você. — Ele dá de ombros de um jeito fofo. — Foi assim que eu me senti.

Uma mulher me dá uma cotovelada sem querer ao passar e, com a batida, a sidra quente derrama do meu copo e cai na minha mão. Ranjo os dentes de dor com a queimadura leve.

— É sempre assim? Acho que eu não tinha me dado conta de que todo mundo em Park City procrastina tanto quanto a gente. — Eu me inclino para lamber o resto da bebida do meu dedo. Posso estar viajando, mas juro que o Andrew dá uma segunda olhada.

— Aposto que a maioria das pessoas não mora aqui e também estão de férias, comprando as árvores de última hora. — Ele enfia as mãos no bolso. — O meu pai sempre reclama que isto aqui parece um hospício.

— Deve ser um inferno estacionar. Por que eles não nos deixam aqui todos os anos?

Andrew me lança aquele olhar, aquele que me diz que eu fiz uma pergunta boba. *Porque é assim que sempre fazemos*, seus olhos dizem. *Tradição, lembra?* Quantas coisas nós fazemos sem pensar, só porque é assim que sempre fizemos? A mesma comida em todas as refeições, os mesmos jogos todas as noites, com as mesmas equipes. As mesmas músicas. Sou a pior de todas, porque nunca estou disposta a abrir mão de nenhum detalhe.

Quando essa ficha cai, é como se uma luzinha se acendesse no meu cérebro.

Músicas natalinas tocam no ambiente e o Andrew se balança todo feliz ao meu lado. Com esse novo olhar, fico me perguntando se ele está se sentindo sufocado com a previsibilidade das férias. Se todos nós estamos.

— Você detesta as tradições? — pergunto. — As criaturas de neve, e o trenó, e todos os jogos?

Ele pensa por alguns segundos antes de responder:

— Eu adoro o trenó e não detesto o resto. Mas, sim, às vezes eu *adoraria* variar um pouco. A gente faz as mesmas coisas todos os anos, por toda a vida. — Ele aponta para um abeto-de-douglas perfeitamente simétrico. — Que tal aquele ali?

Torço o nariz, balançando a cabeça.

— Sei que a minha mãe e o meu pai adoram receber todo mundo aqui — ele diz, indo adiante —, mas você nunca sentiu vontade de entrar num avião e fazer algo completamente diferente? Ir para a Grécia ou passar o Ano-Novo em Londres? — Antes de eu conseguir responder, ele aponta para outra árvore. — E aquela?

— Não…

— Não para a árvore ou não para fazer algo completamente diferente? Sorrio para ele.

— Acho que para as duas coisas. E quanto a esse Ano-Novo em Londres. Não sei, não. Estaríamos todos juntos nesse cenário hipotético?

Seus olhos brilham e aquela sensação sobe por toda a minha espinha. Juro que ele nunca olhou para mim assim, como se estivesse me vendo pela primeira vez.

— Claro.

— Então tudo bem, parece ótimo. Apesar de o chalé ser o meu lugar preferido do mundo, estou começando a achar que não seria uma ideia terrível variar um pouco. Talvez a gente devesse fazer as coisas por gostar delas, e não só porque sempre fizemos. — Me interrompo, tentando formular com cuidado a pergunta que tenho em mente. — Andrew?

Ele ergue o rosto para o céu, admirando uma árvore enorme. Floquinhos de neve começam a cair, girando desde lá do alto das nuvens.

— Hum?

— O chalé está precisando de muitas reformas, não está?

Seu sorriso some e ele volta a olhar para mim.

— Bastante.

— Por exemplo…?

— O assoalho precisa ser envernizado — ele diz. — Pintura interna e externa. A maior parte dos eletrodomésticos é mais velha do que eu. Telhado novo.

— Quanto custa um telhado novo? — Meu estômago embrulha só de pensar.

— O orçamento mais baixo foi de doze mil dólares — ele diz. Então eles já andaram pesquisando. — Se optarmos pelo modelo original, o preço dobra. Isso sem falar que, quando removerem o telhado, algumas das vigas provavelmente terão que ser substituídas.

Caramba.

Opto por ser direta e pergunto de uma vez:

— Seus pais querem vender o chalé, não querem?

Andrew nem parece surpreso ao ouvir.

— Acho que sim.

— Você e o Theo querem vender?

Ele desvia com cuidado de duas crianças que estão brincando de pega-pega em volta de uma árvore.

— Eu não quero, mas moro em Denver. Não acho que posso pedir para eles ficarem com o chalé se nem estou por aqui para ajudar. O Theo acabou de comprar um terreno em Ogden. Ele vai começar a construir uma casa logo e também não vai ficar muito por aqui. A mamãe e o papai já não têm a mesma flexibilidade e energia de antes. É muita coisa para eles assumirem sozinhos.

— Mas por que eles deveriam lidar com isso sozinhos, se estamos todos juntos aqui?

Andrew para no meio do caminho e olha para mim.

— Vocês moram na Califórnia e o Kyle e o Aaron moram em Nova York.

— Não, estou dizendo que a gente pode vir e ajudar durante o ano.

Uma mecha rebelde do seu cabelo sai por debaixo do gorro de tricô e, quando seu olhar se fixa em mim, fico tonta de paixão.

— O meu pai é orgulhoso — ele diz, lançando um rápido olhar para trás de mim, imagino que para garantir que o pai não esteja mesmo por perto. — Ele não gosta de pedir ajuda e nem sabe aceitar quando oferecem. Ainda mais das crianças.

Sei que é verdade; até me lembro de muitas ocasiões, quando eu era criança, em que o Ricky insistiu que a minha mãe não precisava cozinhar enquanto estava no chalé, como se isso fosse impedi-la. Mas não estou falando só da ajuda dos outros pais. Há uma fera dentro de mim tentando sair, pressionando a minha pele com suas garras. Eu não quero mais ser criança.

— Mas a gente nem é mais criança.

Ele abaixa o rosto e não deixo de reparar na forma como seus olhos estacionam na minha boca.

— Faz muito tempo que não somos mais crianças.

O efeito das suas palavras retumbantes não é nada diferente do que tomar um relaxante muscular.

— Seus pais gostam de visitas, eu sei. Eles gostam de ser pais, de cuidar da gente. Mas já passou da hora de todo mundo contribuir.

Ele se vira para voltar a andar.

— Você diz isso como se os seus pais não gostassem de ser pais.

Por instinto, e mesmo sabendo que a pergunta vem do Andrew, eu piso em ovos para responder.

— Você sabe que a minha mãe é maravilhosa e superprotetora. Mas o relacionamento deles sempre foi caótico e às vezes é difícil ser notada em meio a isso tudo.

— A gente nunca conversou sobre esse lance de os seus pais estarem divorciados e continuarem vindo para cá todos os anos.

— O marido da minha mãe, o Victor...

— O marido que não passa o Natal com a mulher? — Andrew diz, com um sorrisinho malicioso.

— O próprio. Ele tem duas filhas, e cada uma tem a própria família. As duas moram na Costa Leste, então, por mais dedicado que ele seja à mamãe, ele fica feliz por ter um tempo com as filhas durante as festas de fim de ano, sem a complicação dos enteados. Sei que parece bobagem, porque eu deveria ser uma adulta que não precisa da mamãe e do papai juntos no Natal, mas esta é a única semana do ano em que voltamos a agir como uma família.

— Não acho que seja bobagem — ele diz. — Eu me sentia triste por você.

Sou pega de surpresa pela mudança de rumo na conversa.

— Por mim? — Ele concorda. — Por quê?

Andrew olha para mim como se fosse óbvio.

— Estou falando sério — digo. — Por quê?

— Porque, durante alguns anos, eu via como era difícil para você estar com os seus pais juntos no chalé, mas era óbvio que eles não estavam *juntos*. Vocês todos estavam ali fisicamente, mas tinha vezes que você parecia tão... triste — ele diz. — No ano em que eles anunciaram o divórcio, foi como se você tivesse conseguido voltar a respirar.

Olho para ele, chocada. Ele viu tudo isso em mim?

— Desculpa — ele logo diz —, estou falando pelos cotovelos, eu não...

— Não — interrompo. — Não peça desculpas. É que você me pegou meio de surpresa. Por você ter visto tudo isso.

— Eu conheço você desde sempre, Mae. Como eu não poderia ter visto? — Ele sorri de novo. — E aqui está você este ano, toda impulsiva, ocupando o seu espaço e contrariando todas as expectativas. Tão mandona e cheia de iniciativa.

— Acho que estou vendo as coisas com novos olhos. Hora de amadurecer.

Andrew chacoalha um galho e derruba um pouco de neve fofa.

— Chegou nas férias com os dois pés na porta.

Uma onda de rebeldia me invade.

— É como se eu visse a minha vida se abrindo na minha frente e pensasse, bom, por que não correr atrás do que eu quero de verdade?

— Panquecas com geleia *e* compota de maçã — ele brinca. — Beber na varanda. Guerra de bolas de neve.

A palavra sai feito um foguete de mim.

— Você.

Seu sorriso congela e vai se desfazendo aos poucos.

— Eu? — Ele deixa escapar uma risada constrangida. — Bom, eu estou aqui, não estou? — Ele sorri e abre os braços, fazendo um gesto para mostrar as árvores, a neve e as luzinhas cintilantes sobre nós.

— Eu quero mais do que a sua companhia para comprar uma árvore, e acho que você sabe disso. — O meu coração está disparado. — Mas podemos fingir que foi isso que eu quis dizer, para as coisas não ficarem esquisitas entre a gente.

Andrew fica me encarando e eu me sinto ao mesmo tempo orgulhosa e chocada por tê-lo deixado sem palavras.

— Você quer dizer… como…? — Ele ergue a sobrancelha com intenção.

A adrenalina dispara pelas minhas veias.

— É. Assim.

— Eu meio que achava que você e o Theo…

— Não.

— Mas ele…

— *Ele* pode até querer, mas eu não. — Sinto um arrepio de culpa descendo pelo meu corpo e esclareço: — Tipo, eu nunca senti nada assim por ele.

— Ah. — Mesmo à meia-luz, percebo que ele está ficando vermelho. Será que eu estraguei o que estava surgindo entre a gente? Pode ser que sim. Mas percebo que tudo isso é educativo. Da próxima vez que eu reinicializar, saberei o que *não* dizer.

— Vamos. — Puxo a manga da sua blusa. — Vamos encontrar uma árvore.

Seguimos em frente, mas o silêncio paira pesado no ar. A neve sendo esmagada debaixo das nossas botas, o som de Andrew tomando um gole de sidra. Vasculho o cérebro para tentar achar uma forma de mudar de assunto, mas não encontro nada.

Por fim, ele consegue:

— Você tem, tipo, algum plano para o Ano-Novo?

Meu Deus, como isso é torturante. E todas as respostas que me vêm à mente são coisas que não posso compartilhar — *queria entender por que estou viajando no tempo* ou, ainda mais impossível: *gostaria de beijar você na boca. Queria largar o emprego...*

Paro no meio do caminho.

— Sim. Tenho, sim.

Em um impulso que parece uma iluminação súbita, pego o celular e começo a escrever um e-mail para a minha chefe.

Neda, por favor, considere este e-mail como o meu aviso prévio de 30 dias. Agradeço todas as oportunidades que você me deu, mas estou pronta para explorar novas possibilidades. Podemos conversar melhor no início do ano.

Meus melhores votos, Maelyn

Antes de poder me questionar, aperto enviar. Respiro fundo e lá se foi. A Neda gosta que as pessoas sejam sinceras e diretas. Está tudo bem.

Ai, meu Deus. Eu fiz isso mesmo. Sinto um alívio envolver o meu corpo como um cobertor.

— Caramba, isso foi ótimo.

— O que foi ótimo? — Andrew pergunta.

Sorrio para ele.

— Eu pedi demissão.

— Você...? *Agora?* — Sua sobrancelha desaparece em meio aos cachos bagunçados. — Uau. Caramba. Você está dando um jeito em tudo, não está?

— Estou tentando. — Fecho os olhos e respiro fundo e devagar. — Já era hora. Espero que isso mude as coisas.

— E como não mudaria? É uma decisão importante.

Olho para ele.

— Antes de saber como vai acabar, acho que é difícil saber qual é a decisão certa.

— Pior é que é verdade. — Andrew para na frente de outra árvore, abrindo os braços como se fosse abraçá-la. — Esta aqui.

Mas essa também não é a árvore certa. O meu maior medo, enquanto eu estava no carro, antes do acidente, era a perspectiva de as coisas mudarem. Mas não era isso que eu queria quando joguei aquele desejo para o universo? Que *tudo* mudasse?

— Eu não gosto de nenhuma delas — admito.

— Estas árvores são literalmente perfeitas — Andrew diz.

— Acho que é por isso.

Uma mudança pode ser algo bom.

Abro caminho por uma fileira para chegar aos fundos, onde a loja esconde as árvores que estão achatadas de um lado ou ralas nas partes mais visíveis. Pequenas demais, mirradas demais, tortas demais.

E lá, no final da fileira, há uma árvore que é tudo isso junto.

— Aquela ali.

Andrew ri.

— O meu pai vai infartar se a gente chegar com essa árvore na caminhonete.

— Não vai, não. — Fico olhando para a árvore, sorrindo, e sinto que a atitude do Andrew vai ao encontro da minha. — Acho que vai ficar tudo bem.

14

Enquanto o Ricky e o papai tiram a árvore do carro e a colocam no suporte, e os gêmeos e a Lisa vasculham a caixa de enfeites para encontrar os favoritos para decorar, eu demoro nos fundos na sala e fico no fundo observando essa nova energia estranha. Em todos os outros anos — até mesmo neste —, eu estava ali com as crianças, me ocupando com as decorações natalinas. Mas mudar significa eu me declarar para o Andrew e finalmente largar o meu emprego, também significa me desapegar das tradições e deixar a Kennedy e o Zachary tomarem a frente na decoração da árvore.

E já que estamos entrando nesta coisa de ser adulto, mudar significa ajudar mais e não deixar o Aaron ou o Benny limparem sozinhos a sujeira que fica espalhada na sala depois de tomarmos vários drinques.

Enquanto junto e levo as louças para a cozinha, aproveito para dar uma boa olhada no chalé. Percebo os riscos no piso, o desgaste no corrimão após gerações de mãos deslizando por cima dos ornamentos de madeira no final da escada. A tinta está descascando perto das sancas e desbotada nas paredes perto da porta de entrada e no final do corredor. Sem as lentes da nostalgia, vejo que a casa é muito amada, mas está desgastada. E esses são apenas os reparos cosméticos. O chalé também está velho por ter passado um terço do ano na neve e outro terço em um calor sufocante. Para ajudar o Ricky e a Lisa a manterem este lugar, será preciso muito mais do que amor e gratidão.

Benny se aproxima enquanto estou colocando as louças sujas na lava-louças.

— E aí, Mayday.

— E aí, Beniana.

— Como foi na floricultura? — O sorriso do Benny se sobressai ao sotaque e envolve todas as suas palavras.

Eu me viro para ele, me encostando na pia.

— Foi bem legal, na verdade.

Benny fica intrigado.

— Bem legal? Eu vi aquele amontoado de gravetos e imaginei que era a última árvore lá.

— Qual é — digo. — Admita que é difícil não torcer pelos desfavorecidos. O destino daquela pobre árvore era o triturador. A gente a salvou.

Benny concorda com um tique na sobrancelha, e eu olho para trás dele para checar se ainda estamos sozinhos.

— Mas não foi só por isso que foi legal ir lá na floricultura. — Faço uma pausa e mordo a ponta do polegar. — Eu me declarei para o Andrew.

Ele arregala os olhos.

— Sério?

— Ah, não foi algo do tipo: "Quero você agora, Andrew, e se você me pedir em casamento, vou aceitar de olhos fechados", mas a gente estava conversando sobre eu estar correndo atrás do que quero esta semana e eu falei que queria ele.

— Caramba. — Ele leva as mãos à boca e pressiona os lábios.

— Ah, e eu pedi demissão.

Ao ouvir isso, Benny se surpreende e dá um passo à frente.

— Você o quê?

— Isso mesmo. Mandei um e-mail para a Neda e dei o meu aviso prévio.

— Assim, do nada? Tipo... *agora*? Enquanto vocês estavam fora?

— Sim! E foi tão libertador! Que iluminação. Vou ter que procurar outro emprego, mas e daí? O que pode acontecer de pior?

Benny se encolhe.

— *Você está mesmo dizendo isso?*

Ergo os ombros até as orelhas e olho em volta da sala para verificar se o teto não vai despencar na minha cabeça.

— Oops. Tá, isso foi idiota.

— Sim, mas… o que o Andrew disse? — Benny pergunta. — Sobre a sua declaração?

— Ele não falou muita coisa. — Franzo a testa. — Não foi exatamente constrangedor, mas ele também não expirou de alívio, dizendo que sempre gostou de mim.

Quanto mais fico aqui sem acordar de repente no avião, mais tranquila fica a minha mente. É um alívio poder me abrir sobre essas coisas, mas um calafrio de vergonha percorre o meu corpo.

— Aff. Pensando bem, foi meio constrangedor, sim.

— O Andrew é um cara tranquilo — Benny me lembra. — Difícil tirar do sério.

É verdade, mas…

— Ele não falou muita coisa.

— Ele é um americano com alma de australiano — ele diz, rindo. — Fica remoendo as coisas. Não reage por impulso no momento.

Puxo uma cadeira da cozinha e me sento à mesa. Benny faz o mesmo.

— Pode ser, mas mesmo se ele nunca mais tocar no assunto, está tudo bem. — Afirmo com a cabeça, decidida. — Se for para ficar revivendo estas férias para sempre, é melhor deixar tudo bem claro pelo menos uma vez.

— Você não *sabe* ao certo se isso vai se repetir sem parar — Benny pondera.

Eu também vinha pensando nisso.

— Consegui ficar aqui por quase dois dias.

Ele ergue a mão para fazer um *toca aqui*, mas eu o deixo no vácuo e só encosto um único dedo no meio da sua palma.

— *Ei*! — ele protesta.

No corredor, começa um tumulto quando o Kyle e a mamãe são flagrados debaixo do visco, que parece ter sido transferido para algum lugar na sala de estar. Depois de um segundo, eu e Benny sorrimos ao ouvir o som da minha mãe rindo histericamente ao ganhar um beijo do Kyle.

Mas voltando ao assunto.

— Amanhã é 22 de dezembro — digo. — Terceiro dia.

— E isso não é bom?

— Bem, acho que pode ser um padrão. — Começo a contar nos dedos. — Da primeira vez, eu fui mandada de volta para o avião logo na primeira noite. Na segunda, só cheguei até a manhã do segundo dia. Há boas chances de eu chegar ao terceiro dia, que é amanhã, mas ter que começar tudo de novo.

Sério, será que pode ficar pior do que isso? Ter que viver em um *loop* temporal sem parar e, a cada vez, ter só mais *um* dia?

Que tortura.

— Não sei se essa é a única possibilidade — Benny diz e segura a minha mão. — Você se reprime demais. Pode ser que a questão não seja fazer as escolhas certas, mas fazer as escolhas que fazem sentido para você. Talvez seja isso de que você precisa.

— Ou talvez não tenha nada a ver comigo. Sei lá — digo, sendo sincera. — Estou tão cansada de ficar pisando em ovos o tempo todo.

Ele se recosta, abrindo um sorriso e apontando para mim.

— *Exato.*

✳ ✳ ✳

Com essas palavras ecoando na minha mente, sigo o Benny de volta à sala de estar, onde os gêmeos dominaram a decoração da árvore. Kyle está preparando drinques para quem estiver disposto a beber, Aaron está no sofá com um conjunto esportivo justíssimo, o papai está debaixo da árvore, deitado de barriga, mexendo no suporte, e o Theo se aproxima, trazendo um copo com um líquido transparente e borbulhante — com pouquíssimo gelo — e uma fatia de limão. Sua expressão é de hesitação e culpa, como se ele sentisse a tensão entre nós, mas é claro que não faz ideia do que estaria causando aquilo.

Eu não me permiti ficar lamentando nem por um segundo pela mudança na nossa relação e pelo fato de todo mundo, menos eu, poder se dar ao luxo da ignorância. O nosso erro — e a reação do Theo no dia seguinte — criou uma fratura neste grupo estranho e maravilhoso. Não há dúvidas sobre isso.

Pela nossa amizade de longa data, custava o Theo superar o tesão mal resolvido por uma só manhã? Estamos falando de um grupo que sobreviveu à estranheza do divórcio dos meus pais, então acho que poderíamos lidar com algo infinitamente menos dramático do que isso, mas também não posso encarar essas amizades como uma certeza inabalável.

Eu me abaixo para cheirar a bebida.

— É só água com gás — ele diz, um pouco ofendido.

— Ah. Obrigada.

— Quer trocar uma ideia mais tarde?

Tomo um gole.

— Trocar uma ideia? Onde?

— Lá embaixo. Eu e o Miles estávamos pensando em jogar alguma coisa depois do jantar.

Isso me pareceu, sem dúvidas, mais saudável do que eu estava esperando.

— Videogame ou jogos de tabuleiro?

Percebo que ele está começando a se irritar.

— Qualquer coisa que você queira jogar. A gente mal conversou desde que você chegou aqui.

Estamos mesmo tão presos a hábitos tão infantis? Para conseguir passar um tempo juntos, precisamos de joguinhos? Que coisa mais óbvia.

Antes de conseguir responder, Aaron se manifesta do lugar onde está pendurando enfeites, espremido entre a Lisa e a mamãe.

— Que escolha interessante. — Ele com certeza está malhando, porque seus músculos tremem quando ele tenta pendurar um enfeite e, por fim... simplesmente arremessa o enfeite sem força na direção do alvo, esperando que pare em algum lugar. — As árvores normais tinham acabado?

— Essa foi a que a Mae escolheu — Andrew diz, escondido atrás do pinheiro. — Eu gostei.

Meu peito se enche com uma brasa quente e brilhante.

A mamãe chega por trás de mim, me abraça pela cintura e coloca o queixo no meu ombro.

— Eu concordo com o Andrew.

Ela cantarola feliz e, ao ouvir o som da sua voz, sinto meu estômago embrulhar por conta de uma preocupação instintiva de filha: de algum modo, na última hora, consegui não pensar em como contaria à minha mãe que pedi demissão por impulso e que não tenho a menor ideia do que vou fazer da vida.

Não importa, eu me lembro. *Nada disso vai durar.*

Ela me dá um beijo, dizendo: *"Amo você, Chuchu"*, pertinho do meu rosto.

Vou contar para ela mais tarde. Se e quando for necessário.

Apesar das piadas sobre essa árvore estranha e cheia de nós, percebo na expressão facial que todo mundo meio que gostou. O filme *Férias frustradas de Natal* está passando na TV ao fundo e, enquanto assistimos a Clark Griswold tentar levar uma árvore gigante para dentro de casa, nos esforçamos para encher a nossa arvorezinha de luzes, enfeites e colocar a guirlanda de pipoca que a minha mãe passou a tarde fazendo com os gêmeos. Quando terminamos de decorar, a sala está transbordando de alegria. É quase impossível ver um pedaço de árvore por baixo de tudo, mas, estranhamente, ela está perfeita.

Levamos quase meia hora para conseguir tirar uma foto decente do grupo em frente à árvore. Com tanta gente, é esperado que alguns saiam de olhos fechados, outros com expressões estranhas. Bom se fosse só isso. Lisa arruma o tripé, mas não consegue ajustar o cronômetro. Em duas fotos, o Zachary sai cutucando o nariz e em outra ele está tentando dar a meleca para a Missô comer. Uma foto pega o Miles no meio de um espirro; a mamãe não consegue fazer os brincos de rena piscarem no tempo da foto. Theo está olhando para o celular em uma delas e vendo se o zíper está fechado em outra. (Estava fechado). Em outra, a Missô pula na frente da câmera. Depois, a Missô pula na Kennedy e levamos um tempo para conseguir acalmá-la. O Ricky sai beijando a Lisa em uma foto e, nas outras, não consegue sair com um sorriso natural. Quanto mais tentamos, pior fica.

Eu me obrigo a lembrar que mudança também significa não gritar "ei, cadê a tradição?" quando o Theo, já sem paciência, se intromete para ajudar a Lisa e reinicia o tripé com o celular.

A boa notícia: conseguimos ficar todos bem enquadrados. A má notícia: o iluminador do Kyle está tão marcado que ele parece um globo espelhado.

— Que se dane — ele diz, ao ouvir o cronômetro do forno avisar que o jantar está na mesa. — Está ótimo.

❋ ❋ ❋

Depois de nos empanturrarmos, nos espalhamos pela sala de estar, caindo em um silêncio confortável.

A sala de estar é um lugar majestoso — e quando digo isso, é porque ela é enorme mesmo —, com teto abobadado e um piso de madeira antigo coberto por enormes tapetes feitos em tear. Em uma das paredes, a lareira crepita e estala, deixando a sala quase quente demais. A madeira que a abastece vem da cidade e o cheiro que sai dali é inigualável. Eu gostaria de encontrar uma vela, incensos, borrifadores com esse perfume. Quero que todas as salas, em todas as casas que eu morar pelo resto da vida, tenham o mesmo cheiro do chalé da família Hollis nas noites de dezembro.

A lareira é imensa. Quando eu e o Theo tínhamos uns sete anos de idade, e a nossa tarefa era varrer a lareira no final das férias, quase conseguíamos ficar em pé lá dentro. Os estouros parecem fazer as chamas ganharem vida. Mesmo quando o fogo abranda, ainda sibilando e crepitando de leve, as labaredas parecem uma criatura viva, respirando no mesmo ambiente que nós.

Há sempre um prato cheio de biscoitos na mesa de centro. Mamãe e papai se sentam em lados opostos do sofá de dois lugares, cada um lendo um livro. Benny, Kyle e Aaron estão montando um quebra-cabeça no chão, junto com a Kennedy, enquanto o Zachary está sentado nas costas do Benny, fingindo que ele é uma moto. Uma música de Natal toca baixinho ao fundo e a Lisa não sossega, sempre ajustando alguma luz, atiçando o fogo, buscando mantas para nos aquecer. Ricky está ao telefone na cozinha, e o Theo está largado no sofá, mexendo no celular.

Essa cena desperta uma lembrança em mim: nesta mesma noite, na primeira vez, eu estava sentada ao lado dele e nós passamos a noite rolando o *feed* do Instagram, totalmente alheios às pessoas à nossa volta. Agora, pensando melhor, que coisa mais adolescente. Por que não ficamos junto com as outras pessoas? E será que fomos sempre assim? Foi por isso que o Andrew pensou que eu e o Theo…?

Talvez se eu tivesse passado a noite curtindo o ritual e o simples prazer de estar em uma sala cheia de pessoas que amo, as coisas não teriam acabado da forma como acabaram.

Eu me arrasto até a árvore, deslizo para entrar por baixo e me deitar de costas para ficar olhando para cima, por entre os galhos retorcidos. É um caleidoscópio de cores e texturas: as luzinhas suaves, as folhas espinhosas do pinheiro. Enfeites de vidro, e seda, e estrelas metálicas pontiagudas. Um tamborzinho de madeira que o Theo deu para o Ricky quase vinte anos atrás. Enfeites de papel laminado com as marcas das nossas mãos, do tempo da pré-escola, massas disformes de cerâmica que deveriam ser porcos, vacas ou cachorros. Nada combina, não há um tema. Mas tem tanto amor nesta árvore, tanta história.

Ao meu lado, uma sombra bloqueia o calor e a luz que vem da fogueira e então desliza para debaixo da árvore. Viro o rosto e dou de cara com os olhos cintilantes de Andrew.

O meu coração dá um solavanco. Depois do episódio na floricultura, achei que ele fosse querer se afastar.

— Parece uma boa ideia — ele diz, virando o rosto para olhar para os galhos acima de nós. Seu perfil fica iluminado com luzes azuis e amarelas, verdes e vermelhas. Algumas luzinhas piscam entre os enfeites e roçam o seu rosto. — O cheiro é bom.

— É lindo, não? — Eu me mexo um pouco para me encolher mais entre os galhos. Fico imaginando alguém vendo esta cena de fora: dois pares de pernas saindo de baixo de uma árvore, como a Bruxa Malvada do Leste presa debaixo da casa da Dorothy. — Um bom lugar para pensar.

— E no que você estava pensando? — ele pergunta.

— Estava pensando que eu adoro esta árvore.

Ele estende o braço, com o olhar concentrado, e passa o polegar no meu rosto. Uma faísca da eletricidade permanece na minha pele quando ele tira a mão, e levo um segundo para perceber o que ele está me mostrando na ponta do dedo.

— Uma gota d'água — ele diz.

— Ah.

— Deve ter caído da árvore.

Eu rio.

— Você está dizendo que, depois do rabo molhado, agora é o meu rosto que está molhado?

Andrew pisca e então cai na gargalhada.

— Como é?

Ai, droga. Isso não aconteceu nesta vida. Foi na anterior. Este Andrew não vai entender a piada interna.

— Finja que eu não disse isso.

Seus olhos brilham de satisfação.

— Você acabou de falar alguma coisa sobre *rabo molhado*?

— Não. — Acho que vou morrer. — Sim. — Mordo o lábio, tentando não rir. — Deixa pra lá. Vamos mudar de assunto.

Percebo que ele parece um gato que gostaria de brincar com o rato mais um pouco, mas ele dá de ombros e diz, cantarolando:

— *Tudo bem.* — Andrew se vira para olhar para os galhos lá em cima e começa a falar com a voz de velho: — Maisie?

— Sim, Mandrew?

— Sabe no que acabei de pensar?

— No que você acabou de pensar?

— A gente trouxe esta árvore há umas duas horas. E se ainda tiver um esquilo morando aqui dentro?

Olhamos um para o outro, de olhos arregalados, e gritamos juntos:

— Ahhhhhh!

Eu havia esquecido completamente que o meu celular estava no meu bolso, até que ele começa a vibrar, interrompendo a nossa risada. Não há ninguém no mundo com quem eu precise falar agora que não está aqui nesta sala comigo, então ignoro. Mas o celular começa a vibrar de novo.

— Tem algo vibrando aí atrás — Andrew diz.

— Se for a minha chefe me respondendo agora, vou precisar de algo mais forte do que água com gás. — Tiro o celular do bolso e dou uma olhada. Por sorte, não é a Neda. É uma mensagem do Theo.

> Q vc ta fazendo ai

Sem pontuação, sem contexto. Só o Theo sendo o Theo, escrevendo feito um adolescente.

> Conversando com o Mandrew.

> Vem cá conversar comigo

Percebo que o Andrew está lendo por cima do meu ombro quando ele solta uma risadinha pelo nariz.

— Está vendo?

Sinto meu corpo se encolher.

— Vendo o quê?

Ele aponta com o queixo para o meu celular.

— Você não ficou com ele, agora ele está mal-humorado.

— Eu estava conversando com ele agora há pouco — retruco, sem dizer nenhuma mentira.

— Você está brava com ele? — Andrew pergunta.

Engulo em seco, olhando para as luzes lá em cima. A imagem confusa entra e sai de foco na minha mente.

— Não exatamente.

— Como assim "não exatamente"?

Viro o rosto e Andrew pisca, com a testa franzida.

— Difícil explicar — admito. — Não estou brava com ele, só me dei conta de que eu e o Theo somos próximos só porque a gente se conhece desde sempre, e não porque somos próximos *de verdade.* — Dou de ombros. — É normal as pessoas se distanciarem depois de adultas.

Ao ouvir isso, ele sorri.

— Mae…

Sorrio de volta para ele.

— O quê?

Andrew pigarreia, fazendo um barulho fofo.

— Sobre aquilo que você me falou.

Ah.

— Sim? — O paradoxo de um coração disparado e um estômago embrulhado me deixa tonta.

— Fico feliz por você ter sido sincera — ele diz.

Droga. A pior coisa que ele poderia ter dito agora.

— Você não precisa pegar leve comigo, Andrew. — Estendo o braço e dou um soquinho de brincadeira nele, que faz a árvore chacoalhar lá em cima.

— Andrew, Mae, o que vocês estão fazendo aí dentro? — minha mãe grita.

— Nada! — respondemos juntos.

— Então não balancem a árvore — ela nos repreende.

Mais uma vez, respondemos juntos:

— Tá bom!

Ele se vira outra vez para mim, sussurrando:

— Tem certeza de que o Theo não acha que você está a fim dele?

— Você está dizendo que eu causo essa impressão?

— Não, mas se eu achava... talvez o Theo também ache.

Hum, pois é. Acho que, se o Theo achava mesmo que eu sentia algo por ele, isso explica por que ele ficou tão frio naquela manhã, depois de eu tê-lo dispensado.

Nego, balançando a cabeça, e o Andrew vira o rosto para cima, na direção das luzes, e fica difícil interpretar sua expressão.

— Você acharia estranho se eu dissesse que eu tinha medo que vocês... — Ele trava por um instante. — Sei lá, ficassem juntos e acabassem magoados?

Não consigo nem processar essa pergunta. Andrew, com medo de que eu pudesse me envolver com o Theo e sair magoada? Eu estou no mundo às avessas?

— Hum, sim, acharia bem estranho.

Andrew responde com um dar de ombros.

— É que ele gosta de brincar. E você é boazinha.

Isso me faz rir.

— Eu sou *boazinha*?

— Não, não estou falando em um sentido... romântico, ou, tipo... sexual — ele diz, rindo com certo incômodo. — Não que eu saiba sobre isso. Estou falando do seu caráter.

— Do que você está falando? — Que bom que eu estou deitada para ouvir isso.

— Tá, não estou sabendo escolher as palavras. Estou dizendo que você é uma pessoa *boa*. — Ele se vira e olha para mim. Estamos tão perto. — Você adora vir para cá, você ama cada um de nós do jeito que somos. Você é a pessoa mais generosa e menos crítica que eu conheço.

— Eu não sou...

— Você voltou para casa quando os seus pais se divorciaram — ele continua. — Você adorava aquele seu apartamento xexelento e abriu mão dele porque a sua família precisava de você. Você cuidou do Miles, você ficou ao lado da sua mãe.

Mordo o lábio, radiante com os elogios.

— Você lembra quando construíram aqueles prédios atrás da nossa casa? — ele pergunta. — Você ficou tão triste, porque o meu pai gostava de tomar café pela manhã olhando para as árvores, e você ficou preocupada, porque os cervos não teriam para onde ir. O Theo só ficou feliz porque teria menos folhas para varrer no quintal.

Rio em meio a este nevoeiro de sentimentos. Esse é o fora gentil mais longo do mundo. É ao mesmo tempo incrivelmente carinhoso e incrivelmente constrangedor.

— Bom, isso não é um problema. Eu nunca me senti assim pelo Theo. Mas sinto muito pelo clima esquisito que ficou depois de eu ter dito aquilo.

Ele se ergue, coça o rosto e eu não consigo tirar os olhos dele. Eu nunca fiquei assim tão perto do Andrew. Ele tem uma barba rala no rosto, mas parece macia. Dá para notar pelo menos quatro tons de verde em seus olhos. Quando ele passa a língua nos lábios, sinto uma eletricidade correr no meu pulso.

— Acho que é isso que quero dizer. Se eu soubesse que se tratava de uma... — Ele para e parece ruminar as próprias palavras. Enquanto isso, o meu cérebro vira um reator nuclear e começa a derreter. Se ele soubesse que se tratava *do quê?* — Eu sempre te admirei — ele recomeça. — Você é uma das poucas pessoas na minha vida que espero ter por perto para sempre, e eu não queria que as coisas ficassem estranhas depois do que aconteceu na floricultura. — Ele olha para mim, com o rosto iluminado. — Não sei se eu reagi da forma como deveria ter reagido. Fiquei bem surpreso quando você disse.

— Tudo bem. Eu também fiquei surpresa por ter dito.

Ele sorri.

— Você foi muito corajosa por ter me contado como se sente e eu queria que você soubesse... — Ele faz um gesto apontando para nós dois. — Isto aqui não vai mudar.

Sei exatamente do que ele está falando. Vamos continuar a ser o que sempre fomos. E é claro que fico muito grata por isso.

Apesar de eu nunca — nem nos meus sonhos mais loucos — ter imaginado que ele se sentisse da mesma forma, quando ele diz isso, a rejeição me corrói mesmo assim. Claro, a razão principal de contar para ele sobre os meus sentimentos era para que nada ficasse igual.

— Vamos mudar de assunto — digo, seguindo em frente.

Andrew ri.

— Boa ideia.

— Se você pudesse viajar para qualquer lugar, para onde iria?

Ele nem precisa pensar sobre essa mudança de assunto.

— Budapeste. E você?

— Além daqui?

Andrew revira os olhos.

— Sim, além daqui.

— Tá, tá bom. — Percorro mentalmente imagens de cartões postais de vários lugares, me sentindo meio sem inspiração para jogar o meu próprio jogo. — Sei lá. Para o Havaí, talvez.

— Você tem o mundo todo para escolher e vai para o Havaí?

— Qual é o problema do Havaí?

Ele dá de ombros.

— É fácil demais. Que tal Taiti? Ou Mallorca?

— É, parece legal.

Andrew ri.

— Tudo bem, está decidido. Com essa atitude, eu vou me encarregar de todas as nossas futuras viagens.

As palavras desabam com peso entre nós dois, e ficamos imóveis.

— Isso ficou meio estranho — ele diz, por fim, sorrindo para mim.

Caio na gargalhada, aliviada por não ter sido eu desta vez.

— Ficou mesmo.

A nossa risada some e o silêncio nos engole. Não sei como interpretar o clima. Falei como eu me sinto, dei uma abertura para ele retribuir, mas ele não retribuiu. E mesmo assim... há essa compreensão estranha florescendo entre nós dois.

— Tive uma ideia — ele diz. — Vamos ficar sem falar nada por cinco minutos. Vamos só ficar olhando para a árvore ali em cima.

— E torcer para que nenhum bicho venha morder a nossa cara.

Ele cai na risada, passa a mão no rosto e diz, brincando:

— Poxa, por que não dá para falar sério com você? — Ele enxuga os olhos. — Tá. Cinco minutos.

Por mais estranha que pareça, a ideia é brilhante, pois me poupa de ter que pensar no que dizer. E isso é bom, porque, de tão envergonhada, a minha cabeça agora virou uma página em branco cheia de vários nadas.

Pela primeira vez em cerca de trinta segundos, sinto que sou embalada pelo som abafado de tudo o que está acontecendo na sala, que contrasta com o silêncio entre nós. Mas, então, essa percepção forçada se desfaz e eu consigo me concentrar nas luzes, no enfeite dourado pendurado à minha direita, na foto plastificada do Theo e do Andrew quando crianças pendurada em um galho ao meu lado. O braço do Andrew está colado no meu e ficamos deitados assim, respirando em sintonia.

Seu estômago ronca, eu rio de novo e ele faz *shhh* para mim. Eu me viro para olhar para ele, que já está olhando para mim, com um brilho no olhar que eu já conheço. Ele leva um dedo aos lábios e sussurra:

— Nada de conversa. Só quero ficar debaixo da árvore com você.

15

Dia 22 de dezembro. Eu ainda estou aqui.

E o tema de hoje, Dia do Trenó, é o meu preferido. Infelizmente, já consigo imaginar um milhão de maneiras pelo qual o universo pode me reprovar e me mandar de volta ao início: um galho enorme caindo na minha cabeça. Uma pedra jogada no meu caminho. Música de comédia tocando ao fundo enquanto a câmera flagra a turista solitária em férias no meio de uma avalanche.

Com receio, ponho os pés no piso gelado do porão.

Com a casa em silêncio, atravesso a cozinha para chegar à janela — a minha respiração embaça o vidro gelado à minha frente. Os flocos de neve que caíam suavemente ontem à noite se transformaram em uma verdadeira tempestade enquanto dormíamos e o mundo assumiu aquela cor branca do inverno. As árvores estão curvadas com o peso da neve fresca. As montanhas exibem seu topo brilhante e coberto pelo pó branco. Eu nunca me canso desta vista.

Os biscoitos da Lisa ainda estão no balcão, então pego a travessa e jogo todos no lixo, cobrindo as provas do crime com as borras de café de ontem, e começo a passar um café fresquinho. O que eu tenho a perder?

Na sequência, começo a preparar o café da manhã. Por que esperar a mamãe acordar?

O cheiro do café e da comida no fogão parece o canto de uma sereia e as pessoas começam a se aproximar. Logo, alguém liga a TV na sala ao lado e a música tema de *Como o Grinch roubou o Natal!* começa a tocar pela casa.

— Obrigada por começar, querida. — A mamãe faz um coque no cabelo, coloca um avental de Mamãe Noel e tira a colher de madeira da minha mão, sem precisar dizer que vai assumir dali em diante.

Parada em frente à pia, vejo o Andrew do lado de fora, já tirando a neve da entrada da garagem. Ele está usando um gorro que cobre todo o cabelo, mas mesmo daqui consigo ver seu rosto corado por causa do frio, a forma como o casaco fica esticado nas suas costas. É um casaco grosso, mas dá para imaginar muito bem a forma como aqueles músculos se movem ao fazer força para escavar com a pá por baixo dos montes de neve...

— Mae, querida, você pode me passar o... *ah*.

Levo um susto e, ao me virar, vejo a minha mãe parada ao meu lado.

— O que foi? Por que a surpresa?

Ela se esforça para parecer indiferente.

— Nada, eu só precisava... — ela pega uma espátula do secador de louças — disto aqui.

— Eu só estava olhando pela janela enquanto lavo a louça.

— Claro.

Abro a torneira e lavo mais um prato.

— Está bonito lá fora.

Ela ergue a sobrancelha e olha pela janela.

— Está *mesmo*.

Lanço um olhar para ela. Envolver a minha mãe neste tipo de coisa só vai causar um desastre.

— Estou falando da *neve*.

Ouço passos atrás de nós e o Theo, sonolento, resmunga.

— Nevou?

— Nevou. — A mamãe olha para o Andrew outra vez e se afasta de mim, dando um sorrisinho malicioso. Quando eu me viro para a janela, o Andrew está olhando para a casa e, quando os nossos olhares se encontram, ele acena fazendo uma gracinha.

Sinto o meu rosto corar e devolvo o aceno, antes de desligar a torneira. Não sei se ele me pegou olhando para ele ou se eu o flagrei olhando para mim. Só sei que o meu coração está acelerado. Não faz diferença alguma o que ele disse na noite passada. Acho que as coisas entre nós não vão voltar ao normal tão cedo.

* * *

Tenho certeza de que nenhuma mãe do mundo se surpreenderia com o tempo que levamos para sair de casa. Será que toda família é tão caótica? Miles entra no banheiro, enquanto o Aaron está no banho, e escorrega no tapete durante uma tentativa de fuga. Kyle não consegue encontrar seu par de botas. Ricky não consegue encontrar as chaves. Kennedy não gosta de vestir calças e o Theo se distrai, procurando por spray lubrificante no porão, porque a porta da caminhonete dele está rangendo. Quando *finalmente* ficamos todos prontos, nos amontoamos em uma caravana de veículos no breve caminho até a montanha. Assim que saímos dos carros, sentimos o vento congelante, pois não estamos mais protegidos pelas árvores frondosas de perto do chalé. No final das contas, Kennedy ficou feliz por estar vestindo a calça.

Encapotados da cabeça aos pés, entramos no teleférico e ficamos vendo as árvores e os trenós na encosta da montanha ficarem cada vez menores lá embaixo. Nevou muito mais aqui em cima do que no vale, e a vista é majestosa. O céu está de um azul cristalino, e o ar, límpido, com cheirinho de pinheiro, e a tempestade acabou com a névoa que persistia em pairar no ar.

O vento no topo da montanha é tão brutal que não conseguimos ficar eretos enquanto discutimos quem vai andar com quem nos trenós. Hesitando, o papai espera que eu entre no trenó junto com ele, mas, no fundo, tenho certeza de que ele quer se livrar de mim.

O papai é um péssimo parceiro de trenó. No carro, ele dirige como uma pessoa normal, mas, no trenó, ele vira uma velha rabugenta. Reativo, e ansioso, e nervoso. Muitas vezes, acabamos tombando para os lados, o que justifica o receio do papai. Passamos o resto da descida deslizando devagar pela encosta da montanha, com papai arrastando os calcanhares pela trilha e apertando a mão no freio, enquanto os outros descem a encosta correndo e gritando de alegria.

Com o Kyle parado ao nosso lado, já tremendo dentro de milhares de camadas de roupas, decido encarnar a Mae Tô-nem-Aí.

— Pai, você tem certeza de que quer fazer isso? — pergunto.

— É claro — ele diz, nada convincente.

— Você nem gosta de andar de trenó. — Aponto para o Kyle, que está batendo os dentes de frio. — Por que vocês dois não vão esperar lá na cabana?

Kyle se aproxima.

— Alguém falou "cabana"?

O papai faz uma careta para mim.

— Você não gosta de andar de trenó comigo, Chuchu? — Mas isso não passa de um remorso fajuto. A ideia de ficar na cabana, conversando com o Kyle e bebendo sidra quente perto de uma lareira crepitante logo o convence.

Ergo o queixo, apontando.

— Podem ir.

Eles não precisam ouvir duas vezes. O papai e o Kyle entram no carrinho do teleférico e descem a montanha para encontrar calor, comida e álcool.

Miles já partiu e está descendo a montanha sozinho. A mamãe e a Lisa vão descer juntas. Aaron está com a Kennedy, Ricky está com o Zachary e um silêncio tranquilo paira em um raio de cinco metros que nos cerca enquanto eu, Andrew e Theo fazemos as contas: sobraram apenas dois trenós, um para uma pessoa e outro para duas.

Os dois rapazes têm mais de um e oitenta de altura. Eles não poderiam compartilhar o trenó nem se quisessem. Eu, com um e sessenta e cinco de altura, sei que vou ter que descer com um dos dois e, em geral, pediria para o Theo descer comigo, porque eu me sentiria nervosa demais se ficasse tão perto do Andrew.

Mas agora, a ideia de me sentar entre suas pernas abertas, com seus braços enlaçando a minha cintura e sua respiração no meu pescoço não me deixa nervosa. Me deixa sedenta.

Mas como será que o Andrew se sente em relação a isso? Tudo bem, ele foi atrás de mim debaixo da árvore ontem e, tudo bem, ele pareceu gostar de ficar lá comigo. Mas a última coisa que quero é deixá-lo em uma situação constrangedora, agora que ele sabe como eu me sinto.

Antes de pensar em me oferecer para ir com o Theo, o Andrew se aproxima, pega a corda do trenó para duas pessoas e, erguendo as sobrancelhas, faz o convite:

— Quer descer comigo, Maisie?

Não é difícil me convencer.

— Quero.

Se o Theo ficou chateado, não demonstra, porque ele pula na frente de um casal de uns vinte e poucos anos, sobe no trenó e arranca para descer a encosta com um berro. Graças a Deus.

Andrew me tira dos meus pensamentos.

— Por que você não está de gorro?

Levo a mão à cabeça e sinto o meu cabelo.

— Droga.

Deixei meu gorro no carro. Além de estar absurdamente frio, o meu casaco não tem capuz. Quando pegarmos velocidade no trenó, as minhas orelhas vão virar picolé.

Andrew tira o gorro da cabeça e coloca na minha, mas eu me oponho.

— Não precisa, Mandrew.

Ele veste o capuz do casaco e sorri.

— Os meus piolhos vão gostar mais do seu cabelo.

— Que nojo. — Eu me aproximo para dar um beijo de agradecimento no seu rosto e sinto sua barba por fazer, fria e macia.

De repente, me sinto feliz, porque o Theo já desceu metade da montanha e a minha mãe não está mais aqui para me lançar um olhar de sobrancelha erguida, e porque as pessoas atrás de nós não têm ideia de quanto tempo eu esperei para fazer isso.

Eu me afasto e ele sorri para mim, mas de repente percebo que, embora eu o abrace o tempo todo, não costumamos trocar beijos assim. Agora não sei para onde olhar. Meus olhos querem descer até a boca dele, mas seria uma péssima escolha, porque é provável que eu fique travada ali, imóvel. Tarde demais. Seus lábios estão vermelhos por causa do vento, carnudos como sempre, absolutamente fascinantes. Quando volto minha atenção para o seu rosto, os olhos do Andrew parecem ainda mais brilhantes e intensos do que de costume.

— Por que o beijo? — ele pergunta.

— Por causa do gorro.

— Que fique registrado que eu estou sempre aberto a beijos.

Como é?

Ele quebra a tensão e se senta, deslizando para a parte de trás do trenó e dando tapinhas no espaço entre suas pernas. Minha pulsação acelera.

— Sobe aí, Maisie. — Andrew olha para mim e o meu coração mergulha em queda livre. — A aventura nos espera.

Uma coisa é um abraço, outra bem diferente é a experiência de deslizar entre aquelas pernas fortes, sentir seus braços envolvendo a minha cintura e a vibração grave da sua voz no meu ouvido.

— Preparada?

Não.

Faço que sim e me jogo para trás um pouquinho. Andrew solta o freio, ergue os pés para travar na minha perna e empurra com a mão livre. Trabalhamos em equipe, fazendo força nos quadris para empurrar o trenó para a frente, de um jeito que me faz querer explodir de vergonha, porque o movimento é pra lá de sexual. Mas então começamos a ganhar velocidade, deslizar cada vez mais rápido montanha abaixo.

Seus braços estão me segurando com força e, sem pensar, eu me agarro às suas pernas, jogando o meu corpo para trás. Sinto o peso do seu corpo contra o meu, o jeito como ele me prende com as coxas. Sempre vi o Andrew como uma pessoa gentil, generosa e divertida. Mas a forma como ele me envolve no trenó me faz perceber sua força física e seus músculos. Uma imagem invade a minha mente: as pernas nuas de Andrew, a barriga tensionada, a cabeça jogada para trás de prazer.

Quase engulo a língua e sou trazida de volta para o presente quando ele grita perto do meu ouvido, fazendo uma algazarra e rindo quando começamos a voar pela encosta. Não sinto aquela insegurança que eu sentia no trenó com o papai, aquela sensação de desequilíbrio, que poderíamos tombar a qualquer instante. Com o Andrew atrás de mim, eu me sinto segura, equilibrada e concentrada. Quero que esta aventura dure para sempre.

— Tudo bem aí? — ele grita acima do vento forte.

— Tudo!

Uma breve pausa e, mesmo cercados pelos gritos das outras pessoas em seus trenós, pelo som do vento e pelo barulho do teleférico, eu quase consigo ouvir sua respiração.

— Quer saber de uma coisa? — ele diz.

Semicerro os olhos por causa do sol, e nos inclinamos juntos para fazer o trenó desviar de uma muda.

— Manda!

Sua boca chega pertinho do meu ouvido.

— Depois do que você disse ontem à noite, achei que você fosse me beijar. Me beijar *de verdade*.

Agora é a minha vez de perder o fôlego. Eu não consigo me virar para olhar para ele, não consigo captar seu tom de voz.

— Tipo, *na boca*? — grito, virando o rosto para trás, mas a minha voz desaparece no vento, em meio aos nossos gritos montanha abaixo.

Andrew se inclina para a frente, abre as mãos nas laterais do meu corpo e me traz para mais perto dele. Ele fala, parecendo sem fôlego:

— Sim, na boca.

Olho para a frente, e as imagens na montanha começam a ficar desfocadas. Meus olhos lacrimejam com o vento frio.

Sua voz fica mais baixa, mas todo o resto parece de alguma forma mais distante, e posso ouvi-lo com perfeição.

— Você nunca foi para *mim*, Maisie. Nunca achei que isso fosse uma opção.

— Como assim?

Damos um solavanco e, quando viramos para a esquerda, ele me segura, apertando os dedos na minha cintura. Quando nos endireitamos, ele não solta. Pelo contrário, aperta mais forte, me puxando para mais perto e me envolvendo com os braços. Seus dedos se dobram, me tocando de leve por baixo da jaqueta.

Sua respiração quente toca no meu pescoço, a voz trêmula.

— Nunca pensei que você pudesse ser minha.

16

Duas horas depois, o impacto daquela descida pela encosta da montanha ainda não diminuiu. Fico ouvido aquela frase — *Nunca pensei que você pudesse ser minha* — com tanta clareza, como se o Andrew estivesse dizendo isso de novo ao meu ouvido, embora agora ele esteja sentado ao meu lado na mesa de jogos no porão e sem me abraçar forte como estávamos ao descer em disparada pela montanha.

Durante a primeira hora do passeio de trenó, eu não senti nem um pouquinho de frio. Senti uma fogueira dentro de mim, um inferno em chamas. Mas, no final, a ponta dos meus dedos ficou dormente e a minha bunda ficou inerte por causa da temperatura do trenó de madeira em que eu estava sentada. Agora, de volta ao chalé, eu, Theo, Miles e Andrew nos enfiamos no porão para fugir do calor desgastante da lareira no andar de cima e das gargalhadas estrondosas dos nossos pais que, a essa altura, já começaram a fofocar e a beber em plena luz do dia.

Theo embaralha cartas distraído, enquanto pensamos no que estamos dispostos a jogar. Debaixo da mesa, sinto um pé, apenas de meia, encontrar o meu. O outro pé se aproxima, me prendendo de leve em um entrelace de pés. Uma olhada discreta para debaixo da mesa me revela que é o Andrew e, de repente, sinto como se estivesse usando uma blusa de lã no deserto do Saara. Sem graça, eu me abaixo e puxo a minha blusa por cima da cabeça, que fica presa na minha presilha e o Andrew tem que sair do lugar para me ajudar a soltar.

Isso significa que ele afasta os pés e, quando eu me solto, vejo que ele está mordendo o lábio para não sorrir.

— Obrigada.

Ele sustenta meu olhar.

— Não foi nada.

Bebo um grande gole de água com gás para aplacar esta febre ridícula. Meu Deus, até parece que eu nunca fui tocada por um homem antes.

Com um olhar furtivo, Andrew ergue um braço para coçar a nuca.

— Hoje foi divertido — Miles diz e tenta pegar a cerveja do Theo, mas é afastado com um tapinha. — Ainda bem que você convenceu o nosso velho a ir para a cabana. Se eu tivesse que andar de trenó junto com a mãe este ano, eu teria desistido.

— Valeu por se sacrificar pelo grupo e dar carona para a Mae no seu trenó — Theo diz para o Andrew e sorri para mim. — Mae, você é a pior condutora de trenó do mundo.

Olho séria para ele.

— Ei!

Andrew dá de ombros, em um gesto generoso.

— Pois é, eu sou caridoso.

Dou um tapinha nele.

— *Ei!*

Seus olhos brilham ao encontrar os meus e os sorrisos se desfazem quando nos damos conta da situação. Por fim, desvio o olhar, piscando. Descemos a encosta umas seis vezes, e devo dizer que só posso agradecer pelas outras voltas não terem sido tão intensas quanto a primeira, porque eu poderia ter tido uma combustão interna e acabaria voltando para o avião por causa de uma parada cardíaca. O Andrew estava sendo o Andrew: em uma das descidas, ele cantou ópera de um jeito terrível, em outra, tenho certeza de que ele desceu toda a montanha de olhos fechados, além de cumprimentar todas as pessoas que passaram por nós na terceira vez, mas tudo voltou ao normal. O que eu adorei e odiei ao mesmo tempo.

Mas parece que o Andrew acha que eu gosto de um clima intenso.

— A gente precisa arranjar outra forma de se referir ao nosso grupo — digo, quebrando o silêncio. Theo coloca o baralho no meio da mesa. — Não somos mais "as crianças". Agora, as crianças são os gêmeos.

— Os gêmeos não são "os gêmeos"? — Miles pergunta.

— A gente poderia se chamar de "crianças crescidas" — sugiro, rindo, e Andrew abre um sorriso, animado com a sugestão.

Andrew puxa o baralho para perto, bate no maço, embaralha. Fico observando seus dedos, tentando não pensar no tamanho das suas mãos. Ele tem dedos compridos e elegantes. Acho que eu nunca notei as unhas de um homem antes, a não ser em casos graves de descuido e falta de higiene, mas as unhas do Andrew são curtinhas, limpas, sem frescura. Acho que eu gostaria de ver essas mãos percorrendo avidamente a minha pele nua.

Theo pigarreia e, me sentindo culpada, a minha atenção voa para longe das unhas do Andrew.

— Duas verdades e uma mentira — Theo diz, olhando para mim e dando uma piscadinha atrevida.

Andrew para de embaralhar e diz com indiferença:

— Acho que isso não é um jogo de cartas.

Fingindo não ouvir, Theo aponta o queixo para o Miles.

— Você vai primeiro. Eu te dou um gole da minha cerveja.

— O Miles não viveu o suficiente para ter mentiras e verdades interessantes para contar e ele é novo demais para beber durante o dia — Andrew diz.

— Na verdade — Miles diz —, a gente fez esse jogo para quebrar o gelo na aula de Química no ano passado. Foi difícil pensar em alguma coisa que fosse apropriada para a escola.

Ergo as mãos.

— Como é que é?

Andrew ri.

— Não assuste a sua irmã, Miles.

— A ideia foi sua — Miles diz para o Theo. — Você primeiro.

Com uma certa irritação, me dou conta de que o Theo sugeriu o jogo para poder compartilhar suas histórias escandalosas. E, sério, pensando bem, quase todo jogo que o Theo sugere é uma artimanha para falar de um jeito sutil ou não tanto assim sobre a sua vida maluca e agitada.

— Vamos ver — ele diz, se encostando na cadeira e estalando os dedos. — Tá, primeira: na faculdade, um dos meus amigos de fraternidade criou uma galinha no dormitório durante o ano todo e ninguém desconfiou.

Por dentro, eu resmungo. Essa é verdade. Enquanto o Andrew morava em um apartamento bagunçado, mas bem confortável fora do campus da Universidade do Colorado, em Boulder, com alguns dos caras mais engraçados e esquisitos que já conheci, o Theo participava de uma fraternidade com um bando de caras que faziam o tipo atleta e herdeiro. Sei que há várias fraternidades progressistas por aí, mas a do Theo não era uma delas.

— Caramba, por que o cara criava uma galinha? — Miles empalidece. — Ele fazia algum tipo de safadeza com *uma galinha*?

Eu me viro para o meu irmão.

— Miles Daniel Jones, *não* seja nojento. — E, depois, me viro para o Theo. — E você não assuste o meu irmão.

— Segunda — Theo continua, já rindo. — Eu tenho uma tatuagem de um papagaio no quadril, que eu fiz quando fui para Las Vegas com uns amigos.

— Um *papagaio*? — A expressão do Andrew é uma mistura engraçada de espanto e profunda crítica fraterna. — No *quadril*? Como é que eu nunca vi isso?

Theo dá uma risadinha e se recosta na cadeira.

Andrew estremece ao entender.

— Ah, você quer dizer na virilha.

— Quero voltar para a parte em que ele achou que seria divertido fazer uma tatuagem em Las Vegas — digo. — Espero que essa seja a mentira.

— E terceira, eu não sinto cócegas — ele diz e se vira para mim, acrescentando: — Em lugar nenhum.

A piscadela é indecência pura. Que deselegante.

— Hum, acho que a primeira é falsa — Miles diz, ainda na história da galinha.

— Que bom que eu não sei tudo sobre você. — Com ar de cansaço, Andrew passa a mão no rosto. — Estou com a Mae. Espero que a número dois seja mentira.

— Eu também espero que seja mentira — digo —, mas acho que a número três é mentira. É impossível não sentir cócegas em lugar nenhum.

— Quer testar? — ele pergunta, com um sorrisinho malicioso.

— Eu... — Engasgo nas palavras. — Não, valeu.

— Bom — Theo diz —, você tem razão. A Ellie T. descobriu no meu último ano de faculdade que eu sinto cócegas atrás do joelho.

Qual será a sensação de ter transado com tanta gente que você precisa falar delas usando o primeiro nome e a inicial do sobrenome?

— O que eu ganho por acertar? — pergunto. — Uma galinha?

Miles estremece.

— Não, por favor, não.

Andrew me cutuca com um sorriso provocador.

— Você vai ser a próxima.

— Odeio esse tipo de jogo — admito.

— Só imagina como eu me sinto. — Andrew, o pior mentiroso do mundo, ri, passando a mão pelos cachos bagunçados. Os cachos caem de volta na testa, na mais pura exibição de perfeição despretensiosa.

— Tá, primeira — começo. — Eu odiava tanto a minha colega de quarto durante a faculdade que eu usava a escova de dentes dela para limpar as unhas depois do treino de vôlei.

— Que nojo — Miles resmunga.

— Segunda, na faculdade eu era a fim de um garoto que depois eu vim a descobrir que se chamava Sir Elton Johnson, porque é claro que os pais dele eram malucos. A gente o chamava de John.

— Essa é a melhor história que eu já ouvi. Caramba, tem que ser verdade! — Andrew diz, apontando para mim com um sorriso eufórico.

— E a terceira — digo, sem pensar direito no fato de que o meu irmão está sentado à mesa comigo. — Eu terminei com o meu último namorado porque ele tinha gosto de ketchup.

Miles se joga para trás como se tivesse levado um tiro e cai estrebuchando no chão.

O Theo e o Andrew cerram os olhos, pensativos.

— Sem chance de isso ser verdade — Theo diz, balançando a cabeça. — Ele tinha gosto de ketchup o tempo todo? O que isso quer dizer? A número três é mentira.

— Concordo — Miles resmunga, ainda no chão. — Além disso, não acredito que isso seja possível, porque você nunca beijou ninguém.

Racho o bico de tanto rir.

— Tá bom, se isso ajudar você a dormir melhor à noite.

Mas o Andrew ainda está me olhando, com os olhos semicerrados.

— A escova de dentes. Essa é mentira. Você nunca faria isso, mesmo se odiasse muito a pessoa.

Aponto para ele, sorrindo.

— Tem razão. Essa é a mentira.

— Espera. Tomara que o ketchup não tenha sido o motivo de você ter terminado com o Austin — Miles resmunga. — Eu gostava dele.

— Foi um dos motivos. E você só gostava dele porque ele deixava você dirigir o carro dele.

Eu vejo, surpresa e fascinada, um rubor subir pelo pescoço e pelo rosto do Andrew. Ele parece nervoso e um pouco irritado. Será que ele ficou com ciúmes?

* * *

Depois que acabamos o nosso joguinho ridículo, e ninguém mais está a fim de jogar baralho, Detetive ou qualquer um dos outros cinquenta e poucos jogos de tabuleiro disponíveis, os meninos sobem para pegar alguma coisa para beliscar, me deixando sozinha. Aproveito para deitar na cama de baixo do beliche e me entregar à exaustão depois de ficar remoendo tantos pensamentos.

A loucura dos últimos dias bateu com força, e eu acabo cochilando como se nunca tivesse dormido na vida. É um sono tão profundo e pesado que parece aquela letargia depois de uma ceia farta ou um apagão depois de tomar um antialérgico potente.

Vou acordando aos poucos ao ouvir um vago farfalhar de papel no quarto. Meus olhos levam alguns segundos para se adaptar: o sol se pôs lá fora, escurecendo a janela do porão. Do outro lado do quarto, outra página é virada. O som das folhas virando atravessa o silêncio gelado.

Ao respirar fundo, ouço o livro se fechar. Com um clique, a luminária de chão se acende e uma luz fraca ilumina o quarto de leve.

— Ela está viva. — Andrew. Meu estado de alerta chega como um empurrão.

Minha voz está baixa e rouca.

— Que horas são?

Ele olha para o relógio. Na outra mão, ele segura um livro.

— Seis horas. O jantar deve estar quase pronto.

Dormi por duas horas? Caramba.

Ele olha para a escada, como se, ali do lugar em que está sentado à mesa de jogos, pudesse ver o que está acontecendo lá em cima.

— Os gêmeos estão fazendo guirlandas de pipoca com a sua mãe. Está nevando de novo, aí os pais estão tirando a neve do caminho. A minha mãe está, há... — ele estremece — cozinhando alguma coisa.

Faço uma careta e ele diz:

— Acho que desta vez é um bolo.

— Eu joguei os biscoitos no lixo. — Afasto os cobertores e me sento na cama, passando a mão na nuca. Estava tão quentinho debaixo de todas aquelas camadas e estou me sentindo grogue e com calor.

Ele arregala os olhos.

— Que rebelde.

Eu me alongo, resmungando.

— Está tudo bem?

Olho para ele.

— Tudo, só estou exausta. Estranho.

Quem diria que viagens no tempo são tão cansativas? *Não*, calma. Quem diria que viagens no tempo são *reais*?

Ele vira a cadeira dobrável em que está sentado e se senta com o encosto virado para a frente.

— Pode ser que um pouco de ketchup te anime.

Brincando, aponto um dedo acusatório para ele.

— Você cismou com isso?

— Talvez. — O silêncio consome o espaço entre nós, até que, com um sorrisinho malicioso, Andrew continua: — Só fiquei pensando se seria... — Ele faz um gesto apontando para o rosto. — Ou... — Ele aponta com a cabeça para baixo, piscando.

Caindo na gargalhada, digo:

— Seu porco!

Ele arregala os olhos, fingindo estar ofendido.

— *Eu* sou o porco?

Lá de cima, ouço várias panelas batendo e os meninos gritando, seguidos de gritos da mamãe:

— O que está acontecendo lá em cima?

— A sua mãe estava prestes a começar a preparar o jantar — ele diz —, mas aí o Benny mandou o Theo e o Miles prepararem. — Ele vê a surpresa no meu rosto. — O Benny falou que você queria que todo mundo colaborasse mais.

— Que gentil da parte dele lembrar de mim enquanto eu dormia feito uma pedra.

Andrew ri e seu pomo de adão se move junto com o som que sai da sua garganta. O silêncio vai aos poucos tomando conta e ele coloca o livro em cima da mesa. Sinto vontade de perguntar sobre a forma como ele me envolveu no trenó. Sinto vontade de perguntar sobre os pés entrelaçados debaixo da mesa. Sinto muita vontade de perguntar por que ele parece estar com ciúmes do meu ex-namorado.

— O que você veio fazer aqui embaixo? — pergunto. — Há uns setecentos lugares mais confortáveis para ler aqui nesta casa.

— Eu vim te chamar — ele diz —, mas não consegui te acordar.

— Então você decidiu ficar por perto enquanto eu dormia? — pergunto, sorrindo no escuro do quarto.

— Você estava uma gracinha. Estava sorrindo enquanto dormia.

— Achei que você estivesse lendo. — Ele dá de ombros e eu rio. — Que coisa mais Edward Cullen.

Ele franze a testa.

— Quem?

— Ai, Andrew, *não* pode ser. Assim não podemos mais ser amigos.

— Estou brincando. Sei que é o cara de *Jogos vorazes*. — Ele cai na gargalhada ao me ver ainda mais horrorizada. — Você parece tão ofendida! Isso é algum teste para separar o joio do trigo?

— É!

Ainda rindo, ele se levanta e faz um gesto para eu me levantar.

— Que bom que eu sempre fui um bom aluno.

Oh.

— Vamos. — Ele me pega pela mão. — Falei para os gêmeos que a gente ia brincar de esconde-esconde às avessas. — No escuro, seus olhos brilham com malícia. — Eu vou me esconder primeiro, e conheço um lugar infalível.

Ao sair do porão escuro e isolado, a cozinha parece obscenamente clara, como se estivéssemos entrando no palco de um programa de auditório de safadezas. O meu complexo de culpa está agindo como se estivéssemos pelados, depois de rolar no carpete áspero do porão. Somos fulminados por olhares cheios de expectativa quando aparecemos e, mesmo sabendo que é só coisa da minha cabeça, não consigo deixar de pensar que a cozinha foi tomada por um silêncio desconfiado.

Aceno feito uma boba.

— Oi, gente, desculpem. Acabei pegando no sono. — Aponto para trás, indicando o andar de baixo. — Depois ficamos conversando. E jogando baralho. Essas coisas.

Miles olha para mim, torcendo a cara.

— Valeu pela atualização.

Ele puxa a cordinha do avental florido em volta do pescoço e pega um abridor de latas. Tudo bem, é uma versão chique de um abridor de latas normal, mas o meu irmão gira aquilo na mão como se fosse uma peça de um motor de foguete resgatado da NASA. A gente vai mesmo deixar que essa criança fique encarregada de preparar o jantar para treze pessoas?

Andrew começa a explicar como usar o abridor, mas eu interrompo, colocando a mão no seu braço.

— Não. Ele precisa aprender sofrendo. — Eu me viro para olhar do mesmo jeito carinhoso para a minha mãe, mas ela parece perfeitamente satisfeita à mesa da cozinha, com uma taça de vinho na mão e um livro na outra.

Miles olha com cara de quem queria me mostrar o dedo do meio, mas então seu rosto suaviza e um sorrisinho aparece no canto da boca.

— Cara. — Ele aponta para cima. — Vocês dois estão debaixo do visco.

Juntos, eu e Andrew olhamos para cima, na direção do batente da porta. Miles tem razão. O raminho festivo está pendurado em uma fita vermelha, preso ao batente da porta.

— Eu não sabia que estava aí — grito, na defensiva.

— Eu também não. — Andrew olha para mim e seus lábios podem não estar sorrindo, mas seus olhos estão. Será que o tempo parou? Porque parece que sim. De todas as vezes que me imaginei atraindo o Andrew para baixo do visco, em nenhuma delas o meu sonho incluía metade das nossas famílias em pé ao nosso lado.

— É só dar *um passo* para trás — Theo diz, carrancudo, mas é difícil levar essa braveza toda a sério, já que ele está usando o avental de Mamãe Noel da minha mãe. — Vocês não precisam se beijar.

Só que acho que precisamos. Não vamos quebrar as tradições aqui.

Andrew ri, nervoso, mas seus olhos estão colados nos meus. Devagar, ele se abaixa. Seus lábios — ai, meu Deus, que lábios perfeitos — pousam nos meus, no beijo mais puro da história do mundo. Andrew se ergue e eu me concentro para manter as costas eretas e não me inclinar em busca de mais um beijo.

Foi perfeito, mas não foi nada. Não durou mais do que um dos meus batimentos cardíacos acelerados.

Uma presença desponta de repente, seguida por um resmungo da Lisa.

— Poxa, eu perdi.

Miles zomba:

— Não foi nem um beijo.

Eu me arrependo no mesmo instante de todas as vezes que falei para o meu irmão que ele era um idiota. Ele é um visionário, com a inteligência emocional do Yoda, sem dúvida.

— Cara, deixa pra lá — Theo resmunga.

Mas já entramos na nossa bolha. Andrew ri baixinho.

— Ele tem razão. Não foi um beijo de verdade.

O Andrew. Me beijou. Na boca. Dou de ombros, fingindo indiferença e falo baixinho.

— Foi legal.

Andrew sussurra:

— Juro que o meu objetivo para o nosso primeiro beijo não era que fosse "legal".

— Tá, tudo bem — digo, com o coração subindo pela garganta. — Tenta de novo.

Ele ergue a sobrancelha, olha bem para a minha boca e volta a me olhar nos olhos.

— *Você vai beijar ela?* — Zachary grita do corredor.

Nós nos viramos e vemos pelo menos seis pares de olhos vibrando e nos observando com intensidade, e todas as células do meu corpo soltam um murmúrio aflito. Um coro de conversas irrompe à nossa volta.

Kyle ri.

— Interromper um beijo no visco dá azar.

— Ai, como eles são jovens — Aaron sussurra. — Quero ser jovem assim de novo. Pegação debaixo do visco. Ficar acordado até às três da manhã. Amarrar o sapato sem sentir dor nas costas.

— Não foi *pegação* — meu pai corrige, e acrescenta, sem tanta certeza: — Ou foi?

Por que é que eu gosto da minha família mesmo? Ainda que o Andrew tivesse a intenção de repetir o beijo, o clima esfriou com todos aqueles baldes de água fria em forma de conversa fiada.

— Então — Andrew diz, dando um passo para trás e colocando as mãos nos bolsos. — Esconde-esconde às avessas?

— Isso! — Tento demonstrar entusiasmo. — Vamos lá!

Esconde-esconde às avessas é a brincadeira que o Zachary mais gosta e a que a Kennedy mais detesta, mas ela aceita brincar quando ele pede, porque, como ela disse uma vez enquanto jantávamos, "eu não gosto de ficar perto de pessoas, mas eu não ligo de ficar perto de vocês".

Aaron se levantou e fingiu que alguma coisa tinha caído em seu olho, para poder derramar lágrimas de felicidade sem que ela notasse.

Zachary explica para Lisa como a brincadeira funciona, tentando convencê-la a brincar também. Boa sorte, garoto. Lisa torce o nariz.

— Então todo mundo entra num lugar apertado para se esconder?

— Uma pessoa se esconde — Kennedy diz, com sua vozinha suave — e, quando ela é encontrada, a pessoa que encontrou se esconde junto com ela.

Zachary faz uma mistura de dancinha com golpe de karatê e o seu sapato sai voando.

— A última pessoa que encontrar o esconderijo é o último vencedor!

— É o perdedor — Kennedy corrige. — O pai e o papai chamam de último vencedor, mas, na verdade, o último vencedor é o perdedor.

Zachary dá de ombros.

— Eu gosto de ganhar.

Percebo que a Kennedy pensa em retrucar, mas ela só olha para a Lisa e pergunta:

— Você vai brincar? O Andrew vai se esconder primeiro.

Lisa fica nitidamente contente por eu e o filho dela termos dado uma oportunidade para ela escapar. Talvez ela até troque o visco de lugar de novo.

— Acho que vou checar se a Elise precisa de ajuda para preparar o jantar.

— O Theo e o Miles estão cozinhando.

— Pode ser que eles precisem de ajuda.

— Mãe. — Andrew se encolhe, sendo fofo.

Ela ri.

— Tá bom, vou procurar a Elise.

Ele se vira para os gêmeos.

— Quem quer brincar?

Duas mãozinhas sobem ao ar.

— Tá certo. Cubram os olhos e contem até cinquenta. — Ele olha para mim. — E você, Mãe?

— O que foi?

— Não pode espiar, hein? — Seus olhos brilham, provocantes, e as minhas partes íntimas erguem uma bandeira branca em rendição.

— Eu nunca faria isso.

Colocando os dedos sobre os olhos, começo a contar junto com os gêmeos, ouvindo os passos de Andrew se afastarem.

— Um... dois... três.

— Vinte e quatro... vinte e cinco... vinte e seis...

— Quarenta e oito... quarenta e nove... cinquenta.

— *Prontos ou não, lá vamos nós* — Zachary grita.

As crianças se afastam em diferentes direções: Zachary atravessa o corredor, rumo à cozinha e ao porão, Kennedy entra na sala de jantar escura. Eu subo as escadas pé ante pé. Tenho um bom palpite de onde o Andrew foi se esconder.

Quando o grupo ainda não está todo reunido no chalé, os irmãos Hollis não precisam dormir no porão, pois há quatro quartos no andar de cima, além do sótão. O papai dorme no escritório e a mamãe dorme no quarto do Theo. O quarto onde o Kyle e o Aaron estão dormindo é do Andrew.

Com o coração disparado, empurro a porta e sou atingida pelo aroma intenso de *Andrew*. Lisa coloca velas em todos os quartos, mas enquanto ela e o Ricky preferem lavanda e o Theo fica com o aroma de sândalo, o perfume de eucalipto é exclusivo do filho mais velho. Por trás, há também o cheiro de roupa lavada e aquela sensação inconfundível da presença *dele* em todos os cantos. Ao entrar, sinto a tensão no quarto, como se as paredes e os móveis estivessem apontando de fininho para o armário e cochichando em tom de conspiração: *Ele está ali dentro!*

A luz também está acesa, o que é outra pista. Todo mundo sabe que Kyle não gosta de desperdiçar energia, mas Andrew não deixaria os gêmeos ficarem procurando em um quarto escuro.

Vou até lá e fico esperando para ver se ouço uma respiração profunda e calma. Já jogamos esse jogo centenas de vezes e em nenhuma delas conseguimos ficar juntos, encolhidos e escondidos em algum canto.

Abro a porta do armário. Andrew protege os olhos com as mãos, piscando ao ser atingido pela luz forte.

— Que rápida.

— Não é um esconderijo muito criativo. — Entro e me sento ao seu lado e o armário parece ficar do tamanho de uma caixa de sapatos quando me dou conta do que está acontecendo.

— Para onde os gêmeos foram? — ele pergunta.

— Lá para baixo. Para a sala de jantar.

Ele não responde, mas sinto que se mexe ao meu lado. E logo estou me afogando na tensão profunda e dolorida por causa da proximidade.

— E aí... é difícil abrir mão deste quarto durante as férias? — pergunto.

Mal consigo vê-lo, porque a única luz que temos é a que entra bravamente por uma frestinha por baixo da porta do armário. Mas vejo que ele balança a cabeça.

— Eu nem passo muito tempo aqui. Além disso, eu consigo dormir em qualquer canto.

Sei que é verdade. Quando éramos criança, o Andrew tinha fama de cair no sono na mesa depois de uma refeição farta.

— Então por que dormir lá fora, no galpão?

— Porque é tão infantil dormir num beliche no porão — ele diz. — Sei que parece loucura, mas eu não aguentaria fazer isso por mais um ano.

— Para mim, tem um clima de acampamento de verão, sabe, mas entendo que seja um gatilho para você.

— E é mesmo.

Estremeço só de pensar naquele quarto vazio, frio e escuro do galpão.

— Você não fica com medo de dormir lá fora sozinho?

Andrew ri e se aproxima de mim.

— Quem vai querer me machucar lá, Maisie? Um fantasma? Um lobisomem?

— Na verdade, pensei num *serial killer* transtornado, perambulando por aí. — Ele ri ao ouvir isso. — Do que você tem medo, então? — pergunto. — Se é que tem.

— Eu me apaixonei por produção de áudio assistindo *Halloween*, *O iluminado* e *A volta dos mortos-vivos* — ele diz, e consigo ouvir um risinho meigo cheio de orgulho. — Assisto a esse tipo de filme para relaxar.

Como ele é paradoxal: um docinho de pessoa que adora terror.

— Qual é o seu filme de terror favorito?

Ele ri, uma risada rouca e profunda.

— Essa frase é a marca registrada do assassino de *Pânico*.

— Ah é?

— Tipo, todo mundo sabe disso, Maisie.

Agora sou eu que rio.

— Olha, eu não consigo assistir a nada assustador, mesmo que seja aquele estilo de terror engraçado. — Dou uma cotovelada de brincadeira nele no escuro. — Mas, falando sério, qual é o seu preferido?

— Pela trilha sonora? — ele pergunta, e eu encolho os ombros.

— É.

— Deve ser *Um lugar silencioso*. Mas o meu preferido de todos os tempos é *O Silêncio dos inocentes*.

Sinto uma animação percorrer a minha pele.

— A gente viu juntos, lembra?

— Lembro que você não queria que eu me afastasse um centímetro de você no sofá. E você me fez olhar debaixo da sua cama no porão naquele dia.

— Olha — digo, rindo —, eu sou medrosa. Vou sempre preferir ver beijos a crimes.

Percebo que ele encosta a cabeça no armário ao ouvir isso, e suspira como se estivesse com a mente cheia. Eu me esforço para não imaginar a minha língua passando pelo seu pomo de adão.

— Tá tudo bem? — Encosto o ombro de leve no dele.

Sinto que ele se vira para olhar para mim.

— Está.

— Mesmo?

— Acho que estou pensando demais.

Uma tempestade descarrega na minha corrente sanguínea e disfarço o nervosismo com humor.

— Que eu vou achar para sempre que o seu beijo é meia-boca? — brinco.

Seu riso desta vez é desanimado. Mesmo no escuro, há uma crepitação no ar. Pisco para afastar a imagem ofuscada da linha do seu queixo, mas não adianta, porque o seu rosto é angular e maravilhoso. Olho para o pescoço, que é tão problemático quanto o resto. Por fim, meu olhar chega aos seus antebraços, expostos naquela brechinha de luz. Ele enrolou as mangas da camisa de flanela e seus braços são fortes e definidos, com uma penugem leve e ainda mais maravilhosos do que o pescoço. Quero fincar meus dentes ali.

— Este ano está sendo tão estranho — ele diz, baixinho. — O Theo está construindo uma casa. A minha mãe e o meu pai estão pensando em se aposentar. Parece que todo mundo sabe para onde a vida está levando e… — Ele se interrompe. — Eu amo o meu trabalho, mas sinto uma inquietação, uma sensação de que deve haver algo a mais. Mais vida, mais aventuras. Mais do que sair com uma garota ou outra de vez em quando.

Meu coração fica apertado.

— Sei como é.

— Eu saio, conheço pessoas — ele diz —, mas são só encontros. Já faz um bom tempo que não *namoro*. — Desde que nos conhecemos, e mesmo sabendo que ele já namorou diversas vezes, Andrew nunca falou de nenhuma namorada para mim. — E agora você... — Ele deixa a frase solta no ar e sinto medo de ficar sem voz se eu tentar falar alguma coisa. — Me abalou, sabia? Não de um jeito ruim. Entende o que eu quero dizer?

— Na verdade, não. — Logo percebo o jeito como as minhas palavras saem.

Quer dizer, *acho* que sei aonde ele quer chegar com esse papo, mas preciso ouvi-lo articular com cuidado. Ele pode estar querendo dizer várias coisas. Para começo de conversa, este ano está diferente porque eu e o Theo não estamos tão próximos. Ou este ano está diferente porque eu contei para ele sobre meus sentimentos. Ou, por exemplo, este ano está diferente porque eu viajei no tempo e ele não faz ideia disso.

— Lembra que eu contei que fui a uma festa uns meses atrás e a amiga de um amigo estava lendo tarô?

— Lembro.

— Eu estava tirando uma onda com ela por causa disso, mas ela me fez sentar. Ela colocou umas cartas na minha frente e disse que ia ler. O que eu tinha a perder? Ela não me conhecia. Então concordei. Ela olhou para as cartas e disse que eu podia ser feliz sendo o número dois no trabalho. Disse que eu não precisava de uma vida grandiosa, não precisava virar o mundo do avesso. Ela tem razão, eu não preciso mesmo. Mas aí ela me disse que eu já tinha conhecido o amor da minha vida e que eu só não estava *ouvindo*. — Ele ri. — E a única coisa que eu faço na vida é ouvir.

Sinto um enxame de libélulas esvoaçar dentro de mim, de todas as cores, ocupando todos os espaços vazios. Fica difícil respirar, porque sinto o peso de tudo aquilo que ele está querendo dizer com essas palavras.

— Ainda não acredito que eu nunca percebi — ele diz, abaixando a cabeça — que você gostava de mim.

Mordo o lábio.

— Ainda não entendi se isso te deixou chateado — falo, baixinho. Parece que passam dez anos antes de eu decidir soltar as palavras que vêm depois. — Ou se te deixou excitado.

Ele se vira ao meu lado, posicionando o corpo junto ao meu. Quando percebo o que está prestes a acontecer, o meu coração deixa de ser um coração e vira um punho cerrado, batendo sem parar contra as minhas costelas. Andrew ergue a mão, sem pressa alguma, e segura o meu pescoço.

Sua respiração sai trêmula ao expirar.

— Excitado.

E, de repente, os lábios de Andrew estão nos meus. Mais uma vez, ele se afasta rápido, mas mesmo naquele único segundo perfeito, senti seu toque sedento e provocante. Nada parecido com aquele momento de exposição pública debaixo do visco.

E mesmo com os nossos lábios afastados, a intensidade só aumenta, porque ele fica bem ali, talvez a dois centímetros de mim, com dificuldade para respirar, assim como a minha. Está escuro aqui, quente e apertado. Há algumas camisas dele penduradas nos cabides — que foram deslizados para o lado para não atrapalhar —, e o seu cheiro está impregnado nelas. Estas mesmas camisas estiveram coladas na pele dele depois de trabalhar e suar, depois de dormir e jogar cartas comigo no porão, e agora estão aqui, roçando nas minhas costas enquanto ele me beijava.

— Assim está bom?

— Mais do que bom — sussurro.

Ele ri, sem fôlego, e este momento — de respirar junto com ele, nessa ansiedade deliciosa pelo que vem em seguida — é com certeza o mais erótico da minha vida.

Eu me inclino para a frente quando ele se abaixa e a sua boca está ali, com os lábios se abrindo. Quando seus braços envolvem a minha cintura, me levando para mais perto, deixo escapar um gemido baixinho e ele aproveita a oportunidade para passar a língua por cima da minha.

É isso.

Já entendi tudo. Não vou mais tirar sarro das descrições de mulheres em romances que perdem o controle por causa de um simples toque. Não consigo nem imaginar que tipo de barulhos eu faria se conseguisse tirar a roupa deste homem.

Uma onda de calor percorre uma trilha pela minha boca, passa pela garganta, atravessa o peito e chega à barriga. Imaginei esta cena um milhão de vezes, mas, pensando bem, o meu cérebro é uma decepção criativa, porque isto aqui vai muito além de qualquer coisa que eu já concebi. O Andrew tem gosto de menta e chocolate, cheiro de fumaça de madeira na lareira e a sua pele é quente como se estivesse banhada de sol. Se alguém colocasse tudo de que eu mais gosto dentro de uma máquina do Willy Wonka, tenho certeza de que o Andrew Hollis é o doce que sairia lá de dentro. Eu me controlo para não colar o corpo ao dele e tirar a camisa de flanela pelos seus ombros.

— Que voracidade — ele diz, tão voraz quanto eu.

Nunca vi esse lado dele, mas sinto como se estivesse em um corredor mal iluminado, com poucas luzes tremeluzentes. Pedras preciosas revestem todo o piso. Ouro reluz nas paredes. *Vamos ver aonde isso vai dar*, diz uma voz. Por um segundo, entro em pânico, pensando que este não é o caminho certo. Eu não deveria estar beijando o Andrew dentro de um armário.

Mas ele se debruça, mordiscando o meu queixo, e toda a hesitação se desfaz.

— Eu estou *me sentindo* voraz — admito.

— Quem diria que Maelyn Jones seria tão irresistível assim — ele comenta para si, beijando o meu pescoço.

— Eu não diria.

Suas mãos apertam o meu quadril e sobem até a cintura, parando longe demais dos meus peitos.

— Até pouco tempo atrás, você era só uma garotinha — ele diz. — E, de repente, você deixou de ser.

Fico sem palavras. Em vez de falar, eu me inclino para a frente e deslizo o dedo pelo seu pescoço, até chegar à clavícula.

— Tive um sonho erótico com você uma vez — ele diz e cai na gargalhada.

— Você o quê?

— No beliche — ele admite. — Foi constrangedor.

— Com todo mundo no quarto?

Andrew faz que sim.

— Sabe quando você sonha com alguma coisa e fica com aquilo na cabeça a manhã toda?

— Sei.

— Depois do café da manhã, você e o Theo foram brincar de luta no chão, e você não parava de rir e gritar. Parecia estar se divertindo.

Tive que afastar aquela ideia da cabeça… a ideia de ver você daquele jeito. Eu não podia alimentar aquilo.

Cada palavra dele me obriga a reescrever a minha história mental.

— Se eu soubesse, adoraria ter reencenado o seu sonho.

Andrew ri.

— Agora você vem me dizer que gosta de mim e me faz lembrar das cartas de tarô. Eu não acredito nessas coisas, ou pelo menos, achava que não acreditava, mas aí pensei… e se, esse tempo todo, ela estava bem na minha frente? É tão óbvio. Lembra do trenó? — ele diz. — Eu, atrás de você, sentindo seu cheiro de caramelo e xampu?

— Lembro. — Estou em transe.

— Eu quase me aproximei para beijar o seu pescoço. Assim, do nada.

Sem nem pensar, aperto sua camisa com os dedos e o trago para mais perto de mim. Quando ele solta um gemido baixinho, a sua respiração se mistura à minha e, de repente, sinto vontade de agarrar este homem tão solar e fazer coisas muito, muito safadas.

— Pensei a mesma coisa — digo. — Muitas… — Ele se aproxima, mas desvia dos meus lábios. Sua boca aberta vem parar no meu pescoço, chupando, afundando os dentes de leve. Eu mal consigo raciocinar. — *Muitas* vezes.

A mão do Andrew desce até a minha bunda, passa pela parte de trás da minha coxa e puxa a minha perna por cima da dele. Um movimento lento. Eu o sinto, o calor do seu quadril nas minhas pernas, o peso sólido…

Uma luz forte nos golpeia, e um corpinho entra com tudo no armário.

Andrew solta a minha perna e se joga para trás. Ergo as mãos em rendição. Nós dois estamos tão ofegantes que parece que acabamos de fazer CrossFit no armário.

— Achei vocês! — Zachary solta uma mistura de grito e sussurro alegre.

— Ah, droga! — Andrew respira fundo para se acalmar, ajustando a gola da camisa. — Demorou, hein, pestinha!

Mesmo com a luz fraca, vejo o rubor no pescoço de Andrew, a pulsação rápida debaixo da pele. Eu não me surpreenderia se olhasse para baixo e visse que a minha pele está pegando fogo.

— Achei que você estava escondido no galpão — Zachary diz.

Andrew o traz para se sentar entre nós, e fecha a porta devagar.

— Não tem onde se esconder no galpão.

Zachary parece desanimado.

— Foi o que o tio Ricky disse.

— Cadê a Kennedy? — pergunto.

— Ainda está procurando. — Os olhos escuros de Zachary brilham quando ele olha para mim. — Mas não zoem com ela, tá?

— A gente nunca faria isso — eu o tranquilizo.

Por cima da cabeça de Zachary, eu e Andrew ficamos nos olhando. Estou com calor e toda dolorida. Insatisfeita e agitada.

— Continuamos depois? — ele sussurra.

Ah, sem dúvidas.

18

Andrew puxa a cadeira para eu me sentar quando chegamos à mesa, e tenho que fazer uma checagem mental para tentar entender se esse comportamento é comum. Será que já chegamos à mesa juntos antes e, caso isso tenha acontecido, será que o Andrew puxou a cadeira para mim? Uma risada contida ainda brilha nos seus olhos, e sei que ele vai me encher a paciência por eu estar tão nitidamente desconfortável neste momento, mas será que ele não está sentindo a minha boca na dele ainda? Eu com certeza ainda estou com a impressão do beijo dele gravada nos meus lábios.

Benny cruza o olhar com o meu e ergue a sobrancelha devagar. Eu desvio o olhar.

O jantar está intragável. A mesa está cheia de pratos com comidas não identificáveis: uma gororoba vermelha e marrom que imagino que seja uma tentativa de fazer um molho à bolonhesa, uma tigela de macarrão todo grudado. Pão de alho chamuscado, cortado em pedaços desiguais. Folhas murchas submersas em algo que deve ser molho pronto para salada.

Parece que uma bomba explodiu na cozinha. Miles e Theo quebraram ao menos quatro pratos e sei que sou eu quem terá que organizar a bagunça depois, mas pode acreditar que essa foi a melhor refeição da minha vida. O Andrew disse *continuamos depois*? Eu comeria até cola agora.

— Nossa — digo, cantarolando —, isto aqui está *delicioso*.

Andrew me dá uma cotovelada de leve nas costelas.

Ricky se serve com uma minicolherada de molho à bolonhesa e passa a tigela.

— O que vocês querem fazer hoje à noite?

Quase engasgo com a comida, e Andrew dá um tapinha gentil nas minhas costas, respondendo, despreocupado:

— Podemos jogar Detetive.

— Isso! — Minha mãe gosta da ideia. — A gente ainda não jogou Detetive.

— Não faz tanto tempo que chegamos aqui — constato, para ela e para mim. Para ser sincera, parece que já se passou um mês. Faço uma conta rápida: sete dias das férias originais, mais seis dias da Terra da Repetição.

O molho passa por toda a mesa. Zachary finge que vai vomitar quando a tigela passa por ele, e Aaron nem repreende o filho. Por sua vez, ele analisa o molho com uma expressão desconfiada.

— Acho que vou dispensar, por causa da dieta. — E entrega o molho para o meu pai, passando descaradamente a vez do Kyle.

Tenho certeza de que ele está tentando poupar o marido de ter que comer aquilo, mas Kyle estica a mão para alcançar a tigela.

— Calma aí, não é fácil manter este corpinho. — Todo mundo ri, porque o Kyle está longe de estar em forma, mas Aaron pede desculpas com um beijo.

É um momento tão simples e tão fofo. Olho para o lado a tempo de flagrar minha mãe e meu pai trocando um olhar cúmplice. Papai abaixa a cabeça, com os ombros trêmulos.

— Ei. — Aponto o dedo de um para o outro. — O que está acontecendo aqui?

— Quando eu estava grávida de você, ainda nos primeiros meses — a mamãe explica, tentando conter a risada —, perguntei para o seu pai se eu estava parecendo grávida e ele disse: "Não, só parece que você está exagerando um pouquinho na comida".

O papai cobre os olhos.

— Assim as palavras saíram, eu quis retirar o que havia dito.

— Era de se esperar que um homem que trabalha com mulheres grávidas fosse um pouco mais esperto — Ricky provoca, e logo se encolhe ao sentir a fúria do olhar da sua mulher. — Ops.

Lisa aponta um dedo, acusando o marido.

— Você se lembra de quando eu comecei a fazer aulas de cerâmica à noite na universidade?

Ricky se encolhe na cadeira, rindo e soltando um "Sim", morrendo de vergonha.

Ela se vira para nós.

— Eu falei que estava me sentindo velha e antiquada perto das garotinhas da faculdade e ele disse: "Está tudo bem, querida, eu te amo mesmo assim".

Todo mundo ri ao ouvir isso, e Theo resmunga:

— Não acredito, pai.

Ricky se vira para o filho.

— Você tá de brincadeira comigo? Você recebeu uma ligação de uma garota esses dias e não conseguia nem lembrar quem era.

— Mentira! — Theo começa, mas Ricky ergue a mão.

— Quando viemos passar o Dia de Ação de Graças aqui, o que você tinha escondido dentro do guarda-roupa depois que a vovó foi embora?

Eu e o Andrew ficamos bem imóveis.

Theo fecha os olhos, fingindo estar constrangido.

— Uma mulher.

— Uma mulher — Ricky repete. — Esperando no seu guarda-roupa enquanto a gente jantava. — Todos riem, surpresos, mas, por dentro, sinto que desviei da maior bala do mundo. — Você não tem moral para falar merda nenhuma de mim, Theo.

— Tapem os ouvidos — Aaron fala, baixinho, para os gêmeos, que colocam as mãos sobre os ouvidos tarde demais.

Miles é o último a parar de rir, e Theo se vira para ele, provocando:

— Pelo menos aqui tá rolando, mano.

Felizmente, meu irmão não se deixa perturbar pela provocação.

— Tenho dezessete anos. Eu deveria estar escondendo pessoas no armário?

— Não — minha mãe e meu pai dizem juntos.

— A Mae e o Andrew estão quietos demais... — Lisa cantarola.

Todo mundo fica imóvel, e todos os olhos se voltam para nós. Ergo a cabeça, parando de cortar o meu espaguete, e percebo que o Andrew, à minha direita, está com a mesma cara de *quem, eu?*

— Como é? — Andrew diz, com uma porção de salada na boca.

— Ah, a gente estava só falando que vocês dois são tão certinhos — papai diz, e a mamãe fica toda orgulhosa.

— Esses dois não ficam se esgueirando por aí, escondendo safadezas no próprio quarto — Ricky provoca o Theo.

Enquanto eu me esforço para engolir um bocado de macarrão grudado, Andrew espeta uma folha de alface com indiferença, dizendo:

— Tecnicamente, você tem razão.

— A Mae teria que ter uma vida sexual para isso acontecer — Miles diz, e eu o encaro.

— A sua irmã não está interessada em "safadezas" — o papai diz, levando uma garfada cheia de macarrão à boca, mas então pensa melhor.

Meu irmão abaixa o garfo, enojado.

— Será que vocês podem parar de falar em *safadeza*?

Sinto o pé do Andrew por baixo do meu na mesa e, de repente, sou tomada por um profundo interesse na receita do molho à bolonhesa, e pergunto:

— Isso aqui está tão especial, Theo, como você fez?

Orgulhoso, ele conta que refogou a carne, acrescentou tomate enlatado e finalizou com ervas secas que encontrou na despensa. A conversa continua, e eu consigo me desligar quase que por inteiro, o que é bom, porque a minha energia está sendo direcionada a tentar não acompanhar cada movimento do Andrew ao meu lado. Eu não conseguiria manter uma conversa decente agora.

Acho que ele está roçando o cotovelo em mim de propósito, pois ele é canhoto e eu sou destra. E, então, me lembro daquelas mãos, e daqueles dedos, e do jeito como ele agarrou a minha perna e puxou por cima do seu quadril, para então me puxar para perto do seu corpo.

Fico pensando naquelas mãos deslizando por baixo da minha blusa, subindo pelas costelas. Penso nos dedos abrindo o botão da minha calça jeans, abaixando o zíper com aquele jeito provocante. Penso na boca percorrendo o meu corpo, quase sem fôlego, por cima...

— Mae? — Mamãe ergue a voz por causa do barulho.

— Oi? — Levanto a cabeça, percebendo que estão todos me olhando. Acho que não ouvi uma pergunta feita diretamente para mim.

Ela ergue a sobrancelha.

— Está tudo bem, querida?

Horrorizada, percebo que meu rosto todo e o pescoço estão vermelhos.

— Sim, foi mal, eu estava saboreando o jantar.

Theo se apoia com os cotovelos na mesa.

— Eu falei que vou ser o Professor Black e você nem piscou.

— Ah. — Balanço o garfo. — Eu fico com o que sobrar.

Dá para sentir uma onda de choque atravessar a mesa. Eu sou tranquila com muitas coisas, é verdade, mas nenhuma delas envolve o Professor Black. Como qualquer mulher de vinte e seis anos de respeito, levo o jogo Detetive muito a sério.

E mesmo assim…

— Qual é o problema, gente? — pergunto. — Às vezes é bom mudar.

✳ ✳ ✳

Pois fique você sabendo que o Sargento Bigode ganhou a partida de Detetive da noite, e o Professor Black já foi se deitar, de mau humor, não só por eu ter trazido a sorte comigo para outro personagem, mas porque o Professor Black foi o assassino, no conservatório, com a corda. Acho que o Theo não gosta muito da minha dancinha da vitória, mas o Andrew parece apreciar bastante.

Eu e ele guardamos as peças do jogo na sala, enquanto cada um vai para o seu canto: adultos vão para os quartos, crianças crescidas vão para o porão e então só ficamos nós dois, parados juntos, com o fogo da lareira queimando em brasas e a tensão sexual crepitando entre nós, imaginando o que vem em seguida.

Bom, pelo menos é o que eu estou imaginando. Não estou nada cansada e, portanto, nem um pouco interessada em voltar para o porão. Com certeza tenho mais energia de pegação acumulada em mim para a noite.

Apontando com a cabeça, Andrew me leva à cozinha — de onde imagino que nós dois estejamos planejando escapar e ir para o galpão, mas acabamos descobrindo que há uma pia cheia de louças para lavar.

— Ah, verdade. — O sonho com a proximidade de rasgar e tirar a camisa de flanela daquele corpo sofre uma morte lenta e triste. — Eu falei que a gente ia lavar.

Andrew arregaça as mangas e me lança um olhar brincalhão, fingindo estar bravo.

— "Vamos ajudar mais", ela disse. "A gente precisa agir feito adultos", ela disse.

Rindo, deixo meu copo de sidra quase cheio ao lado dele no balcão e me viro para retirar as louças da mesa.

— Foi mal.

— Você é péssima com bebida — ele observa, jogando o resto da sidra na pia e colocando o copo na lava-louças.

— Eu sei. — Vejo Andrew fechar a máquina e lavar as mãos na pia. — Mas você também é.

Andrew olha para trás, rindo.

— Eu tomo decisões impulsivas quando bebo. É como se eu só precisasse de um ou dois drinques para tatuar uma frase de alguma música brega.

Isso me faz rir e eu coloco a mão na boca para evitar que o som da minha risada ecoe para além de onde estamos na cozinha silenciosa. A última coisa que quero é que o Miles ou o Theo subam para nos fazer companhia.

— Poxa, você não tatuaria um papagaio?

Seu corpo todo estremece, e ele fecha um dos lados da pia para encher de água quente com detergente.

— O que eu não consigo entender é por que um *papagaio*?

Dou de ombros, mordendo os lábios.

— Por que não um papagaio?

— Um papagaio legal no braço ou nas costas, até vai. — Ele aponta o dedo para a virilha. — Mas um papagaio... aqui? Do lado do pau? Por quê?

Eu até responderia, mas ouvi-lo falar assim fritou a parte do meu cérebro que produz palavras. Assim que Andrew olha para mim, vê o constrangimento por todo o meu rosto.

— Eu constrangi a senhorita?

— Um pouquinho. — Pego um pano de prato para secar a louça que imagino que ele vá começar a lavar, mas ele dá dois passos na minha direção e coloca as mãos no meu rosto.

— Pela sua cara, parece até que você não está acreditando que isso está acontecendo.

— Uma suposição assustadoramente precisa.

Ele leva os lábios aos meus, sorrindo.

— A gente precisa lavar a louça — murmuro, com a boca na dele.

— Podemos deixar para amanhã de manhã — ele também murmura.

— A gente não vai querer lavar louça de manhã.

Mordendo o meu lábio inferior, ele resmunga e se vira.

— Tá bom. Sejamos lógicos.

Ele vai até o velho toca-fitas do Ricky, que fica sobre o balcão, e coloca uma fita cassete para tocar, fazendo um clique mecânico ao apertar o *play*. A música de Sam Cooke sai dos pequenos alto-falantes, baixinho para não chegar até o andar de cima e, mesmo se chegar, é Sam Cooke, e não Ozzy Osbourne. Provavelmente, é seguro dizer que ficaremos a sós.

Don't know much about history...

Andrew canta baixinho, lavando a louça e, nas primeiras vezes que ele me entrega algo para secar, sorri para mim, mas, depois de alguns minutos, entramos em um ritmo tranquilo, nos acomodando na melhor combinação possível de amigos de infância e casal apaixonado.

Ele ergue sua caneca de unicórnio preferida e passa para eu secar.

— Quer ouvir uma história sobre esta caneca? — pergunto.

— Como quero.

— Quando eu pintei, escrevi "Mae + Andrew" em branco e depois passei tinta rosa por cima de tudo.

Ele fica boquiaberto, puxando a caneca da minha mão e a virando para baixo.

— Mentira.

— Verdade.

Ele segura a caneca contra a luz, cerrando os olhos.

— Caramba, tá aqui mesmo.

Nós nos inclinamos para ver juntos e ele aponta, traçando as letras com o indicador. Ele tem razão. Mal dá para ver o relevo das letras em tinta mais espessa.

— Eu sabia que tinha um motivo para ser a minha caneca favorita.

Eu rio.

— Que besteira.

— Não é besteira, Mae. É demais. — Ele se abaixa, me dá um beijo no rosto. — Acho que você não estava brincando quando disse que era a fim de mim.

— É claro que eu não estava brincando. — Quando me viro para encará-lo, ele se inclina de novo, roçando a boca na minha.

And if this one could be with you...

Voltamos ao ritmo com as louças e só percebo que estamos colados um ao outro quando ele desliza o braço pelo meu para colocar a mão na pia e lavar a última travessa. Fazemos contato visual em seguida. Estou tão apaixonada por ele que nada me distrai. Isso é tudo que eu sempre quis: estar aqui, exatamente assim, com ele. Pode ser que não estejamos "juntos", na mais estrita definição da palavra, mas não há como negar que somos *mais* do que éramos antes.

Um segundo pensamento me invade, afundando como uma pedra em um lago quente: *Eu estou feliz. Nunca estive tão feliz assim na vida.* Talvez o Benny tenha razão e eu esteja finalmente sendo eu mesma.

Eu me aproximo e beijo seu pescoço.

— Deixa essa louça secar no escorredor. Vou recolher os condimentos e todo o resto.

Pego os potinhos de orégano, salsinha e um mix chamado *Toque italiano* e enfio umas latas de tomate fechadas debaixo do braço para guardar na prateleira da despensa. Atrás de mim, ouço a torneira desligar e, ao me virar, vejo que Andrew veio atrás de mim, e está secando as mãos em um pano de prato.

— O que você está fazendo?

— Dando uma escapada. — Quando ele fecha a porta, seu sorriso é engolido pelas sombras, e mesmo assim continua sendo a coisa mais luminosa daquele lugar minúsculo.

— Os garotos Hollis têm algum tipo de fetiche com armários fechados, é?

— Mas as férias não são para isso? — ele pergunta. — Beijos debaixo do visco? Uns amassos no armário?

— Parentes enxeridos.

Sua boca está a poucos centímetros da minha quando ele ri e escorrega os lábios para cima dos meus. Como um quadro branco apagado com um pedaço de pano, qualquer outro pensamento some da minha cabeça. Fica só a sensação desse beijo e desses braços envolvendo a minha cintura, e minhas mãos deslizam no seu peito e no seu pescoço.

Quero perguntar, as palavras estão até na ponta da língua — *Este foi o melhor beijo da sua vida?* —, porque, para mim, com certeza foi. E não só porque é o Andrew, mas porque parece uma fusão perfeita. Sua boca se encaixa na minha. Beijamos igual.

Ele passa da minha boca para o meu queixo e desce, pressionando esses beijos perfeitos na pele sensível logo acima do meu peito. O som dos seus gemidos junto à minha pele me coloca em um foguete e me lança para Júpiter. Num instante, visualizo a sua cabeça no meio das minhas pernas.

A ideia de vê-lo fazer isso me deixa tímida e voraz ao mesmo tempo. A minha libido me transformou em um monstro com presas. Andrew não parece se incomodar com a forma como eu o trago para mais perto e o beijo com mais intensidade, com os meus sons e a intensidade das minhas mãos em seu corpo. Aqui, na despensa escura, posso fingir que estamos sozinhos, que não há mais onze pessoas na casa. Enfio as mãos por baixo da sua camisa, buscando a pele macia e quente lá embaixo e passeando pelas suas costelas com a ponta dos dedos.

— Você está me apalpando? — ele brinca, mas a forma como as palavras saem roucas da sua boca me diz que ele está gostando.

— Estou. Você é uma delícia por baixo da camisa.

— Minha vez. — Seus dedos brincam com o tecido da minha camiseta e então sua mão sobe pela minha barriga, costelas, e os beijos não param ou diminuem. Quero me alimentar dessa sensação, engolir e me fartar com isso.

— Você acha que o povo surtaria se soubesse o que está acontecendo aqui? — ele pergunta.

— Nem todo mundo — digo —, mas é provável que alguns dos mais influentes surtariam…

Seu polegar entra por baixo do meu sutiã, indo para a frente e para trás.

— Acho que eles ficariam felizes pela gente.

Pensar que todo mundo lá fora pode saber sobre nós deixa a situação ainda mais maravilhosa e assustadoramente real. Manter o segredo das nossas famílias é como manter a relação em segredo do mundo, e assim posso fingir que o universo não está nos assistindo. Pois é, eu estou feliz e me pego acreditando que este é o objetivo, mas o que eu não sei é por que, ou como me manter assim. Ninguém pode ser feliz o tempo todo. O que vai acontecer quando eu não estiver?

Seu polegar desliza por baixo do aro do sutiã, empurrando o tecido para cima da curva do meu seio.

— Posso?

Eu não me importo em parecer desesperada ao dizer que sim, pode. Quero que o corpo todo dele me toque, que cada elétron da energia dele se concentre na minha pele.

A palma da sua mão cobre o meu seio por baixo da blusa, e nós dois soltamos gemidos ridículos juntos, dentro da boca um do outro, para então nos afastarmos, nos entregando a uma risada baixinha. Somos o mesmo tipo de idiota.

Com o olhar fora de foco, ele sente os meus contornos, provocando, beliscando de leve.

— Você é perfeita — ele diz. — Que pele macia.

Agradeço aos céus mil vezes, porque, com aquele corpo pressionado ao meu, posso afirmar que Andrew é tudo, *menos* macio.

Este é o melhor beijo de todos, meu cérebro grita novamente quando ele traz a boca para a minha, distraído docemente com as próprias mãos.

Uma luz branca e forte aparece no meu campo de visão e, por instinto, nos separamos abruptamente para fingir que estamos encarando as prateleiras. Andrew encosta a testa nas minhas costas, e sinto o coração subir pela garganta.

Merda, precisamos encontrar outro lugar para a pegação. Não está dando certo dentro de armários.

— Ei, aqui! — grito para disfarçar, torcendo para que tenha sido o Benny a abrir a porta da despensa.

— Por que a porta estava fechada? Por que vocês estão aqui?

Droga, meu irmão.

Eu me debato para abaixar o sutiã.

— Eu estava pegando o...

— Isto aqui. — Andrew se estica atrás de mim, por cima do meu ombro para pegar algo na prateleira de cima. Não tenho ideia do que ele vai pegar e, sinceramente, quem se importa? Seu corpo pressiona as minhas costas e eu o sinto. Tipo... *caramba*. Ele está muito, muito duro. O meu cérebro derrete.

O Miles deve estar concentrado em ver o que o Andrew está pegando, e só posso agradecer, porque assim consigo me concentrar por inteiro na sensação do corpo do Andrew pressionando a minha bunda. *Eu fiz isso.*

Eu quero isso.

Andrew puxa o objeto para baixo e entrega para o Miles, de alguma forma conseguindo me virar para encarar o meu irmão e parada na frente do Andrew. Para *disfarçar*. Lembro que ele está de moletom e, pela sensação lá embaixo, seria difícil esconder a situação.

Miles analisa o objeto em mãos.

— Vocês estavam pegando um... *sombrero* de cerâmica?

Ao ouvir as palavras do meu irmão, olho para o que o Andrew lhe entregou. Aquela petisqueira é velha. Está toda coberta de pó. Fazia pelo menos uma década que eu não via aquilo.

— É, a Mae queria fazer um lanchinho.

Andrew belisca a minha cintura ao ver que eu não entro na onda de imediato.

— Pois é, com fome.

— Você não podia usar um prato qualquer para petiscar?

Deixe isso pra lá, Miles.

— Eu queria que fosse especial. — Não custa tentar.

Ele pisca e faz uma careta.

— Você está toda *vermelha*.

— Estou?

— Está? — Andrew pergunta, se virando para as prateleiras para tentar controlar o riso. — Vou pegar umas batatinhas, Maisie.

Pegos no flagra. Droga, coitado do Miles. Primeiro, a história do namorado com gosto de ketchup, e agora isso.

Quando saio da despensa, Miles me puxa para o lado.

— Vocês estavam se beijando?

— Claro que não! — Sério, que constrangedor. Por que meu irmão não capta o clima e sai logo daqui? — A gente estava lavando louça, bateu uma fome. Volta pra cama, Miles.

Com um último olhar cético para a despensa, Miles pega um copo d'água e volta para o porão.

Assim que ele vai embora, olho para o Andrew, que está arrumando a calça de moletom e sorrindo para mim.

— Caramba, isso foi constrangedor.

— A situação mais constrangedora de todas.

Há alguma coisa no jeito como ele me olha: como se uma cortina tivesse sido aberta, revelando o próximo ato da nossa noite de aventuras.

— Ah. — Aponto para ele e sorrio. — Estou sentindo uma transição.

Ele chega perto, com ares conspiratórios.

— Eu estava pensando...

— Em fazer algo muito perigoso.

— ... que, em vez de a gente se esconder na cozinha e sermos pegos no flagra pelos nossos irmãos, que tal a senhorita voltar comigo para o galpão para a saideira?

— Quando você diz "saideira", quer dizer muitos beijos e sem roupa? — sussurro.

Ele confirma, com um jeito sério e brincalhão ao mesmo tempo.

— Isso mesmo. E, sendo bem honesto, preciso dizer que não há nenhuma bebida para a saideira lá fora.

Finjo repensar, mas, por dentro, estou pulando de alegria.

— Quero ir com você, mas sob uma condição.

A expressão dele muda de imediato.

— A gente não precisa fazer nada que você não...

— Você me traz de volta depois — interrompo, com a voz baixa. — Não há chance nenhuma de a gente sobreviver à inquisição das nossas mães se formos pegos dormindo lá fora, mas eu não quero voltar sozinha.

Vejo um brilho cúmplice se acender em seu olhar.

— Lembranças de *O Silêncio dos inocentes?*

— Isso mesmo.

19

Lá fora, o céu é um oceano azul profundo e saturado de peixinhos prateados. O ar está tão gelado que meu corpo só se adapta depois de algumas respirações, expirando o ar seco de dentro de casa. Depois de darmos dois passos para fora do pórtico, a mão do Andrew já está sobre a minha, com os dedos entrelaçados como se ele já tivesse feito isso milhares de vezes.

— O céu nunca fica assim onde eu moro — digo.

— Eu sempre me esqueço de como amo vir aqui fora à noite e, quando venho para cá, lembro como seria difícil abrir mão disso.

Um barulhinho estrangulado escapa da minha boca, e eu me viro para tossir.

— E se você tentasse convencer os seus pais a não vender?

Seu breve silêncio me diz que ele provavelmente não fará isso.

— Só quero que eles façam o que for melhor para eles, sabe?

Passo a mão livre pelo cabelo. Os fios que se soltam ficam todos enrolados, e tento afastá-los do rosto.

— Você tem tanto cabelo — ele diz, baixinho. — É tão lindo.

— É um saco. Você tem que ver como ficam as minhas escovas. — O castanho escuro vem da minha mãe, mas o volume enorme vem do lado da família do meu pai.

— Pensa em todos os ninhos de passarinho que você já ajudou a construir — Andrew brinca.

Eu rio, mas, ao seguir em frente na escuridão, sobre a neve que tem um brilho azul e está tão fria que podemos andar em cima sem afundar os pés, um medo me atinge como um bloco de gelo.

— Eu só queria dizer antes de chegarmos ao galpão que, se as coisas ficarem estranhas ou parecerem erradas entre a gente, não pare de falar comigo, por favor. Prometo que não vou ficar chateada se você decidir que não é isso que você quer, mas eu não aguentaria se você me ignorasse.

— Você acha mesmo que eu faria isso?

Na verdade, não. Acho que ele não faria isso.

— Tem razão.

— E por que você acha que eu vou mudar de ideia?

— Só estou tentando proteger nós dois e as nossas famílias. O que está acontecendo é bom, mas é sério.

Ele se abaixa quando eu digo isso e me dá um beijo suave nos lábios. O beijo parece ser a frase não dita que viria a seguir nesta conversa: *Confie em mim.*

Chegamos ao galpão e ele se vira, se inclinando para abrir a porta, que range e mostra o espaço vazio e escuro lá dentro. Não sei bem por que, mas ver o galpão com o Andrew, nesta situação, faz a escuridão fria parecer irresistível, e nem um pouco estranha ou desconfortável. Sim, está congelando aqui, mas sei que lá no cantinho há uma pilha de sacos de dormir e, em poucos minutos, estarei aninhada lá dentro com o corpo do Andrew pressionando o meu.

A gente vai fazer sexo?

Essa palavra — *sexo* — pisca como uma luz neon fluorescente na minha cabeça. Não faz muito tempo, descobri qual era a sensação de beijá-lo. Mas aqui estamos: não somos mais crianças, ou os amigos que fomos a vida toda. Se o clima entre nós ficar tão intenso quanto ficou no armário ou na despensa, e com mais de uma década de tesão reprimido debaixo da minha pele, não sei como vamos conseguir nos controlar para não arrancar as roupas assim que trancarmos a porta.

A porta se fecha, e Andrew se volta para virar a tranca. O clique ecoa, contrastando com o *staccato* das batidas do meu coração.

— Vem cá. — Ele me leva para o fundo do quarto e acende a luminária do canto, que ilumina um tantinho do espaço com um brilho amarelo suave. — Tcharam.

Quando ele dá um passo para trás, vejo que ele dispôs a pilha de sacos de dormir no chão, e levo uns poucos segundos para me dar conta de que a cama de armar só cabe uma pessoa, mas, juntando os sacos de dormir com estampa de carcaça, ele fez uma cama confortável para duas pessoas. Almofadas forram a parede para nos encostarmos, se quisermos. Ele até trouxe da cozinha algumas garrafas da minha água com gás favorita.

Devo estar com coraçõezinhos nos olhos ao olhar para ele. Quando ele fez isso?

— Você disse que não tinha nada para beber aqui.

— Eu disse que não tinha saideira — ele diz, sorrindo —, mas eu tenho a sua bebida preferida.

Tento impedir que meu cérebro faça isso, mas um flash de todos os caras da minha vida passa na minha cabeça. É provável que nenhum se lembraria de quanto gelo eu gosto na minha bebida ou do nome de qualquer uma das minhas coisas preferidas, e quem dirá providenciar uma bebida para mim.

Sem calcular direito — apenas tomada de gratidão e desejo —, vou para cima dele. Os meus braços envolvem seu pescoço e não há hesitação alguma da sua parte. Meu deus, é como uma explosão ao contrário, como se eu derretesse. Com os braços, ele me puxa para junto de si e a sua boca na minha solta uma mistura de gemido e risada, em um alívio de felicidade. É como sentir um raio de sol. Não há intervalos, como aconteceu dentro do armário, nenhum cuidado com quem poderia nos flagrar. Aqui, só há o calor do sorriso em sua boca, a breve expiração aliviada.

Andrew nos vira para o outro lado, me pressionando contra a parede. O Andrew brincalhão, e doce, e luminoso dá lugar à sombra do homem que está na minha frente, ainda sorridente, mas também soturno e excitante. Sua mão agarra o meu quadril, me puxando para perto do seu corpo, para me deixar sentir que ele está tão sedento quanto eu.

Vamos para o chão. A minha blusa desliza por cima da cabeça. Finalmente, consigo tirar aquela camisa de flanela e passo as mãos pelos seus braços, sentindo a suave definição, a tensão se acumulando nas suas costas ao percorrer o meu corpo, pressionando exatamente onde quero senti-lo.

A placa de neon está de volta. *Sexo. Sexo. Sexo.*

Só faz uns quatro minutos que estamos no galpão e já estamos seminus. Não que eu esteja surpresa, mas... não quero fazer nenhuma besteira.

— Andrew — murmuro dentro da sua boca.

Ele se afasta e, mesmo com a luz fraca do ambiente, vejo a preocupação no seu rosto.

— O que foi?

Será que eu digo? Ou vamos dar um jeito quando tiver que ser? Mas, sinceramente, isso nunca é uma boa ideia. O calor do momento é real e já estamos bem no meio dele.

— É meio constrangedor, mas eu não tenho...

Ele espera que eu termine a frase, mas, de repente, penso que posso parecer presunçosa demais. Afobada demais. Só tiramos nossas blusas, Mae, se acalme.

— Deixa pra lá.

— Você não tem o quê? — pressiona. Ele traz o corpo mais para a frente, se inclinando na direção do calor perturbador entre as minhas pernas.

— Hum... não que a gente vá chegar nesse ponto. Quer dizer, é provável que não. Mas se uma coisa levar a outra, e...

Ouço um riso em sua voz.

— Maelyn Jones, você está pensando em métodos contraceptivos?

Acho que eu não poderia sentir mais vergonha.

— Como eu falei — digo às pressas —, não é que a gente precise, acabamos de chegar *aqui*, mas eu gosto de estar...

— Segura. — Ele para de usar a voz de provocação e aperta o meu quadril com suavidade. — Eu já cuidei disso. Não se preocupa.

Andrew se inclina e agora está mais calmo, menos desenfreado, como se tivéssemos aliviado um pouco da pressão só por termos considerado a possibilidade em voz alta.

O ar no galpão parece mais frio do que do lado de fora, mas dentro dos sacos de dormir unidos por um zíper está bem quentinho. Andrew luta por um instante com o meu sutiã, o que me deixa tranquila e enternecida ao mesmo tempo, mas em pouco tempo o sutiã some, jogado para algum canto perto da cama de armar. Sua boca deixa um rastro de calor no meu pescoço, descendo pelo meu peito com beijos e mordidas.

É como querer pisar no freio e no acelerador ao mesmo tempo. Quero ir mais rápido, quero senti-lo se movendo em mim, mas quero saborear cada instante, porque muitas das coisas com as quais fantasiei a vida inteira estão acontecendo de verdade e ele é perfeito, como se tivesse lido o Manual do Corpo da Mae e estivesse determinado a não deixar passar nenhum detalhe. Eu não tinha ideia de que o Andrew pudesse sentir por mim qualquer sentimento além de um carinho de irmão mais velho, mas, com o meu simples convite de pensar na possibilidade de existir um *nós*, ele mergulhou de cabeça. Parece até que ele também estava esperando por isso. Ele também teve suas fantasias, e pode finalmente dar vida a elas. E isso é bem surreal.

Ele desaparece debaixo do saco de dormir e, com uma combinação de beijos, dedos ágeis e mãos determinadas, ele consegue abrir o botão da minha calça jeans e abaixá-la, mandando-a para o fundo do saco de dormir.

Não posso vê-lo, só posso sentir sua boca no meu joelho, na minha coxa, a leve pressão dos seus beijos entre as minhas pernas e, ai, meu deus, acho que vou morrer, acho que nunca desejei nada com tanta intensidade em toda a minha vida. Acho que eu sacrificaria tudo para sentir o toque quente e direto dos seus beijos ali…

Andrew sobe pelo meu corpo, rastejando com uma agitação nervosa, e toma fôlego assim que consegue sair de debaixo do saco de dormir.

— Caramba. — Ele puxa o ar mais uma vez. — Eu nunca fiquei tão perto assim da morte.

Uma mistura de risada assustada e grito de vergonha sai de mim.

Será que tudo lá embaixo é tão terrível e assustador? Por que ninguém nunca me falou a verdade?

Escondo o rosto com as mãos.

— … está tudo bem aí?

— Está tudo ótimo. Eu queria… mas não consegui respirar… — Ele ofega, inalando fundo de novo. — É tão quente dentro deste saco de flanela que, tipo, eu me senti *sem ar*.

Caio na gargalhada, tirando a mão do rosto.

— Eu já estava até fazendo um pacto mental para sacrificar todos os nossos entes queridos se você continuasse, mas morrer sufocado não vale a pena.

Ele se debruça, colocando a testa no meu ombro nu.

— Quem matou o Andrew foi a Mae, no saco de dormir, com a buceta dela.

Tenho um surto quando ele diz isso, e ele também explode de tanto rir. Para dizer a verdade, rir com o Andrew aqui ao meu lado, enquanto estamos nus, deve ser a melhor sensação que já senti. Ele fica de lado no saco de dormir gigante, apoiando a cabeça em uma das mãos. Com os dedos da outra mão, ele desenha círculos na minha barriga, no meu peito, no meu pescoço.

Gosto de olhar para ele sob esta luz, que atravessa o quarto, formando um ângulo que deixa seu rosto angular e suave ao mesmo tempo. Queixo e têmporas bem marcados, a curva suave dos seus lábios, seus cílios absurdamente longos.

— Alguém já falou que você tem os olhos mais lindos de todos? — ele pergunta. — Você se lembra daquele seriado *Gidget*? Seus olhos se parecem com os olhos da personagem, redondos e inocentes.

Eu rio.

— Nossa, esse é das antigas. Que coisa de velho, Mandrew.

— Não, calma — ele insiste, se levantando e pairando sobre o meu corpo, com as mãos apoiadas ao lado da minha cabeça. — Eu assistia às reprises de *Gidget* quando faltava aula porque estava doente e, sem brincadeira, acho que a Sally Field, que interpretava a personagem principal, foi a minha primeira paixão.

— Será que isso é estranho? — pergunto. — Não consigo decidir.

— Não é estranho. — Ele se inclina para beijar o meu queixo. — Ela é uma gatinha. Mesmo aos setenta anos, ela ainda tem charme.

— Você sabia que o Tom Cruise tem quase sessenta anos? — pergunto.

Ele parece um pouquinho preocupado.

— Você tem uma paixonite pelo Tom Cruise?

Torço o nariz.

— Não, claro que não. Só acho engraçado que ele continue parecendo ter quarenta anos.

Ele murmura, pensativo.

— Você sabia que o Christopher Walken tem quase oitenta anos?

Eu rio.

— Como é que você sabe dessas coisas?

— Será que somos esquisitos de um jeito legal? — Sua boca sobe pelo meu pescoço.

— Mas será que é esquisito de um jeito ruim que eu esteja pelada e a gente esteja falando sobre o Christopher Walken?

— Não há nenhuma parte *ruim* em você estar pelada. E, sério — ele diz —, eu não ligo de dividir este momento com o Christopher Walken.

Sou tomada por um afeto tão avassalador que levo as duas mãos ao rosto de Andrew e o puxo para mim. Não porque isso esteja delicioso ou porque ele seja incrivelmente lindo, mas porque é fácil e natural estar ao seu lado, com conversinha entre os beijos, sem timidez por estar nua, rindo da experiência de quase morte do Andrew no meio das minhas pernas.

O beijo começa suave e calmo, mas quando ele roça os dentes no meu lábio, faço um barulho que parece soltar algo dentro dele e ele vem para cima de mim novamente, com os cotovelos plantados ao lado da minha cabeça, me beijando com tanto gosto que eu fico tonta de desejo.

Meus dedos brincam com o elástico da sua calça de moletom e percorro a pele por baixo do tecido e, em seguida — por que não? —, abaixo até os quadris. Sua pele quente vem deslizando pela minha. Penso por um segundo que isto está indo rápido demais, mas percebo que ele se sente assim também, pois ele se move para trás, se afastando.

Nunca me senti assim, tão em sintonia com alguém. Parece que ficamos nos beijando e nos tocando por horas, conversando e caindo em gargalhadas espontâneas. O sexo está ali, assim como a escuridão da noite, me lembrando de que ninguém está com pressa e que temos tempo para nos divertir. Até o constrangimento do momento de abrir o preservativo desperta uma crise de riso. Ele vem me beijar, ainda rindo, e se move para cima de mim, para dentro de mim e então eu vejo o lado silencioso e concentrado de Andrew, de alguém cuja missão de vida é ouvir, pois ele se move com todo o cuidado, se atentando para responder a qualquer som que eu faça.

Quando finalmente nos vestimos e ele me acompanha pelo trecho coberto de neve à luz do luar, há duas coisas que eu desejo com igual intensidade: quero me virar e voltar a ficar pelada no saco de dormir, e quero que ele entre comigo na cozinha, se sente à mesa e converse comigo por horas.

20

ÀS CINCO E MEIA DA MANHÃ, DUAS HORAS E MEIA DEPOIS DE O ANDREW me levar de volta para casa, desisto de dormir e subo sonolenta para a cozinha. Sou como uma criatura das trevas emergindo à luz do sol; uma mulher que com certeza precisa de oito horas de sono. Hoje vai ser dureza.

Ricky entra cambaleando mais ou menos no mesmo horário que eu e nós dois tomamos um susto ao ver o filho dele na ponta da mesa, debruçado sobre uma tigela de cereal. Sinto o coração afundar na barriga, e fico observando, horrorizada, o Andrew acenar com a mão e limpar casualmente um respingo de leite do queixo.

Sei que ele não nos ouviu chegar, mas a visão dele debruçado sobre a mesa, o silêncio que parece se estender como um abismo pelo espaço entre nós, antes tão caloroso e acolhedor... é tão parecido com aquela manhã horrorosa com Theo que a apreensão logo me deixa enjoada.

Então é isso? A surpresa do fim? *Te peguei! Você cometeu o mesmo erro duas vezes, agora com o Andrew. Você achou mesmo que o objetivo de tudo era que você fosse feliz?*

Um som escapa de mim, algo entre um suspiro e um gemido, e os olhos de Andrew se erguem depressa e depois se viram para ver o pai que vem atrás, e por fim, voltam a me encarar.

Seu olhar sonolento logo se transforma em um brilho de felicidade.

— Muito bom dia para quem caiu da cama.

Ele olha para mim como se eu fosse exatamente quem ele queria encontrar pela manhã, mas levo um tempo para conseguir dissipar as dúvidas, e esse sentimento me impede de entrar na cozinha.

Ricky me olha, depois olha para a cafeteira, e volta a olhar para mim como se quisesse alguma coisa, mas então desiste e vai pegar o café sozinho.

— O que você está fazendo acordado tão cedo, Drew?

— Não consegui dormir.

Por trás das costas do pai, Andrew pisca de um jeitinho maroto para mim, e todas as minhas entranhas parecem aquecer. Um eco do seu gemido, um vislumbre do seu pescoço arqueado de prazer, afasta os meus pensamentos de qualquer outra coisa.

— Muito frio lá fora no galpão? — Ricky se vira para sorrir para mim também, como se tivesse conseguido pegar no ponto fraco do Andrew.

— Para falar a verdade, fiquei aquecido como um urso numa toca — Andrew diz, mexendo no cereal. — Só que fiquei acordado até muito tarde e não consegui fazer a minha cabeça desligar.

— Preocupado com alguma coisa? Trabalho? — Ricky pega três canecas enquanto o café começa a pingar lentamente na jarra da cafeteira.

— Olha, a última coisa que pensei foi no trabalho. — Andrew dá de ombros, com descaso, e dá mais uma colherada no cereal. — Só fiquei acordado e elétrico.

Olho para o piso, fingindo bocejar para sufocar meu sorriso delirante.

— Bom, você vai ficar ainda mais cansado depois de hoje — Ricky diz, se sentando à mesa. — Pode ter certeza.

Hoje: 23 de dezembro. Dia da Caça ao Tesouro. Formamos equipes sorteadas ao acaso e nos espalhamos por Park City para coletar evidências fotográficas de uma longa lista de itens aleatórios que o Ricky e a Lisa imaginaram para nós: um enfeite prateado, um pirulito gigante em formato de bengala, um cachorro usando suéter, coisas do gênero.

Às vezes, é necessário fazer um vídeo para provar, como no ano passado, que tivemos que gravar um vídeo de um grupo de pessoas dançando cancã.

Precisamos de permissão, e pedir a estranhos para fazer coisas esquisitas pode ser constrangedor, mas na maioria das vezes, é muito divertido.

A caça ao tesouro também nos permite fazer aquelas compras de última hora — Theo e Miles nunca compram os presentes com antecedência — e em geral precisamos tirar um tempo longe do espaço confinado do chalé. A mamãe, o Kyle e o Aaron costumam ficar em casa para começar os preparativos do jantar do dia seguinte. Eles preparam o mesmo cardápio que todo mundo adora todos os anos na véspera de Natal: tender, batatas gratinadas, legumes assados, macarrão com queijo, pão caseiro e uns dez tipos de tortas pelas quais ansiamos o ano todo.

Todos os outros que se livram das tarefas culinárias ficam implacavelmente competitivos.

Um ano, o papai até comprou uma camiseta nova para uma mulher para que ninguém mais tivesse a chance de marcar o item "alguém usando uma camisa dos Broncos" em sua lista.

Finalmente, consigo destravar os pés, ando até a mesa e puxo uma cadeira para me sentar ao lado do Ricky.

— E você, Mae? — ele diz, me cutucando. — Dormiu bem?

Eu deveria mentir, mas estou cansada demais para tentar me esquivar

— Pior que não.

Andrew faz uma expressão exagerada de preocupação.

— Poxa, sério? Você também?

Ricky se levanta assim que a cafeteira apita para indicar que o café terminou de passar, e eu aproveito a oportunidade para lançar a Andrew um olhar de bronca que não consigo manter. No mesmo instante, a minha expressão se transforma em um sorriso que ilumina o meu rosto. Na minha cabeça, vejo Julie Andrews cantando e rodopiando em uma montanha na Áustria. Confetes explodem de um canhão brilhante. Um bando de pássaros sai voando gloriosamente do topo de uma árvore enorme. Estou irradiando felicidade.

Ricky desliza uma caneca pela mesa para entregar para mim e solta um barulhinho do fundo da garganta.

— Você não *parece* cansada, Maelyn.

— Você está até um pouco corada. — Andrew leva inocentemente mais uma colherada de cereal à boca, mastiga, pensativo, e engole, antes de continuar: — Se você precisar tirar uma soneca no galpão mais tarde, lá é silencioso e os sacos de dormir são bem quentinhos.

Pronto, agora tenho certeza de que as minhas bochechas estão quentes e meus olhos estão brilhando. Eu me inclino sobre a caneca, inalando o aroma quente e amendoado do café.

— Acho que não precisa.

— De qualquer forma, hoje à noite, vamos deixar você dormir bem cedo — diz Andrew e me encara por cima da borda da sua caneca. — Palavra de escoteiro.

* * *

Meia hora depois, ele me encontra no corredor com a minha bolsa de itens de higiene, me preparando para subir a longa escadaria até o banheiro de cima, em que a água sai com mais pressão. Andrew me puxa para dentro da sala de jantar escura e isolada, e nos esconde atrás de uma das cortinas de veludo grosso, afundando o rosto no meu pescoço.

— Oi. — Ele inspira fundo. — Não vá tomar banho ainda. — Sua boca se abre, pressionando os dentes naquele cantinho sensível que liga o pescoço ao ombro. — Você está com o cheiro do galpão.

— Sua cantada foi muito sutil lá na cozinha — digo, brincando.

Rindo baixinho, ele me aperta forte contra si, fazendo uma conchinha em pé.

— Me beija.

Eu o beijo.

— Quer saber por que eu não consegui dormir? — ele pergunta.

Eu rio.

— Por quê?

— Porque não conseguia parar de pensar em você fazendo aqueles barulhinhos ontem à noite.

— Barulhinhos.

Sua boca sobe pelo meu pescoço.

— Isso. Bem no meu ouvido. — Ele fala bem baixinho: — *Não pare, por favor, não pare.*

Sinceramente, não me lembro de nada assim tão concreto, só de flashes embaçados de ele se movendo sobre mim, daquele prazer tão grande que chega a fazer as costas arquearem para trás e dos sons graves da sua respiração ao gozar.

— Nem percebi que eu estava dizendo qualquer coisa coerente.

— Nem tudo foi coerente. — Ele ri. A risada se transforma em um gemido. — Como vamos esconder isso? Sei que não vou conseguir ficar longe da sua boca. Talvez a gente não deva tentar esconder.

Ele está falando sério? Ele não acha mesmo que vamos anunciar isso hoje, depois de passar um dia juntos? Será que ele não conhece as nossas famílias?

Mas eu não quero pensar em mais ninguém agora. Envolvo seus ombros com os braços, e ele começa a passar a mão pelo meu corpo.

— Olha, acho que vão desconfiar de alguma coisa se virem a cortina balançando.

Ele se afasta, fingindo estar em choque.

— Você está achando que vamos mandar ver aqui? — E, ainda assim, a sua mão se apodera do meu peito.

Ainda sinto o eco rítmico da noite passada por todo o corpo. Numa guinada de sentimentos que só posso atribuir à minha educação um tanto rígida, a culpa lança uma sombra sobre a minha alegria. Minha mãe conseguiu se livrar de boa parte do puritanismo da minha avó, mas seu maior resquício de conservadorismo é achar que sexo não deve ser casual. Ela sabe que eu não sou virgem, mas também tenho certeza de que ela não gostaria nada de saber que eu transei com o Andrew no chalé dos pais dele. Eu não me arrependo, mas também não quero fazer alarde.

Andrew percebe que há algo de sombrio nos meus pensamentos, então, a sua mão desliza de volta para a minha cintura.

— O que foi?

Não é só por me dar conta de que transei com o Andrew assim tão rápido — o que, para falar a verdade, já é chocante por si só —, mas é que nas últimas horas, acabei esquecendo que estou em uma viagem cósmica maluca e que posso estar vivendo com o tempo contado aqui. Eu já vivi este dia e esta hora antes e não sei o que pode me mandar mais uma vez para o passado. Será que estou me sentindo mais enraizada aqui do que na última vez, quando o galho caiu na minha cabeça? Quem sabe? Consegui passar pelo terceiro dia sem voltar ao avião, mas também não fiz novas declarações nem fiz grandes descobertas ontem. Eu estava só… feliz.

E ser feliz foi a única coisa que eu pedi.

Então o que vai acontecer quando eu *não* estiver feliz? O que vai acontecer quando estas férias acabarem, quando Andrew voltar para Denver, e eu voltar para Berkeley, arrasada por estar longe dele, sem emprego e sem grana? E se eu não conseguir manter esta trajetória? Será que vou fracassar neste teste? Será que vou voltar para o início do jogo, com a missão de reviver todos esses momentos e encontrar uma forma de manter a chama acesa para sempre?

— Nada — digo e espero não ter ficado em silêncio por tempo demais. — Só estou processando tudo.

— Merda. — Sua expressão desaba. — Estamos indo rápido demais. — Ele passa a mão no rosto. — A gente devia ter ido mais devagar ontem à noite. É que estava tão bom, e eu só …

— Não foi só você. Foi rápido — admito, e o fato de ele admitir que foi bom me aquece por dentro mais uma vez. — Mas não foi rápido demais. Eu queria fazer aquilo com você desde que eu descobri o que era sexo. — Ele dá um meio-sorriso travesso. Eu acrescento, séria: — Quer dizer, só é rápido demais se… — Engulo em seco. — Se for só um lance de férias, sabe.

Ele se afasta e parece genuinamente magoado.

— É essa a sua preocupação?

— Não sei nem dizer, porque você é mais reservado que o Theo com essas coisas. Mas eu com certeza não sou assim.

Ele brinca com a alça da minha regata.

— Eu nunca faria uma coisa dessas com você, Mae. Não é isso o que temos.

— É complicado por muitos motivos, a começar pelo fato de os nossos pais serem melhores amigos e a gente morar a centenas de quilômetros um do outro. — Mordo o lábio. — Desculpa. Não quero fazer drama.

— Você está de brincadeira, não está? — Ele dobra os joelhos para ficar no mesmo nível dos meus olhos. — A única maneira de isso dar certo é abrindo o jogo. Mesmo que você ache que não foi rápido demais na noite passada, a gente com certeza foi de oito a oitenta. Vamos conversar.

Acho que não adianta tentar adiar esta conversa.

— Sei que você quer contar para todo mundo sobre a gente, mas tem certeza? — Deslizo a mão por baixo da bainha da camiseta dele, procurando calor. Ele engole um gemido, e me distrai por um instante com um beijo profundo, que me procura, que provoca uma dor que vai do meu coração acelerado até o umbigo. — Não quero que todo mundo se envolva demais antes de entendermos o que é que está acontecendo entre a gente.

Pelo jeito como Andrew me olha, sei que não tenho que me explicar. Eu cresci com um excelente exemplo de um relacionamento que não deu certo. Mesmo as separações mais simples podem virar uma grande confusão, e eu não quero que ninguém se sinta forçado a escolher um lado se as coisas não derem certo ao irmos embora daqui.

Pousando os lábios no canto da minha boca, ele diz:

— Então por que não continuamos assim por um tempo antes de contar para alguém? Estou tão feliz que me sinto até um pouco bêbado. Mas vou tentar disfarçar.

O problema é que eu também não sei como fazer isso. Eu simplesmente entreguei o meu coração à pessoa para quem guardei o meu amor durante metade da minha vida, e tenho medo de ele não perceber com o que está lidando.

Passos se aproximam e param a poucos metros de onde estamos escondidos nas cortinas, e Andrew fica imóvel, de olhos arregalados. Meus pulmões parecem ter endurecido como concreto.

— Oi, quem está aí? — Andrew diz, estremecendo. — Eu estava aqui só dando uma olhada na fechadura da janela. — Ele passa por mim para mexer na fechadura e olhamos um para o outro, de olhos arregalados, provavelmente torcendo para que seja a Kennedy ou o Zachary, e aí poderíamos fingir que estamos brincando de esconde-esconde às avessas de novo.

Mas então ouvimos alguém pigarrear, e tenho que reconhecer que nenhum dos gêmeos pigarrearia daquele jeito, como um homem adulto.

— Eu conheço um bom chaveiro.

Benny.

Andrew joga a cortina para trás, soltando um enorme suspiro.

— Ufa, graças a Deus.

Benny ri.

— Devo perguntar alguma coisa? O que vocês dois estavam fazendo atrás da cortina?

Tento fazer as palavras saírem com a esperança de ele acreditar em mim.

— Arrumando o cadeado?

Mas Benny não engole essa.

— É assim que vocês, jovens, estão chamando hoje em dia?

— Estávamos dando uns beijos — diz Andrew, dando de ombros. — Mas você tem que jurar segredo.

— Acho que estou guardando muitos segredos ultimamente. — Benny me lança um olhar de canto de olho.

Andrew nota e olha de um lado para o outro entre nós dois.

— O que está rolando?

Dou de ombros como se dissesse: "Foi o Benny que disse, não eu".

— Coisas da Mae.

— Coisas boas ou ruins? — Andrew pergunta, se virando para mim, preocupado que eu esteja escondendo algo dele.

— Ah... aposto que são boas — Benny diz, levantando a sobrancelha para mim.

Por cima do ombro do Andrew, faço um joinha para o Benny. Atrás das costas de Andrew, Benny faz uma dancinha de comemoração. Ele para de repente quando Andrew se vira para encará-lo.

— Mas eu vim avisar que o Miles está procurando a Mae.

— E você sabia que encontraria a gente atrás da cortina? — pergunto.

Benny se vira para ir embora e olha para trás, sorrindo.

— Foi fácil seguir as risadinhas.

Encontro o meu irmão sentado no balanço da varanda, mexendo no celular. Ele olha para cima quando ouve os meus passos, guarda o celular no bolso do casaco e coloca as mãos entre os joelhos.

— Oi.

— Oi.

A temperatura está congelante do lado de fora, e já que acabei de sair do banho, parece que estou entrando em uma câmara frigorífica. Com os dentes rangendo, envolvo a caneca quente de café com uma das mãos e uso a outra para fechar o meu casaco até o queixo.

— O Benny disse que você estava me procurando.

Miles faz uma pausa, fica vermelho, e já percebo o que vai vir pela frente. Como eu não previ isso?

Eu me sento ao seu lado no balanço, encostando o ombro no dele.

— O que foi?

— Eu estava certo ontem à noite, não estava? — ele pergunta e olha para mim. Meu irmão herdou os olhos enormes da nossa mãe e sabe como usá-los. Ele consegue deixá-los bem redondinhos, para ficar com aquela carinha de inocente, ou estreitá-los para parecer malandro. Agora, ele estremece um pouco e parece constrangido por me fazer essa pergunta, mas sei que ele também espera que eu não minta para ele.

— Certo sobre o quê? — pergunto, querendo ter certeza.

— Que você e o Andrew estão ficando.

— Sim — respondo, simples assim.

— O Theo sabe?

Sinto despertar em mim uma reação defensiva.

— Não. E, por favor, não conta pra ele. Se a gente decidir que a coisa vai pra frente, nós mesmos vamos contar para todo mundo.

Miles concorda com um gesto e vira o olhar para o pátio da frente, coberto de neve.

— Você tem certeza de que sabe o que está fazendo?

— Não, não tenho.

— Porque você sabe que a mãe vai surtar com isso.

O problema de voltar para a casa da minha mãe é que deixei de ser uma adulta independente e voltei a ser criança. Minha mãe ainda é quem prepara a maioria das refeições, pois adora cozinhar. Costuma lavar boa parte das minhas roupas sujas, pois é assim que ela relaxa enquanto pensa em como consertar alguma de suas pinturas. Não posso negar que adoro essas regalias, mas o preço a pagar por isso é não poder reclamar por ela se meter em todos os aspectos da minha vida.

— Pode acreditar — digo —, esse é o motivo número um por eu ainda não ter dito nada.

Miles respira fundo e expira devagar.

— Acho que o Theo está apaixonado por você.

— O quê? Não, não está, não — digo.

— Como você sabe?

Solto uma risada seca.

— O Theo está acostumado a ter as garotas aos pés dele. Só que eu não sou assim. Ele é o tipo de cara que quer o que não pode ter.

170

Observo Miles assimilar as informações e, em seguida, ele parece entender, balançando devagar a cabeça.

— Tá bom. Só… só não quero que ele fique chateado.

Dou um beijo na testa do meu irmão e digo:

— Você é um cara legal.

Ele finge estar com nojo, me empurra para longe, mas se vira antes de ir embora.

— Passe um tempo com ele hoje.

— Por quê?

— Acho que ele está com saudades de você.

21

Suponho que tenha sido o destino que fez com que o Miles e o Theo quebrassem a tigela em que sempre colocamos os pedacinhos de papel para escolher as equipes. Ricky escolhe o seu chapéu de caubói para fazer o papel de urna e, desta vez, quando o nome do Theo é sorteado, o meu vem logo em seguida. Andrew faz uma carinha triste para mim, mas tenho certeza de que ele e o Miles vão mandar muito bem na caça ao tesouro, já que a dupla deles conta com a combinação perfeita dos olhos de lince do Miles e da habilidade do Andrew de convencer qualquer desconhecido a fazer qualquer coisa.

O que é bom, porque a lista deste ano está repleta de vídeos de comprovação, como:

* *Um desconhecido cantando "Jingle Bells";*
* *Um cachorro fazendo algum truque;*
* *Alguém enumerando sua lista de desejos de Natal;*
* *Um membro da dupla fazendo alguma boa ação.*

Theo se aproxima de mim, segurando a lista com um sorriso tímido, e isso me desarma. Como é que essa tartaruguinha acanhada pode ser o mesmo cara que lambeu a minha cara e se recusou a falar comigo na manhã seguinte? É impossível conceber. Costumávamos trocar mensagens sobre tudo: tarefas de casa, acontecimentos da escola, os treinos de futebol dele e os meus projetos de arte. Ele sempre reclamava da neve, então eu mandava uma foto do jardim da minha mãe, ainda florido. Já faz muito tempo que não fazemos isso. Será que ele sente falta?

Tomara que o Miles não tenha razão.

— Acho que agora você vai ter que me aguentar — ele diz.

Dou um tapa no seu braço, rindo. Alto demais, Mae. Forçada demais. E o Theo me conhece tão bem que não deixa passar batido: ele se afasta, um pouco desconfiado. Mas ele também não é o tipo de pessoa que ficaria me questionando na frente de todo mundo — ou faria perguntas íntimas de maneira geral —, então ficamos em pé, em um silêncio constrangedor, enquanto as outras equipes são formadas.

E então partimos, nos amontoando na van do Ricky. Já no início, Andrew coloca para tocar o álbum de Natal de Nat King Cole e todos nós cantamos juntos, desafinados, enquanto examinamos as listas, fazendo piadas sobre o Ricky dirigir como um vovô, e já falando sobre as delícias que nos esperam para o jantar mais tarde.

Entramos no centro da cidade, encontramos uma vaga em um pequeno terreno e saímos aos tropeços da van, para formar os times. Com instruções para nos encontrarmos de volta à van em duas horas, Ricky nos libera, nos lembrando de sermos educados, pedir permissão antes de tirar fotos das pessoas e dizendo:

— Se quiserem desistir, não tem problema. Eu e a Kennedy vamos ganhar mesmo.

Theo se vira de costas para o resto do grupo, e formamos a nossa dupla. Não deveria ser tão estranho ficar assim tão perto dele — afinal, nos conhecemos desde sempre —, mas não consigo me livrar do peso na consciência. Não só porque eu fiquei com ele em uma realidade passada, ou pelo fato de que agora estou ficando com o irmão dele. São as várias coisas que o Theo não sabe, e a verdade é que sinto que já o conheci melhor — e não de um jeito bom —, na primeira vez que vivi esta semana.

Ele segura a lista, percorrendo-a com o dedo.

— Vamos começar pelas coisas mais rápidas. O pirulito em formato de bengala — ele diz, lendo. — Uma foto da gente usando chapéus de Papai Noel. Uma imagem de uma rena em cima de alguma coisa. — Ele olha para mim. — Essas aqui vão ser moleza.

Ainda mais porque eu sei onde encontrar a maioria dessas coisas, penso, mas não me dou ao trabalho de dizer.

— Você vai na frente. — Sorrio para ele, mas é um sorriso forçado. Tudo parece forçado entre nós. Que ódio.

Ele se vira, indo para a esquerda da van para entrar na rua principal, e eu olho para trás para ver onde Andrew e Miles estão. Eles vão na mesma direção, mas atravessam a rua para abrir espaço entre nós. Quando os nossos olhares se encontram, Andrew pisca para mim. É reconfortante, como se esse gesto fosse um copo d'água para uma boca sedenta, e me faz lembrar que, mesmo que tenhamos que agir com cautela, podemos fazer isso juntos.

Já nos beijamos.

Já transamos.

As coisas entre nós estão muito, *muito* boas mesmo.

Corro para alcançar Theo, enlaço o braço ao dele, me sentindo renovada.

— Aí está ela — diz ele e sorri para mim.

Antes de ficar conhecida como um destino popular para esquiar e por receber o Festival de Cinema Sundance, Park City era uma cidade de mineração. O pequeno vale, agora escondido entre dois resorts gigantes, foi descoberto quando soldados destacados na cidade perto de Salt Lake se aventuraram pelas montanhas em busca de prata. Quando a ferrovia chegou e a notícia se espalhou, a cidade foi invadida por garimpeiros que queriam fazer fortuna.

A rua principal ainda lembra um pouco aquela velha cidade mineradora, com lojas antigas e prédios históricos, mas em vez de bares e armazéns, a rua agora está cheia de butiques e restaurantes modernosos, museus e até uma destilaria. Park City também é sinônimo de dinheiro. Com mais turistas do que moradores na região, o imóvel dos Hollis deve valer uma fortuna. Não é de se admirar que eles tenham decidido vender.

Eu e o Theo conseguimos tirar as fotos fáceis da caça ao tesouro: um moletom com estampa de alce, uma foto de um caubói, um dreidel, um enfeite em formato de floco de neve. Uma foto de um objeto com as palavras *Ho, Ho, Ho*. Abordamos um casal que estava descendo a rua e perguntamos se eles topariam cantar "Jingle Bells" para nós. Passamos alguns momentos constrangedores tentando convencê-los, mas felizmente eles topam, pois já vi Andrew e Miles fazendo vídeos de pelo menos quatro pessoas na rua, e à nossa frente, Ricky e Kennedy parecem estar avançando rápido na lista. Benefícios de ter uma criança fofa e precoce como parceira.

Não que eu me importe em ganhar, mas esta brincadeira ao menos está me ajudando a tirar da cabeça uma voz cada vez mais estridente que diz que tudo está prestes a desmoronar.

Não consigo entender muito bem por que esta sensação está aumentando, mas sei que está. É um aperto de pânico crescente. Sim, tudo está diferente, e para melhor. Mas eu nunca confiei nas minhas próprias decisões, e quando você conquista tudo o que sempre desejou, não sabe ao certo como lidar com isso. Eu queria o Andrew, mas nem tudo pode ser tão simples quanto beijá-lo e me sentir feliz. Se eu recebesse ao menos um sinal, um aceno das estrelas que diz que tudo está sob controle, talvez eu conseguisse respirar. Agora, só quero é chegar ao dia 26 de dezembro — passar do ponto em que eu nunca estive antes — para poder relaxar e saber que tudo está resolvido. Que eu estou aqui para ficar.

Com alguns itens marcados na nossa lista, Theo para em frente a uma das lojinhas da rua.

— Preciso comprar alguma coisa para os meus pais.

Eu o acompanho, enquanto ele olha uma vitrine cheia de utensílios sofisticados de cozinha, mix de temperos e bugigangas domésticas. Sinceramente, uma loja de utensílios de cozinha seria o último lugar onde ele deveria comprar algo para a Lisa, mas logo na esquina, vejo o Andrew entrar depressa em uma loja. Sem o Miles, que também deve estar fazendo compras de última hora. Meu coração parece triplicar de tamanho.

— Vou ali e já volto. — Aponto. — Também tenho que comprar umas coisinhas. A gente pode se encontrar daqui a vinte minutos?

Se o Theo viu o irmão entrar na loja, não demonstrou. Com um pequeno movimento do queixo, ele me faz um sinal para eu ir. Eu saio, me esforçando para não correr para encontrar o Andrew.

A vitrine é iluminada por uma árvore de Natal de penas e diversos brinquedos antigos. Ao entrar na loja, sou recebida por uma rajada de ar quente e músicas natalinas, e sigo pelos corredores cheios de eletrônicos retrô e móveis usados, pilhas de discos antigos e utensílios de cozinha usados, à procura de Andrew.

Eu o encontro nos fundos da loja, virando um disco antigo nas mãos para conferir a lista de músicas na contracapa.

— Ei, achei você.

Ele se vira e, ao sorrir, por um momento o mundo à nossa volta reluz um brilho dourado.

— Ei. — Olhando ao redor, ele se aproxima e me dá um beijo rápido. — Como estão as coisas com o Theo?

— Estão bem — digo, pegando um disco da caixa que ele está vasculhando. — Um pouco tensas. Não sei por quê.

— Deve ser porque você está dormindo com o irmão dele e ele não tem a menor ideia.

Por dentro, me sinto radiante ao ouvir dele que estamos *dormindo*, mas a culpa ainda lança uma sombra no ar.

— Parece que estou mentindo para ele. — E depois eu me lembro: — Ah. E o Miles sabe...

— Sabe que a gente...? — Andrew parece um pouco chocado e faz um gesto sexual um tanto abstrato.

Rindo, eu digo:

— Não, acho que ele só sabe que a gente se beijou na despensa. — Diante do olhar de Andrew, acrescento: — Ah, qual é. Ele já tem dezessete anos, não é mais criança. E ele me perguntou sem rodeios.

Andrew faz uma careta de remorso.

— Coitado do Miles.

— Ele prometeu que não contaria nada para ninguém, mas acho que é só uma questão de tempo até que todo mundo perceba.

— Ainda mais quando eu for te visitar em Berkeley daqui a uma semana, por não conseguir ficar longe de você.

Sorrio para ele.

— Você o quê?

— Por que não? — ele diz, com seu sorriso charmoso. — Seria estranho?

Mordo o lábio, balançando a cabeça.

— Parece que tudo está prestes a mudar.

— Ah, é?

— O Miles vai para a faculdade daqui a alguns meses. Vou ter que encontrar um novo emprego. — Sorrio para ele. — Eu e você.

— Podemos pensar juntos sobre a questão do seu trabalho — ele diz. — O que você tem em mente?

Dou de ombros, mordendo o lábio.

— Algo artístico. Eu poderia fazer uns *freelas* de design até pensar em alguma coisa.

— Posso ver se estamos precisando de alguma coisa lá no trabalho — ele diz. — Coisas para site? — Ele dá de ombros, e fica óbvio que ele não tem ideia de como essas coisas funcionam, mas mesmo assim, é encantador. — Não custa perguntar.

— Seria ótimo. — Sorrio para ele. — Sei que deveria estar mais preocupada por estar desempregada, mas…

Mas é difícil ficar preocupada quando ele está bem ao meu lado. Sempre que começo a entrar em pânico — por causa dos *loops* temporais, do meu trabalho, dos meus pais, para quem logo vou ter que contar o que está rolando —, olho para ele e na hora me acalmo. Isso deve ter algum significado.

Como se adivinhasse meus pensamentos, Andrew me encara, me analisando. Ele se afasta dos discos e se vira, segurando a minha nuca e me puxando para um beijo. Meus pensamentos vão de *ah, isso está acontecendo mesmo*, para *ah, eu preciso das mãos deste homem em mim agora mesmo*.

Ele inclina a cabeça, nossas línguas se tocam, e ele emite um som suave e vibrante. Cada detalhe na forma como eu ouço, sinto e saboreio este beijo me faz lembrar de como me senti imersa no corpo dele na noite passada. Eu me estico, querendo me aconchegar o máximo possível junto a ele, mesmo que no fundo da minha mente, eu precise me esforçar para manter algum grau de consciência de que estamos em público e que as nossas famílias podem estar por perto.

Suas mãos deslizam pela cintura até o meu quadril e, ao me puxar para junto do seu corpo, ele também parece se lembrar de onde estamos, e tira as mãos. Fazendo um carinho no meu queixo com o polegar, ele dá um último beijo nos meus lábios e se afasta, sorrindo.

— Acho que nos empolgamos.

Engulo em seco, me sentindo quente e com certeza instável.

— Você quase conseguiu dar uns amassos numa loja de presentes.

Andrew arregala os olhos e respira fundo, se afastando um pouco.

— Não me provoque. — Ele volta a procurar entre os discos. — Preciso de um tempinho para, hum… — Ele expira devagar.

— Não achei que falar sobre os nossos irmãos deixaria você tão empolgado, Mandrew.

Ele ri.

— Pode ter certeza, meu bem, é por estar perto de você.

Absorvo a informação e é como sentir o efeito de uma droga.

— Dessa vez, as coisas estão tão melhores.

Andrew para por um momento.

— Hein?

Ai, droga. Abro a boca para responder, mas ele se distrai com algo atrás de mim.

— Ai, meu Deus. Maisie, olha só.

Aliviada, sigo o olhar dele. Perto dali, em um sofá de veludo turquesa com uma placa de *Vende-se*, há uma almofada bordada em ponto cruz com o rosto do Christopher Walken usando um chapéu de Papai Noel e uma frase que diz: *Walken no País das Maravilhas do Inverno*.

Caindo na gargalhada, eu digo:

— Isso sim é coincidência.

Andrew fica radiante.

— Acho que vamos precisar levar isso para guardar no galpão. Tenho boas lembranças de falar sobre o Christopher Walken lá.

— Ah, é? — pergunto, abraçando-o por trás e pressionando os lábios entre suas escápulas. — Fale mais, por favor.

— Então, foi ontem à noite, logo antes de eu transar — ele sussurra sobre o ombro, em tom de confiança provocadora — com uma mulher que eu conheço desde sempre e que usava a cueca do Batman do meu irmão como chapéu pirata.

Eu me estico para morder o ombro dele, brincando.

— Olha aquilo ali. Um saco gigante de beijos de chocolate branco da Hershey's sabor menta. É o meu sonho. Eu poderia viver disso por um mês.

Ele segue o meu olhar até o pacote de dois quilos em uma vitrine, e estremece, fazendo um drama.

— Mentira.

— É o meu chocolate favorito! Só encontro nesta época do ano, e como tanto que chego a ficar com dor de barriga.

Andrew se vira em meus braços, franzindo a testa para mim.

— Você é fã de chocolate branco?

— Mas é lógico! — grito, rindo. — Droga, será que a gente está tendo a nossa primeira briga?

— Vou morrer dizendo que chocolate branco não é chocolate.

— Pode não ser chocolate, mas é uma delícia.

— Errado, Maisie — ele diz, com a voz do Mandrew. — Tem gosto artificial de hortelã misturado com peido.

— Gosto artificial de hortelã misturado com peido? — respondo, com a voz indignada da Maisie. — Falou a pessoa que rouba aquele chocolate horroroso com gosto de plástico do calendário do Advento.

— Bom... contra isso não há argumentos. — Ele começa a se abaixar para me beijar, mas nós dois paralisamos ao ouvir o som da voz do Theo atrás de mim.

— Opa, opa. O que é isso que estou vendo aqui?

❄ ❄ ❄

Paira um silêncio noturno no ar quando me viro. Theo me encara, depois encara o irmão, dá uma risada seca e olha para o chão.

— Por essa eu não esperava.

— Oi, Theo. — Não sei o que mais posso dizer.

Andrew se vira atrás de mim, mas não se afasta. Na verdade, ele enlaça um braço em volta da minha cintura, trazendo meu corpo para perto do dele.

— E aí, Theo.

— *E aí.* — Theo aponta para nós dois. — Então, vocês dois...?

— Sim. Estamos. — Andrew deixa o Theo absorver a informação para então perguntar: — Tudo bem, cara?

Theo fica nos observando por alguns segundos incômodos.

— Não sei o que dizer. — Ele fixa o olhar nas minhas mãos, sobre os dedos de Andrew, que repousam carinhosamente na minha barriga. — Vocês conseguiram esconder de todo mundo.

— É recente — digo.

— Desde quando?

— Uns dois dias. Ou talvez uns dois anos — Andrew brinca, sorrindo para mim. — Não sei bem.

Quero me deixar encantar, mas essa frase deve ter sido a pior coisa que Andrew poderia ter dito neste momento.

Theo olha bem para mim.

— Posso falar com você um minutinho, Mae?

Para todos os efeitos, eu já vivi este dia antes. Tenho todo o tempo do mundo. Ainda que existam umas sete milhões de coisas que eu preferiria estar fazendo.

— Claro.

Lanço um olhar por cima do ombro para o Andrew, e ele me solta, confirmando com um sinal de cabeça. Theo já está na metade do caminho até a porta, e eu não tenho outra escolha a não ser segui-lo, deixando Andrew para trás.

Meus nervos fazem o meu cérebro vibrar; parece que não restam palavras na minha cabeça. Parece que a noite com Theo aconteceu há uma centena de anos, mas tenho medo de que aquilo influencie para sempre a forma como eu o vejo. E eu nem posso conversar sobre isso.

Lá fora, Theo continua andando — passa por um restaurante, por uma pequena galeria de arte, por algumas lojas, até que chegamos a uma parte mais tranquila da rua principal. Ele se vira para me encarar, se apoiando na porta de uma loja fechada, com tijolinhos expostos, batente de madeira e papel cobrindo a vitrine. Ele joga a cabeça para trás, olhando para o céu.

— Não sei nem por onde começar — ele diz. — Ainda estou tentando entender como reagir.

— Sinto muito que você tenha descoberto assim.

Ele ri, passando a mão pelo cabelo e olhando para a rua atrás de mim. Faz muito frio, mas não sei bem se o vermelho que surge no seu rosto se deve à temperatura, que parece diminuir a cada segundo, ou à raiva. Um carro passa por nós. Um casal sorridente com sacolas de compras se aproxima pela calçada, e Theo e eu nos afastamos para abrir passagem.

Finalmente, ele diz:

— Estou me sentindo um trouxa.

Já estou balançando a cabeça.

— Não, não se sinta. Também foi surpresa para mim.

— Sempre fomos próximos, Mae — ele diz. — Eu e você. Sempre fomos mais próximos do que você e o Andrew.

— Sim, quando a gente era criança — concordo, com todo o cuidado. Um carro passa, e outro vem atrás, buzinando alto para alertar alguns pedestres que se lançam na rua de repente. — Mas como amigos. Sempre fomos só amigos, Theo.

— Você sempre gostou dele desse jeito?

Confirmo com a cabeça.

— Faz quanto tempo?

Desde sempre? É o que quero dizer.

— Muito tempo.

Percebo que isso o surpreende, e o rubor desce pelo seu pescoço.

— Ele sabia?

— Antes desta semana? — pergunto. — Não.

— Por que você não me contou?

— Eu não contei para ninguém.

— Só para o Benny — ele supõe.

— O Benny sabe de tudo.

Ele respira fundo devagar.

— Eu só… — Ele ri de novo. — Eu não faço ideia de como dizer isto, então vou só falar de uma vez: estou me sentindo enganado.

Que palhaçada é essa agora? Ultimamente, meu coração anda acelerado mesmo, mas não como agora. Não por raiva e indignação.

— Como foi que eu te enganei? Sendo a sua amiga…

Minhas palavras são interrompidas quando, a menos de três metros de distância, um som alto explode, reverberando pela proximidade e volume, cortando o ar gelado. Nós dois tomamos um susto violento. Foi um carro que avançou o sinal vermelho e se chocou contra outro em alta velocidade. É uma explosão de metal amassado e vidro estilhaçado, com o som dos pneus cantando no asfalto. Theo se joga em cima de mim, me cobrindo ao ver algo voando na nossa direção, que quebra a janela bem atrás da qual a minha cabeça estava um segundo atrás.

Nós nos sentamos, atordoados. Ouço um zumbido nos ouvidos e, soltando um soluço ao tentar inspirar, sinto a adrenalina ser liberada na minha corrente sanguínea. Todo o meu corpo começa a tremer.

— Você está bem? — Theo pergunta, e sua voz parece vir de um tubo metálico e oco.

Anestesiada, eu concordo com a cabeça.

— E você?

— Estou.

Ficamos olhando para o acidente, com fumaça subindo dos dois carros.

Uma mancha verde me chama a atenção: é uma guirlanda e uma fita vermelha de veludo presa ao capô do carro maior.

Na confusão, pessoas saem às pressas das lojas, se aglomerando ao redor do acidente, para ver se há alguém ferido. O que antes era um burburinho de gente conversando, passeando, rindo e comprando presentes de Natal em cima da hora, agora é uma rua cheia de espectadores boquiabertos assistindo aos motoristas saírem cambaleando dos surpreendentes destroços de seus carros.

Theo me ajuda a levantar, mas quando fico em pé, com as pernas tremendo, não consigo sair do lugar. Aqueles destroços estavam vindo na minha direção, sei disso. Eu fiz algo de errado, fui para a direção errada em algum momento, e não faço ideia do que foi ou do que está por vir em seguida.

Mas foi um aviso.

O meu tempo aqui, nesta versão da realidade, está se acabando.

22

Eu me afasto dos vidros quebrados e dos pedaços de metal espalhados pela calçada, e Theo vem atrás de mim. Assim que a atenção dos curiosos se desvia do acidente na rua para o estrago à nossa volta, viramos o alvo da preocupação coletiva, por sermos os dois corpos mais próximos do local da batida.

Deixando a caça ao tesouro de lado, nossas famílias correm em desespero na nossa direção assim que nos veem no meio daquele caos. Passado o alívio por ninguém ter ficado gravemente ferido, Theo e eu somos tomados pela adrenalina de ter visto o que vimos, de ter vivido aquilo tão de perto. Andrew me abraça, checa se eu estou bem, e, sem fôlego, pressiona os lábios no meu cabelo antes de o resto do pessoal chegar. Mas na minha barriga, sinto a apreensão pesar como uma bola de chumbo.

Eu o procuro novamente, querendo seu abraço firme e seu olhar tranquilizante, mas já há uma comunicação silenciosa estabelecida entre ele e o irmão. Bem baixinho, Andrew diz:

— Não estou entendendo por que você está chateado.

— Não minta, Drew. Você sabe. — Theo enfia as mãos nos bolsos e olha ao redor, meio encabulado, enquanto o restante do grupo se cala, percebendo que há outra conversa rolando.

Ricky se aproxima, colocando a mão no ombro de cada filho.

— Ei, pessoal. O que está acontecendo aqui?

Theo tenta se livrar da mão do Ricky.

— Fica fora disso, pai.

Ricky franze a testa.

— Estou deixando alguma coisa passar aqui?

Quero sumir. Olho para o céu na mesma hora. *Brincadeirinha!*

Theo aponta o queixo para Andrew.

— Vai. Conta pra ele.

Andrew balança a cabeça.

— Agora não. Não é o momento.

— Contar o quê? — Ricky pergunta.

Andrew olha para mim, como que pedindo permissão, e sinto a percepção se espalhar como uma onda neste círculo de pessoas. Talvez seja pela forma como Miles desvia o olhar para o chão, ou como Benny se aproxima de mim, encostando o ombro no meu em solidariedade, mas qualquer pessoa com um mínimo de inteligência emocional entende o que não está sendo dito ali.

Bom, todo mundo, menos o Ricky.

— Sério, gente. O que está acontecendo?

— Talvez seja melhor fazer isso quando a gente chegar em casa — Benny diz baixinho.

Olho agradecida para o Benny — a última coisa que quero é uma cena, e eu preferiria contar pessoalmente para a minha mãe —, mas o Theo solta um suspiro alto.

— A Mae e o Andrew estão juntos.

Não faço ideia de que tipo de reação ele estava esperando. Mas o grupo cai em um silêncio mortal antes de todos se virarem para mim e para o Andrew.

— O que significa "estar juntos" hoje em dia? — Lisa pergunta, baixinho, e sinto o estômago afundar de vergonha.

— Espera — Ricky diz. — Acho que não estou entendendo muito bem.

— Deixa pra lá. — Theo se vira para sair andando pela calçada. — Não faz diferença.

— Theo. — Corro atrás dele para acompanhar seus passos largos, e estendo a mão para segurá-lo pela manga do casaco, mas ele puxa o braço para se livrar de mim. — Espera.

Eu pulo sobre uma poça de gelo e paro, perplexa, em frente a uma pequena sorveteria que está fechada para o inverno. É sério que ele vai simplesmente dar as costas e fugir?

— Theo! — grito, mas ele não para. Dou mais um passo e, de repente, congelo ao ouvir um rangido metálico, seguido de um estrondo ensurdecedor bem atrás de mim.

Ao me virar, com o coração martelando no peito, vejo que a esquadria de metal debaixo do toldo da loja desmoronou, despencando na calçada a menos de meio metro de onde estou. O coitado do pedaço de gelo em que acabei de pisar está enterrado debaixo da peça metálica.

Olho para o céu.

— O que foi isso? — Ergo os braços. — O que você quer de mim? Eu não devo ir atrás do Theo? Devo simplesmente ficar ao lado do Andrew? Qual é? Me diga!

Benny se aproxima, e gentilmente coloca a mão no meu ombro.

— Mae. Querida. Se acalme, foi só um acidente.

— Não foi, *não*. — A histeria toma conta do meu cérebro, do meu sangue, do meu coração, da minha pulsação. A sensação me atravessa, como um fluido quente e prateado, eliminando qualquer possibilidade de pensamento racional ou comedido. — O acidente do carro? *Isso aqui*? — Faço um gesto descontrolado, apontando para o emaranhado de tecido e de metal. — *É óbvio* que foi culpa minha.

O papai se aproxima, com Andrew ao seu lado, e murmura baixinho:

— Mae. Querida, o que está acontecendo? — Ele olha para o Benny. — Do que ela está falando?

Andrew chega mais perto, colocando as mãos nos meus ombros.

— Maisie. O que está acontecendo?

Olho para o Benny.

— Eu não posso mais fingir que isso não está acontecendo. É cansativo. Não sei mais como manter esta farsa.

Benny me lança um olhar impotente.

Me viro para o Andrew, e depois para o meu pai e o meu irmão. Passo os olhos por todo o grupo.

— Estou presa em algum tipo de *loop* temporal, e não sei como sair disso. Quer dizer, uns dias atrás, eu queria muito sair. Mas agora eu não quero estragar tudo.

Andrew segura a minha mão.

— Do que você está falando?

— Não sei como explicar.

Benny pigarreia.

— Estamos achando que a Mãe está vivendo algo parecido com o filme *O feitiço do tempo*. Ela já esteve no chalé algumas vezes, e sempre acaba se ferindo e voltando para o avião no dia 20 de dezembro.

Andrew solta uma risada incrédula. Todos olham uns para os outros como que pensando: "Vocês também estão ouvindo isso?".

— Estou tentando manter o controle de tudo — admito —, e sei que parece loucura, mas estou com medo de que algo terrível possa acontecer, então, por favor, vocês podem dar uns passos para longe de mim?

Ninguém se move.

— Por favor — imploro, e solto a mão do Andrew. — Fiquem longe.

Sinto a minha calma estourando devagarinho, como um fio passando pela borda serrilhada de uma lâmina. Eu me viro para o meu irmão, que está observando de olhos arregalados e preocupados.

— Miles. Me dá um soco.

Ele solta uma risada incrédula.

— Oi?

— Na cara. Bem forte.

Ouço vozes sussurrando o meu nome com pena, mas não vou cair nessa.

— Me dá um *soco*. Quero voltar para o avião.

— Mãe, eu não vou…

— *Me dá um soco!*

Ele dá um passo para ficar atrás do Benny, buscando ajuda do nosso pai, e então percebo que o Ricky está segurando a Kennedy, a Lisa está segurando o Zachary, e que todos — até o Andrew — estão olhando para mim com medo.

Eu me viro e saio correndo pela rua. Não sei para onde vou. Rezo com todas as forças para isso tudo acabar e eu acordar na poltrona 19B. *Me leve para longe deste pesadelo.*

A única voz que ouço atrás de mim é a de Benny, sempre gentil.

— Deixa ela ir, Dan. Ela precisa ficar sozinha.

✳ ✳ ✳

Duas horas depois, Benny entra no pequeno bistrô onde resolvi me sentar. Ele dá uma olhada rápida ao redor, me encontra, solta um suspiro aliviado e vem até mim.

Estou tomando a quarta xícara de café, com as mãos trêmulas, enquanto estraçalho um guardanapo em pedacinhos cada vez menores. Logo, serão pedacinhos microscópicos, uma poeira no tampo da mesa de fórmica. No canto do bistrô, há uma árvore de Natal coberta de festões metalizados, uma pequena lareira de pedra acesa e flocos de neve de papel brilhando pendurados no teto. Nada disso ajuda. Nada disso me desperta qualquer sentimento.

— Ei, Maeionese — ele fala, baixinho, dando um beijo no topo da minha cabeça.

Como eu não respondo com um apelido bobo, ele puxa a cadeira à minha frente e se senta.

— Você não está atendendo o celular — ele diz. Posso ver a preocupação nas rugas ao redor dos seus olhos, na forma como a sua boca arqueia para baixo.

— Eu desliguei. — A campainha toca em cima da porta quando um casal de adolescentes entra. — O Theo está bem?

— Todo mundo está bem. Só estamos preocupados.

— Eu pareço louca — digo. — Não tem como explicar isso para eles. Já faz duas horas que estou sentada aqui, e o Andrew nem tentou me encontrar. Vou ficar apavorada com a ideia de que algo terrível vá acontecer comigo a cada segundo pelo resto da viagem. Talvez pelo resto da minha vida, e todo mundo deve estar pensando que eu estou enlouquecendo.

Ele faz uma expressão de dor solidária.

— Se isso te deixa mais tranquila, todos queriam vir te procurar. Você não assustou o Andrew, fui eu que disse para ele te dar um tempo.

Os primeiros acordes de "All I Want for Christmas Is You" ecoam nos alto-falantes do bistrô. Ergo os olhos em direção ao teto.

— Sabia que essa música está tocando aqui a cada vinte e dois minutos?

Ele não demonstra nenhuma reação, apenas me permite processar em silêncio os meus pensamentos. Resmungando, eu me abaixo para apoiar a testa nos braços.

— Benny, percebi uma coisa enquanto eu estava sentada aqui.

Ele coloca a mão no meu braço.

— O quê?

— Eu pedi para o universo me mostrar o que me faria feliz.

— Achei que essa era uma informação conhecida. — Ele parece confuso.

— Não! — exclamo, me erguendo para encará-lo novamente. — Quer dizer, eu pedi para o universo me *mostrar*. Eu não pedi para ele me *dar* o que me faria feliz, ou para me *deixar ser feliz* para sempre. Eu disse: "*Me mostra o que me fará feliz*". Então, o universo me mostrou, mas é óbvio que eu não sei como lidar com isso, nem o que fazer, e não posso continuar fingindo que tudo isso é normal.

Benny balança a cabeça, com as sobrancelhas franzidas.

— Isso não precisa ser tão complicado, Mae. Você só precisa contar para o Andrew o que me contou. Explica para ele o que está acontecendo com você. O Andrew é um cara inteligente. Entre todos nós, ele vai ser quem estará mais disposto a aceitar que o mundo nem sempre é como imaginamos.

— Aí é que está o problema. — Sinto que envelheci uns cem anos. — Como é que eu vou explicar? Como é que eu vou provar?

— Ora, do mesmo jeito que você explicou para mim.

Balanço a cabeça.

— Mas da primeira vez que aconteceu, e eu falei com você, foi no início das férias. As coisas ainda estavam acontecendo do mesmo jeito que eu me lembrava. Eu podia prever as coisas acontecendo com antecedência, porque elas ainda não tinham mudado. — Estraçalho mais um pouco do guardanapo. — Mas agora *tudo* mudou. Eu nem sei o que vai acontecer daqui pra frente. Não sei como vou provar que não estou inventando isso tudo.

— E aquilo que você disse sobre o Ricky e a Lisa venderem o chalé?

— Ele já sabe. E eu andei falando e perguntando sobre isso. Não é tão complicado deduzir que eles acabariam contando sobre a venda.

— Vamos embora, Chuchu. Vamos voltar.

Puxo a xícara para mais perto, abraço-a como se ela fosse a minha única e verdadeira amiga.

— Eu precisava mesmo de mudanças. Esta mesa é a minha casa agora. Mande a minha correspondência para cá.

Rindo, Benny coloca a mão no bolso de trás para pegar a carteira.

— Você vai se sentir melhor depois de conversar com o Andrew.

— Eles estão esperando na van?

Ele faz que não, tira uma nota de cem dólares novinha e a deixa na mesa.

— Todos já voltaram faz um tempo. — Ele se levanta. — A gente pode pegar um táxi.

Fico olhando para a nota a mesa.

— Caramba, Benjamin. O meu café deve ter dado, tipo, uns quatro dólares.

— Eu não tenho troco.

— Eu vou pagar no débito. — Começo a me levantar, mas ele coloca a mão no meu braço.

— Mae. É por minha conta. Já é quase Natal, e este bistrô simpático te protegeu contra carros, toldos e todos os outros objetos voadores e perigosos. — Ele dá de ombros. — Você já ouviu falar sobre o Spotify?

— Claro, né.

Ele sorri.

— Eu assinei no início.

— No início quando?

— Bem no início. — Ele aponta o queixo para a porta. — Vamos.

23

Aproveito o trajeto de volta para recordar todos os filmes com *loops* temporais que já vi, e então me repreendo por não ter visto quase nenhum. Não é de se admirar que eu esteja fazendo tudo errado. O táxi chega ao chalé, mas eu não entro. Em vez disso, peço ao Benny para avisar a todos que estou bem e preciso de um pouco de espaço, e caminho pela neve até os fundos, para procurar a única pessoa que pode fazer eu me sentir um pouco melhor.

Ouço Andrew dedilhando o violão do lado de fora e estendo a mão para bater à porta, hesitante.

— Sou eu.

Ele responde na hora:

— Entra.

O sol mingua, desaparecendo atrás da montanha, e projeta uma sombra de final da tarde sinistra no galpão quando eu entro.

— Ei. Eu estava torcendo para você chegar logo.

Sinto um alívio imenso.

— Ei.

Ele coloca o violão perto da cama e se aproxima. Segurando meu rosto, ele se inclina e me beija com tanta intensidade que tudo ao nosso redor fica embaçado.

— Você teve uma tarde difícil — ele diz, se afastando.

— Pois é, eu queria me explicar sobre...

— Você quase morreu duas vezes em cinco minutos — ele diz. — Qualquer um ficaria assustado. Eu fiquei preocupado, Mae.

Dou um beijo nele ao ouvir isso. Mesmo sem saber, ou provavelmente sem acreditar no que está de fato acontecendo comigo, ele não me deixa desamparada nesta queda livre emocional.

Ele estende a mão, tira o meu casaco de um jeito que parece sedento e pronto. Era exatamente a distração de que eu precisava. Andamos pelo quarto, deixando um rastro de roupas jogadas: botas, meias, camisas, calças, sutiã... tremendo, entramos juntos nos sacos de dormir.

Ele já está excitado e vem sobre mim suspirando de alívio, com o rosto pressionado no meu pescoço.

— Que bom que você está bem. Hoje foi o dia mais longo da minha vida.

Andrew se abaixa e abre o zíper dos dois sacos, jogando uma parte para o lado para poder esticar como um cobertor. Percebo um brilho em seus olhos quando ele olha para mim por um instante, mas está escuro, então demoro alguns segundos para entender o que está acontecendo.

Ele vai beijando o meu pescoço, o meu peito — vai se demorando —, até chegar à minha barriga e quadril, e então seu beijo chega lá, vibrando com os sons que ele emite. Cubro os olhos com o braço, querendo bloquear tudo, exceto a forma como ele envolve meus quadris com os braços, como seus dedos se cravam na minha pele delicada.

Não sou muito boa em desligar o meu cérebro, e nos últimos dias — ainda mais hoje —, tenho estado uma pilha de nervos e toda confusa. Mesmo agora, sendo quase impossível deixar espaço para qualquer outro pensamento, além do mais puro prazer físico, ainda me sinto sensível, com medo de que de alguma forma tudo isso acabe e eu acorde no avião, com estes sentimentos profundos e reais, de que só eu vou me lembrar.

Me desfazendo com um grito, estendo a mão para puxá-lo para cima de mim. Ele rasga a embalagem da camisinha com os dentes, as mãos impacientes e trêmulas, e poucos segundos depois estamos nos movendo juntos, ouvindo seu gemido no meu pescoço. Fico imaginando, já que consegui voltar no tempo, será que posso descobrir também como fazer o tempo *parar*? Porque não quero que esta noite acabe nunca. Quero ficar assim para sempre. Quero que ele nunca se canse de mim. Mas então Andrew começa a se mover mais rápido, com a respiração ofegante, e os músculos de seus ombros se contraem, e eu os sinto firmes debaixo das minhas mãos. Ele diz meu nome num suspiro e estremece sobre mim.

Ficando imóvel, ele respira de forma descompassada no meu pescoço.

— A vida toda eu te amei, mas isto aqui, esta novidade... — Ele respira fundo. — É incrível e assustador.

Quando ele diz isso, é como tomar uma bebida de estômago vazio: um calor desce, atingindo o centro do meu corpo, seguido pela sensação imediata de embriaguez.

E então um grito estridente ecoa na minha cabeça. Eu não devo ter ouvido direito.

Começo a entrar em pânico.

Recuperando o fôlego, Andrew se afasta e olha para mim. Não consigo ver muito bem sua expressão, pois está escuro e a minha visão está embaçada, mas sinto o peso do seu olhar.

— Está tudo bem?

Confirmo com a cabeça.

Ele ri e rola ao meu lado.

— Droga. Foi mal. Exagerei. Estraguei o momento.

— Não estragou, não.

O problema não foi o que ele disse. Eu queria ouvir isso — claro que queria. É que, de repente, não consigo imaginar nenhuma situação em que eu consiga ficar com ele, em que isto não acabe no próximo segundo, ou no segundo seguinte, ou quem sabe mais tarde hoje, ou amanhã bem cedinho. Não tenho mais controle sobre nada, e imagino que seja essa a sensação de pular de um avião sem paraquedas.

— Sei que não está tudo bem — ele diz, se apoiando no cotovelo para me observar. — Você ficou chateada.

— Não fiquei chateada. Eu queria ouvir você dizer isso.

Ele ri de novo, desta vez mais alto.

— Claro. Você virou um robô do nada.

— Você tá falando sério? — pergunto, tentando manter o tom de voz. — Eu sempre te desejei. Não existe nada que eu queira mais do que ouvir você dizer que sente o mesmo por mim. Juro. — Respiro fundo, tremendo. — Mas eu preciso te contar uma coisa difícil e não sei por onde começar.

Ele faz uma pausa, e percebo que a ficha cai para ele.

— Você tem namorado lá na Califórnia?

— Hein? Claro que não.

Ele relaxa, aliviado. Sua boca se aproxima da minha na escuridão, e eu procuro um beijo, me empurrando para cima em busca dele, querendo espantar a angústia com o sentimento que mais amo no mundo agora, que é o de ter Andrew só para mim.

— Ei, ei. — Ele coloca as mãos nos meus ombros e me afasta com delicadeza. Seu rosto não é mais do que uma série de ângulos e sombras na escuridão. — Isso tem a ver com aquela história do filme *Feitiço do tempo* de que o Benny estava falando?

— Você lembra que, quando eu cheguei aqui, corri para dentro de casa feito uma maluca? Eu disse para Kennedy tomar cuidado para não tropeçar na Missô, disse para o papai não comer o biscoito. Falei que o cabelo do Theo estava legal, comentei sobre o gim com o seu pai. Você se lembra de tudo isso?

Ele balança a cabeça devagar.

— Lembro. Lembro que a sua chegada foi meio… turbulenta. — Ele logo acrescenta: — Mas foi engraçada. Eu gostei.

— Mas para ser mais exata — digo —, você se lembra de eu ter falado essas coisas? E das intuições estranhas de que você me perguntou?

Andrew descoloca o meu peso para cima do seu corpo.

— Lembro.

— Eu tive todas aquelas intuições estranhas porque, naquele momento, eu já tinha vivido aquilo três vezes antes.

Ele solta um suspiro longo e lento.

— Espera. Eu não…

— Eu sabia que a sua mãe tinha feito aqueles biscoitos horríveis, porque o papai quebrou o dente com eles todas as outras vezes. Eu vi.

Andrew solta outra risada incrédula.

— Impossível.

— Eu sabia que a Kennedy esfolaria o joelho. Eu sabia que você dormiria no galpão. Eu sabia onde encontrar os sacos de dormir.

— Tá, tudo bem — ele diz, tentando entender. — Mas por que você voltou no tempo?

Sinto um alívio percorrer meu corpo por saber que ele está ouvindo, sem fugir correndo de mim.

— Porque eu fiz um desejo.

Andrew solta uma risada alta e alegre, que logo desaparece quando ele percebe que estou falando sério.

— Um desejo.

Não há escapatória. Respirando fundo, eu digo:

— É que na primeira vez... tá, vamos lá. As coisas ficaram estranhas entre mim e o Theo.

— Estranhas como? — Andrew pergunta, baixinho.

— A primeira vez que vivi estas férias, a gente estava no porão, jogando jogos de tabuleiro, na última noite... na noite de Natal. E acabamos bebendo muito da gemada com conhaque. Você foi deitar e eu e o Theo subimos, e aconteceu que a gente se beijou no vestíbulo.

Mesmo no escuro, vejo que Andrew fica visivelmente pálido.

— Foi horrível — vou logo acrescentando — e nós dois fomos dormir e, na manhã seguinte, ele acordou cedo e nem me cumprimentou. — Faço uma pausa para me corrigir. — Na verdade, ele disse: "Não foi nada, Mae. Eu bem que imaginei que você levaria a sério". Foi o nosso último dia aqui, e foi simplesmente horrível.

Andrew ainda não diz nada, então eu continuo:

— Foi tão constrangedor. Você saiu e zombou de mim porque a gente...

— Tem certeza de que você não sonhou com isso? — ele pergunta.

— Absoluta. Seus pais contaram para a gente que iam colocar o chalé à venda, e logo depois a minha família saiu para ir pegar o voo de volta para casa. Eu estava surtando e fiz um desejo para descobrir o que me faria feliz. — Engulo em seco. — Sofremos um acidente de carro. E eu acordei no avião vindo para cá. E a mesma coisa aconteceu mais duas vezes. Uma vez, eu caí da escada e, na outra, um galho caiu na minha cabeça.

Ele balança a cabeça, como se pudesse de alguma forma apagar o que acabei de dizer.

— Você ficou com o Theo nas três vezes?

— Não, claro que não. Só uma. Todas as vezes que eu voltava, tentava descobrir o que estava acontecendo. Achei que fosse tipo um quebra-cabeça, sabe? Eu achava que tinha entendido tudo, decidia tomar alguma atitude, e de repente, tudo desaparecia. Continuei voltando no tempo, porque não estava fazendo as coisas certas. — Espero por uma resposta, mas ele fica imóvel e em silêncio debaixo de mim.

— Mas na última vez, eu disse: "Que se dane", e corri atrás do que eu queria de verdade. Então tudo se encaixou.

Nada. Andrew ainda não esboça nenhuma reação.

— Eu surtei lá no centro da cidade, porque você é o que eu quero e tenho a impressão de que não vamos conseguir manter as coisas como estão. Que isso tudo vai sumir. E aí tudo começou a dar errado.

— Então foi por isso que você pediu para o Miles te dar um soco? — ele pergunta, confuso.

— Isso!

Seu silêncio se prolonga e meus pensamentos ficam imersos em uma névoa de preocupação de que tudo isso esteja parecendo loucura e impossível.

— Eu sabia que a gente construiria o macaco de neve. Eu sabia que a Missô ia destruir a sua blusa...

— A Missô não destruiu a minha blusa.

— Tá — hesito —, ainda não, mas...

— Mae. — Andrew solta um longo e exausto suspiro e, na escuridão, vejo-o levar as mãos ao rosto. — Será que dá pra... —·ele se interrompe e se afasta de mim. Um calafrio percorre meus braços nus e, de repente, me sinto exposta demais. Puxo o saco de dormir, tento me aproximar dele, mas ele me mantém afastada. — Por favor, não. Eu preciso...

— Eu sei que parece loucura — digo, preocupada de verdade por tê-lo assustado. Coloco a mão no seu ombro, mas sinto que ele está frio. — Eu *sei*. Mas acho que precisei reviver isso várias vezes para poder fazer as coisas direito. É o que eu quero. Por você e pelo chalé. E pela minha *vida*.

— Achei que você não era a fim do Theo.

Meu estômago embrulha.

— Eu não sou. Nunca fui.

— Mas você está dizendo que, em alguma versão do passado, você ficou com ele? — Andrew pergunta devagar.

— Foi, tipo, um *minuto*.

Ele esfrega as mãos no rosto.

— Olha, nem sei se isso aconteceu mesmo, mas você parece achar que sim.

— Eu sei que parece impossível, eu sei, mas aconteceu. Eu estava me sentindo triste e desesperada. Não foi nada bom, o Theo ficou distante depois e eu me arrependi na hora. Eu não...

— Triste e desesperada por quê?

— Por você, de certa forma. Pela minha situação toda.

— Então você fez um pedido para o universo mostrar o que te faria feliz e... — Ele balança a cabeça. — Eu sou o resultado? O prêmio no final do jogo?

— Tipo — começo, gaguejando —, sim... não, mas...

— Por que você não me falou antes como se sentia? Acho que seria, sei lá, *um milhão de vezes mais fácil*, não?

— Porque eu estava com medo. Porque eu te conheço desde sempre e não queria estragar tudo. Porque eu imaginei que você não tinha nenhum interesse por mim. Mas, como eu sempre acabava voltando para o avião, percebi que não importava se não desse certo. Eu tinha que tentar.

— Então qual Mae é a verdadeira? A que vai atrás do que quer, ou a que fica com o meu irmão por ter medo de encarar o que sente de verdade e depois se arrepende?

— Esta aqui. Esta bem aqui, a que está dizendo que quer ficar com você.

— Eu preciso... — ele começa e passa as mãos no rosto. Quando me olha, mesmo com pouca luz, consigo perceber que o brilho em seus olhos está apagado, como se uma vela tivesse sido assoprada. — Eu preciso de um tempo.

Suas palavras deixam um silêncio retumbante na imensidade deste quarto frio. Meu estômago se desfaz em uma dor ácida.

— Andrew. Não foi...

— Mae — ele diz, com toda a calma —, por favor, não. Não finja que não é grande coisa. Você ficou com o Theo porque decidiu, sem nem falar comigo, que nós dois não teríamos futuro. Não sei se você está se lembrando de algum sonho, ou se bateu a cabeça ou, sei lá como, está mesmo voltando no tempo... mas não queira fingir que não é estranho que você ache que você e Theo poderiam mesmo... — Ele para abruptamente, sem conseguir terminar a frase. — E aí, em vez de encarar a vida pra valer, você... faz um pedido? — Frustrado, Andrew passa a mão pelo cabelo. — Meu Deus. Não consigo nem processar isso, seja lá o que for.

— Andrew — começo, e há um tremor na minha voz que me esforço para controlar —, sei que você também está sentindo que isso estava destinado a acontecer. Você me contou sobre as cartas de tarô.

— Ah, fala sério, Mae, nós dois sabemos que aquilo é uma besteira.

Uma chama ínfima se acende.

— O que está acontecendo comigo não é *besteira*, acredite ou não.

— Pois é, mas acho que o destino não faria você beijar um irmão e depois o outro.

— Quantas vezes vou ter que dizer que aquilo foi um erro?

Ele se curva, esfregando a mão no rosto.

— Acho que você gosta mais do Theo do que está admitindo.

Sua vulnerabilidade me faz sofrer.

— Andrew, eu sei que você não está conseguindo acreditar, e entendo que os meus argumentos não estejam ajudando, mas não é verdade. O Theo não é nada para mim. Acho que eu ganhei outra chance de consertar o meu erro. E talvez de salvar o chalé também.

Ele ri, mas não é aquela sua risada típica que já ouvi tantas vezes antes. É uma risada vazia.

— Você precisa superar esse lance de salvadora do chalé.

Ai, essa doeu. Tento juntar algumas palavras para responder, mas meu cérebro fica vazio de tanta dor.

— Isso é bizarro demais — ele diz, mais para si mesmo do que para mim, e então sai do saco de dormir e volta pelo nosso rastro de roupas, juntando as suas pelo caminho. Gentilmente, ele empilha as minhas peças à minha frente e começa a vestir a cueca, a calça, a camisa, o suéter e as meias. — Não quero mais falar sobre isso — ele diz, baixinho.

— Acho melhor você voltar para casa.

E... é isso.

Eu me visto em um silêncio constrangedor. Quero que o Andrew fique me olhando como fez ontem à noite, com as mãos atrás da cabeça e um sorriso sonolento e satisfeito no rosto. Mas ele vira as costas para mim, se debruçando sobre o celular. Quando vou para a porta sem dizer uma palavra, ele me segue para me acompanhar até em casa. Não me surpreende. Embora ele esteja com o coração partido, Andrew sabe que tenho medo do escuro e mesmo estando bravo comigo — mesmo com a certeza de que tudo acabou entre nós —, ele continua sendo o cara mais legal que eu já conheci.

24

Mais uma noite sem dormir.

Fico me revirando de um lado para o outro na cama, olhando para o beliche do Theo na escuridão, tomada por uma mistura estranha de constrangimento e raiva. Minha intuição diz que eu não deveria ter contado ao Andrew o que aconteceu entre mim e o Theo, mas minha intuição sempre foi uma droga. É o tipo de coisa que, mais cedo ou mais tarde, eu acabaria tendo que contar para ele, não é? Não é isso que as pessoas costumam fazer quando se importam umas com as outras? Compartilhar as falhas e erros com a mesma facilidade com que compartilham os pontos fortes?

Mas como eu esperava que ele reagisse? Será que eu esperava que ele fosse rir de tudo? Que fosse acreditar cegamente em mim e considerar isso como um erro cósmico de proporções gigantescas? Fecho os olhos... Pois é, eu meio que esperava que fosse assim. Eu queria que o Andrew achasse tudo isso tão absurdo quanto eu estou achando agora. No mínimo, queria que ele sentisse pena de mim. Só que, a esta altura, não consigo nem imaginar o que me levou a ter essa esperança.

Theo só veio ao porão tarde da noite. Ouvi quando ele desceu as escadas no escuro, tirou a calça jeans e subiu no beliche de cima. Levei cinco minutos para tomar coragem suficiente para chamar o seu nome, mas ele já estava dormido. Ou pelo menos fingiu estar. Não que eu possa dizer alguma coisa, já que eu também entrei às escondidas na casa ontem à noite e fui direto para a cama, para evitar ter que conversar com alguém.

Assim que repasso todos os acontecimentos pela centésima vez na cabeça, meus pensamentos atingem um estado febril. Imagino que Andrew não esteja muito melhor lá no galpão.

Nauseada, jogo as cobertas para o lado, pego o celular e subo as escadas. É uma e meia da manhã.

O chão da cozinha parece gelo debaixo dos meus pés descalços. O corredor parece quase sinistro na escuridão. Sou atraída pelo crepitar silencioso do que sobrou das brasas na lareira da sala. Elas se esforçam para se manter vivas, tremulando e brilhando debaixo de uma pilha de madeira preta e enegrecida pela fuligem. Não posso reacender o fogo sem correr o risco de acordar o sono sempre leve do Ricky, e nem uma conversa com o Benny me ajudaria agora. Pego diversos cobertores das poltronas e cadeiras e faço uma cama improvisada em frente à lareira.

Amanhã é véspera de Natal e mal parei para pensar nisso. Como alguns de nós vão à igreja na manhã de Natal, amanhã faremos uma grande refeição e abriremos nossos presentes, e esse dia, que em geral é meu favorito do ano, vai ser estranho pra caramba. O Andrew está bravo comigo. O Theo está bravo, comigo *e* com o Andrew. Com certeza todo mundo já sabe sobre o Andrew e eu, mas ficará evidente que algo de ruim aconteceu.

Universo, pergunto, *como isso é melhor do que a situação do dia em que eu fui embora daqui pela primeira vez?*

Então, mesmo achando que uísque escocês tem gosto de peido em chamas, sirvo uma dose em um copo e brindo com as brasas da lareira, antes de levar o copo à boca e virar tudo de uma vez.

Preciso dormir e, mais do que isso, preciso escapar da minha própria cabeça.

Acordo com dor nas costas e deprimida assim que o sol começa a aparecer atrás da montanha. Com um cobertor enrolado nos ombros, vou até a cozinha, preparo uma jarra de café e me sento, esperando pelo inevitável: uma manhã desconfortável com o pai de duas pessoas que eu beijei.

Ricky entra.

— Maelyn — ele diz baixinho. — Eu e você somos farinha do mesmo saco.

Mas não termina a frase.

Ele se serve de café, se senta, soltando um gemido, e fecha os olhos, respirando fundo algumas vezes.

— Tudo bem, querida?

— Na verdade, não.

Ele balança a cabeça, tomando um gole.

— Você e o Andrew estão bem?

— Na verdade, não.

Ele balança a cabeça outra vez e fica olhando para a mesa.

— Você e o Theo estão bem? — Como eu não respondo, ele diz: — Me deixe adivinhar: "Na verdade, não".

Deito a cabeça em cima dos braços cruzados e solto um grunhido.

— Eu fiz besteira. Hoje vai ser tão estranho.

— Você não fez besteira. — Ele coloca a caneca na mesa. — E mesmo se tivesse feito, você está no meio de um grupo de pessoas que já eram especialistas em fazer besteira muito antes de você nascer.

Olho para ele.

— Do que você está falando? Você e a Lisa estão juntos desde sempre. A mamãe e o papai ficaram casados por vinte e quatro anos.

— Claro, é assim que parece para vocês, crianças. — Ele se detém. — Mas acho que vocês não são mais crianças, não é?

Isso me faz rir, só um pouquinho.

— Não.

Ele funga, coçando o queixo.

— Bom, as coisas boas já superaram em muito as ruins, mas todo mundo comete erros quando tem lá seus vinte anos. Droga, depois dos trinta também. — Ele faz uma pausa e encontra o meu olhar do outro lado da mesa. — E às vezes quarentões e cinquentões também fazem besteiras.

— Vou ser sincera, a ideia de vocês serem emocionalmente instáveis é… sei lá, a conta não fecha.

Ricky ri.

— Você sabe que a sua mãe e a Lisa eram colegas de quarto. O seu pai, o Benny, o Aaron e eu moramos no mesmo andar do dormitório da faculdade quando estávamos no primeiro ano. A gente logo se aproximou e começou a passar todo o nosso tempo livre juntos — ele diz, e dessa parte eu já sabia, mas o que ele conta a seguir é que me surpreende:

— A Lisa e o Benny namoraram por algumas semanas antes de ela e eu começarmos a namorar. Se bem me lembro, acho que eu e ela nos envolvemos antes de ela terminar com ele.

Minha sobrancelha sobe até o meio da testa.

— Oi? Como assim?

— Aquilo, sim, foi uma *besteira*.

Vai ser difícil acomodar todas essas informações no meu cérebro, mas a única coisa que consigo pensar em dizer é:

— Benny teve uma namorada? E foi a Lisa?

Ricky ri.

— Teve, sim.

— Mas… vocês ainda são tão próximos.

Ele olha para mim com admiração e carinho.

— Claro que somos, querida. Isso aconteceu há mais de trinta anos. Quando a amizade vale a pena, as coisas se resolvem. Como os seus pais. Sobrevivemos ao que aconteceu porque valorizamos muito a amizade de todo mundo aqui.

— E o que aconteceu depois? — pergunto. — Na faculdade?

Ele toma um gole de café enquanto pensa.

— Os detalhes são bastante confusos, mas se bem me lembro, o Benny ficou mais chateado por não termos falado a verdade do que pelo nosso namoro. Ele passou um ou dois meses saindo com outros amigos, mas acabou voltando para a gente. O nosso destino era ser uma família.

O momento é perfeito. Ou talvez péssimo, sei lá. A porta dos fundos se abre, ouço passos pesados de botas no vestíbulo e, então, Andrew entra na cozinha.

— Bom dia, Drew. — Ricky leva a caneca à boca e pisca para mim. Eu retribuiria o sorriso, mas agora só preciso me concentrar em não deixar o meu rosto se contorcer.

Andrew pega uma xícara de café e parece que está prestes a voltar ao galpão. Mas seu pai o impede.

— Vem sentar aqui com a gente.

Fecho os olhos e tento fingir que sou invisível.

Andrew olha por cima do ombro e diz em tom de alerta:
— Pai.
— Poxa, venha pelo menos dizer "Bom dia".
— Bom dia. — Com os olhos brilhando de dor, que eu sei que é uma mistura conflitante de culpa e raiva, Andrew abaixa a cabeça e sai novamente.

Ricky solta um suspiro dentro da xícara de café.
— Vai ficar tudo bem. As coisas sempre parecem piores vendo de dentro.

Por mais que eu queira que o Ricky esteja certo — que eu não tenha feito besteira, que tudo vai ficar bem —, não consigo entender como passamos do que tivemos antes para o que está acontecendo agora. Theo puxa uma conversa sobre videogames com Miles durante o café da manhã para evitar falar comigo. Mamãe tenta cruzar o olhar com o meu sempre que me passa um prato, o que significa que ela não para de tentar me fazer comer, mas, infelizmente, a bola de arrependimento que sinto no estômago não deixa espaço para mais nada. Fico pensando no que o papai ou o Benny podem ter dito a ela porque, atipicamente, ela não pressiona. Quando Andrew finalmente chega — bem depois do café da manhã —, a situação não é só constrangedora pra caramba, mas também dolorosa. Ele passa direto pela cozinha, murmura algo para a Lisa no corredor, sai de casa e entra no seu jipe.

Por vários segundos de tensão, nós que ficamos na cozinha — mamãe, Aaron, Kyle, Benny, papai e eu — caímos em um silêncio perceptível. O único som que se ouve é o do motor do jipe do Andrew roncando para arrancar pela calçada de cascalho. Assim que fica claro que ele já se foi, voltamos ao que estávamos fazendo antes — ou seja, ignorar o elefante gigante ali —, mas o clima fica pesado.

Essa energia sombria não combina com a gente. Em geral, ficamos todos reunidos na cozinha. Com a música tocando no volume máximo, dançamos e beliscamos, enquanto cozinhamos, contamos histórias e ficamos nos provocando. Desta vez, não. Está tudo sem graça por aqui. Nem mesmo a calça jogger metalizada e justa da Gucci do Aaron com uma pochete gigante é absurda o suficiente para melhorar o clima.

O único som que se ouve agora é o barulho gosmento da mamãe revirando o macarrão com queijo caseiro no seu prato. E eu só consigo pensar que isso é muito parecido com o barulho que os zumbis fazem para comer em *The Walking Dead*. E nem disso eu consigo rir. É como se o riso tivesse secado no meu peito, virando pó.

Ninguém me diz nada, mas o peso do silêncio parece flutuar em um contínuo na minha direção, pousando nos meus ombros.

Ricky entra pela porta dos fundos, onde estava limpando a neve da calçada.

— Ouvi o motor do jipe. Aonde o Andrew foi?

Todos nós emitimos sons indistintos e ele entra na sala para perguntar à Lisa. Na cozinha, voltamos a ficar em silêncio, nos inclinando de leve para tentar ouvir a resposta.

— Não sei. — A voz dela ecoa pelo corredor. — Só disse que queria sair um pouco de casa.

O volume da pergunta silenciosa que todos querem fazer: *O que diabos está acontecendo?*, fica estridente. Recolho alguns pratos sujos para lavar e vou até a pia.

Benny vem atrás de mim.

— Oi.

Abrindo a torneira para aquecer a água, murmuro:

— Sou o equivalente humano de um peido que faz todo mundo sair da sala.

Infelizmente, falei alto para todo mundo ouvir, e o Benny não consegue conter a risada. Suspirando aliviados, todo mundo aproveita o momento de leveza para vir me abraçar e falam ao mesmo tempo que vai ficar tudo bem, que eles têm certeza de que eu não fiz nada de errado. Sei que eles não entendem muito bem o que está acontecendo, mas isso não importa. Eles me amam, eles amam o Andrew. O que quer que esteja acontecendo é insignificante, como Ricky disse.

Para eles, é algo que vamos superar e que vai nos deixar mais fortes.

Acho que terei que descobrir como superar sentimentos que guardo dentro de mim todos os dias por mais da metade da minha vida.

A voz da mamãe se eleva acima das outras e sei que a minha trégua acabou, o que é bom. Devo merecer tudo o que ela vai falar.

— Mãe. — Sinto minha mãe me virando, pegando na minha mão para me tirar do meio do tumulto. — Venha aqui, querida.

Ela me leva para fora da cozinha, para o final do corredor. Quando ficamos sozinhas, ela passa as mãos pelo meu cabelo, olhando de um lado para o outro entre meus olhos. A vergonha me invade, quente como água morna em uma queimadura.

— Você quer conversar? — ela pergunta.

— Na verdade, não. — Fecho os olhos, engolindo a náusea. — Desculpa. A única coisa que posso dizer é que eu fiz besteira.

— Por que você está pedindo desculpas? — ela pergunta, segurando meu queixo para que eu volte a olhar para ela. — Você tem vinte e seis anos. É nessa idade que fazemos as maiores besteiras e as coisas mais malucas.

Fico surpresa por ela não estar chateada. Minha mãe não tem medo de sentir com intensidade; diferente do meu pai, ela extravasa tudo assim que o sentimento começa a fluir. Papai é um pensador; guarda tudo para si até que, do nada, os sentimentos saem em um fluxo pressurizado. Só o ouvi levantar a voz duas vezes na vida. Mas da mamãe eu espero mais. Eu estava mesmo esperando que ela me desse uma bronca.

— Só isso? — pergunto.

Ela ri.

— Bom, se você quer mais, acho que posso pensar em alguma coisa melhor, mas é Natal. Considere como o meu presente para você.

— Bom, nesse caso — digo, já tremendo —, também preciso te contar que pedi demissão do meu emprego. *Agora* você pode me dar uma bronca.

Um fogo arde em seus olhos durante sua longa e controlada inspiração e, em seguida, com uma risada cansada, ela me puxa para perto de si.

— Vem cá. — Ela me dá um beijo no rosto. — Parece até que você está tentando escapar de você mesma, não é?

— Quero. — Eu quero escapar de mim mesma e mergulhar na neve lá fora.

— Escute a sua mãe, porque vou contar um segredo que nem todo mundo sabe: vai dar tudo certo. De verdade. Sei que, quando tudo à nossa volta está caótico, pode parecer que as coisas nunca mais vão se ajeitar, mas não é verdade. Não tem problema errar de vez em quando, querida.

Ao abraçar a minha mãe pela cintura e afundar a cabeça debaixo do seu queixo, me sinto enraizada aqui pela primeira vez em muitos e muitos dias.

* * *

Todos nós já estamos prontos para começar a distribuir e abrir os presentes, mas Andrew ainda não voltou para casa desde o início da tarde, então decidimos cozinhar. *Muito*. Biscoitos de menta, biscoitos de amêndoas, pães de mel, biscoitos em formato de bigode do Papai Noel... os mesmos biscoitos que fazemos todos os anos desde que me lembro. Com um prato cheio para o Papai Noel e a noite chegando, começamos a arrumar a mesa.

Os castiçais que usamos pertenciam à mãe de Aaron e servem como um lembrete de como tudo isso começou. Coloco as flores no centro e distribuo as garrafas de vinho de maneira uniforme ao longo da mesa. Os gêmeos enfeitam os arranjos — e a Missô, e eles mesmos — com um saco de laços que encontraram na sala de estar.

Andrew entra de fininho na cozinha quando estamos trazendo o restante dos pratos, e escolhe o lugar o mais longe possível de mim, no canto mais distante, onde o Aaron costuma se sentar.

Tenho certeza de que a comida está deliciosa — afinal, é a minha refeição favorita do ano todo e o cheiro está divino —, mas não consigo provar nada. Mastigo, distraída, e engulo, tentando fazer parecer que estou acompanhando o rumo da conversa. Parece que tenho um bloco de gelo dentro do estômago. Andrew nem mesmo olha para mim, e me sinto tão triste que não entendo como ainda estou aqui, na mesa da sala de jantar, e não de volta ao assento 19B. Talvez eu ainda não tenha terminado de estragar tudo por completo, e o universo está esperando para eu mostrar todo o meu potencial. Pego minha taça de vinho, cheia até quase a borda. Tenho certeza de que não vou decepcionar.

— Achamos melhor esperar você para abrir os presentes — Ricky diz para o Andrew.

Andrew mastiga e engole um pedaço bem rápido, com o rosto corado pela culpa.

— Obrigado. Desculpem. Não precisavam ter me esperado.

— Claro que precisava, querido — Lisa diz. — Queríamos ficar todos juntos.

Os gêmeos foram muito pacientes o dia todo e, com a perspectiva de finalmente abrir os presentes, é como se uma chavinha tivesse virado. Kennedy e Zachary começam uma algazarra. Me lembro dessa sensação, me lembro de querer terminar logo a refeição para abrir os presentes de uma vez, mas depois agradecer por termos feito tudo com calma, senão o dia passaria rápido demais. Mas desta vez, quero que tudo acabe logo para poder ir para o porão. Quero me deitar e me entregar à escuridão. É meio dramático, mas me pergunto se seria tão terrível assim desaparecer quando todos estivessem dormindo e simplesmente pegar o avião cedinho para Berkeley e passar o Natal sozinha em casa amanhã. Talvez meu cachecol fique preso na escada rolante do aeroporto e eu acabe voltando ao início. Será que seria tão ruim? Sério, não parece pior do que o que está acontecendo agora.

Depois de limpar tudo, seguimos devagar para a sala. Ao meu redor, as pessoas que eu mais amo conversam empolgadas, imaginando como será a reação da pessoa que tiraram no Amigo Secreto. A mamãe traz um prato cheio de biscoitos, e Ricky vem atrás com uma jarra de leite e uns copos empilhados em uma bandeja. Coquetéis servidos, música tocando, fogo crepitando. É tudo o que eu amo na vida, mas não consigo aproveitar. Que bela lição de vida: cuidado com o que você deseja. Eu queria desfazer o dano que causei ao Theo, mas isso foi uma besteira de nível iniciante. O que aconteceu com o Andrew foi como fazer um doutorado em imbecilidade.

* * *

Do outro lado da sala, Andrew está sentado em uma cadeira, olhando em silêncio para o fogo, tão diferente do seu jeito tagarela de sempre. Fico imaginando onde ele passou o dia, o que andou fazendo. Como ele consegue ficar tão triste depois do término de um relacionamento que durou só dois dias? Eu estou de luto por algo que desejei por metade da minha vida. Qual é a desculpa dele?

Talvez ele esteja decidindo como dizer a todo mundo que não virá no ano que vem — se é que vamos chegar lá —, o que, para ser bem sincera, é exatamente o que eu mereço.

Quando volto para a sala, vejo Kyle usando um gorro de Papai Noel, o que significa que é a sua vez de escolher o primeiro presente que será aberto. Apesar de cada um de nós sortear um único nome, a ideia de que cada pessoa receberá apenas um presente é meio que uma piada. A pilha debaixo da árvore é gigantesca. Presentes dos pais para os filhos, dos filhos para os pais, coisinhas que vemos ao longo do ano e que compramos uns para os outros. Kyle ganha objetos aleatórios com tema de comida mexicana. Aaron adora meias divertidas. Papai ganha muitos presentes engraçados: almofadas de pum, chicletes com gosto de fedor de gambá, anéis que soam uma campainha ao cumprimentar alguém. Ele adora fazer pegadinhas com o pessoal do trabalho e, em algum momento, todos concordamos em ajudar. A pilha de presentes debaixo da árvore é uma demonstração hilária de carinho, do capitalismo em ação e da nossa total incapacidade de ser moderados.

Quando Kyle me traz uma caixinha e vejo o nome do Andrew na etiqueta, sinto como se tivesse engolido uma bola de basquete. Isso não aconteceu da primeira vez. Sei que muita coisa mudou nesta versão da realidade e que isso pode não significar nada. Pode ser algo inofensivo que ele comprou em uma loja de conveniências qualquer. Pode ser uma caixa de Snickers — meu doce preferido —, ou uma garrafa de suco de tomate, o que seria uma tremenda sacanagem.

Mas o resmungo que ele solta — como se tivesse se esquecido de que tinha deixado o presente lá e quisesse voltar atrás e tirá-lo da pilha —, me diz que o presente não é uma piada. É carinhoso.

Pressionada pela atenção de todos na sala, tiro a fita listrada verde-clara e abro o papel grosso e vermelho. A caixa tem o nome da loja em que fomos juntos e sinto o estômago embrulhar. Dentro há uma camiseta com uma foto do Christopher Walken, com a frase: *I'm Walken on sunshine.*

Droga. Ele deve ter encontrado na lojinha ontem depois que eu fugi.

O presente é tão perfeito que quase me arranca um suspiro de dor, mas levanto a cabeça, tentando forçar um sorriso. É bem provável que eu nunca consiga reunir a coragem emocional necessária para vestir esta camiseta. É mais provável que eu fique dormindo com ela por perto. Bom, pelo menos até eu ter oitenta anos e a camiseta ter se desfeito, virando farrapo por conta dos meus carinhos tristes, e então vou ter que dormir abraçada com um dos meus setecentos gatos.

— Valeu, Andrew.

— Sem problemas.

— É perfeita.

Ele contrai a boca, apontando o queixo na direção da lareira.

— É.

Benny franze a testa, olhando em silêncio para os próprios pés. Mamãe e papai trocam olhares preocupados. Ricky e Lisa também.

Mas é minha vez de entregar o próximo presente. Eu fico em pé, ando com as pernas bambas até a árvore e pego a primeira caixa que está ali. Por sorte, é para Kennedy, e a felicidade dela me distrai por um momento.

Os presentes são abertos. Todos se abraçam. Ao meu redor, a sala está colorida e cheia de vozes animadas. Eu me esforço para estar presente, para sorrir quando parece apropriado e responder quando alguém me faz uma pergunta. Solto uns *ahhs* e *ohhs* nos momentos certos, ou pelo menos acho que sim. Meus pais me deram um novo Apple Watch. O Miles me deu uma barra gigante de Snickers. Meu Amigo Secreto foi o Aaron, que me deu ingressos para o show do Lumineers em fevereiro. Por alguns minutos, meu entusiasmo por viver isto mais uma vez é genuíno.

Mas então a mamãe se levanta para pegar mais chá e ouço a porta da cozinha se abrir, seguido do som apressado de patinhas de cachorro no assoalho, e, por fim, o espanto angustiado da mamãe.

— Ai, não. Essa não. Droga. — Ela grita: — Andrew?

Não sei se é de fato a sua intenção, mas os olhos de Andrew se voltam rápido para mim. Acho que nós dois sabemos o que está por vir, mas quando a mamãe entra na sala com o que sobrou do blusão horroroso de Natal do Andrew, por um segundo, sinto que fui salva.

Ele vai acreditar em mim.

Mas esse é o problema. Vejo no seu olhar que ele acredita em tudo que eu disse, e, de alguma forma, isso só piora as coisas.

Andrew se levanta, pega a peça das mãos da minha mãe e sai da sala.

25

A Igreja Católica de St. Mary em Park City é um templo antigo de pedra e madeira, muito impressionante, situado no meio de um terreno coberto de neve. No verão, ela fica cercada por árvores imponentes de um verde fofo, mas nesta época do ano, os galhos ficam nus e decorados com o esplendor cristalino do inverno.

Eu, mamãe, Miles e Lisa vamos à primeira missa de Natal, um pouco porque não queremos perder o tempo que nos resta com o grupo, mas também para evitar a bagunça das crianças na missa no final da manhã.

Embora eu ame a igreja que frequentamos na nossa cidade, o fato de ir à St. Mary apenas uma ou duas vezes por ano faz com que ela tenha um papel de profunda nostalgia na minha vida. No interior, é de uma beleza simples: o teto um pouco arqueado, vigas de madeira clara entrecruzadas, paredes de pedra despretensiosas. Bancos de madeira lisos e janelas altas que mantêm o espaço claro e luminoso.

E, por fim, infelizmente, há o altar, que é a única coisa que demonstra que sou uma péssima católica e que devo ir direto para o inferno, não importa como eu passe os meus domingos. Com um arco de pedra em volta de uma janela também arqueada, o altar, de onde estamos sentados, parece tanto com uma vagina que nem eu nem Miles conseguimos olhar para ele sem cair em uma gargalhada abafada.

Hoje, porém, fico olhando direto para o altar por cinco minutos antes de perceber que estou olhando para as profundezas escuras do canal vaginal do templo. O que há de errado comigo?

Pisco, me concentrando nas minhas mãos no colo. Sinto o calor da minha mãe à minha esquerda e da Lisa à minha direita. Os braços das duas estão pressionados nos meus. Um ponto de contato tão simples, mas, estranhamente, tão reconfortante. Minhas duas mães, uma de nascimento e outra de criação, a mulher que minha mãe escolheu como sua melhor amiga. Era de se imaginar que as coisas estariam estranhas com a Lisa hoje, depois do meu fiasco emocional com os dois filhos dela nos últimos dias, mas não.

Deve ser porque ela me conhece há mais tempo do que qualquer outra pessoa além dos meus pais. Hoje de manhã, enquanto íamos para o carro, ela me chamou de lado e disse: "Quero que você saiba que, não importa o que aconteça, eu estarei sempre, *sempre* ao seu lado". Não foi uma conversa longa, apenas um abraço e um sorriso triste e compreensivo, mas era exatamente o que eu precisava ouvir para aliviar a pressão. Decepcionar os adultos da minha vida é a criptonita da minha paz de espírito.

De todos nós aqui, mamãe é a mais devota, mas cada um de nós tem sua própria relação com a Igreja. A minha tem mais a ver com um conforto sentimental: adoro as músicas, a comunidade, a beleza deslumbrante da arquitetura da igreja (menos a vagina). Adoro a consistência dos rituais. A mamãe nunca exigiu que acreditássemos em tudo o que ela acredita — afinal, o papai não tem qualquer interesse em religião — ou que fizéssemos tudo o que a Igreja quer que a gente faça, o que é bom, porque descobri que nunca consegui aceitar a Bíblia como uma obra de não ficção. A mamãe só pede a nossa presença e o nosso respeito, e que nos esforcemos para ser bons e gentis, vivendo com generosidade.

Mas isto é o *presente*, e hoje é a minha primeira vez dentro de uma igreja após ter provas reais e irrefutáveis de que há uma outra força, maior do que eu, agindo neste mundo. Ainda não tenho certeza do que exatamente é esse poder, mas acho que tenho que admitir que existem muito mais coisas neste mundo do que eu posso entender. Passei a acreditar que o universo nos presenteia com atos aleatórios de bondade e cabe a nós decidirmos o que fazer com eles.

Cabe a mim descobrir como seguir em frente após a semana que passou e encontrar a minha felicidade, seja com o Andrew ou em algum outro caminho da minha vida.

Enquanto o padre faz uma homilia bonita sobre o Evangelho de Lucas, fecho os olhos e tento apagar todos os sons e imagens. Tento estar presente neste momento de silêncio, absorvendo o calor da minha mãe ao meu lado e sentindo a solidez do banco atrás de mim. Estou tentando ao máximo não pedir nada mais — nem o perdão de Andrew, nem um emprego que me motive todos os dias. Passei anos sem confiar na minha capacidade de tomar decisões e deixando a vida simplesmente acontecer. Não pode ser mera coincidência que, no momento em que deixei de ser passiva e segui meus instintos, tudo pareceu se encaixar. Agora sei o que me faz feliz: confiar em mim mesma. Que presentão, não? Encontrei a felicidade.

Agora só preciso descobrir se há alguma maneira de recuperá-la.

Mamãe se curva e se aproxima para falar ao meu ouvido.

— Está tudo bem?

Minha mãe nunca fala durante a missa — ainda mais na de Natal —, a menos que seja para nos repreender e pedir silêncio. Mas ela preferiria cortar o próprio braço a deixar os filhos sofrerem sozinhos.

— Só pensando — sussurro. — Quero que você tenha orgulho de mim. Quero ter orgulho de mim.

— Eu sempre tive orgulho de você. — Ela entrelaça a mão na minha. — Eu confio em você. As únicas expectativas que você deve corresponder são as suas. — Ela dá um beijo na minha mão. — Quero que você encontre o que te faz feliz.

Ela se recosta, olhando para a frente, sem perceber como as suas palavras atingiram o meu coração com uma brasa incandescente. Isto aqui é real. Tenho tantas coisas para resolver. Sinto que este é o meu momento de empurrar uma pedra ladeira acima, ao mesmo tempo em que vejo uma peça de quebra-cabeça se encaixar no lugar certo.

As únicas expectativas que você deve corresponder são as suas.

Quando achei que nada mais importava e ninguém se lembraria de nada, finalmente comecei a viver a minha verdade. Larguei o emprego. Fui honesta sobre os meus sentimentos. Fui atrás do que eu queria sem medo.

Estou sentindo os pés no chão, a coluna encostada no banco.

Percebo o ar fresco e limpo dentro de mim, o zumbido e a vibração de centenas de corpos ao meu redor. Com os votos da minha mãe ecoando em mim, uma ideia me vem à mente.

* * *

Miles se aproxima de mim enquanto caminhamos pela estradinha de volta para o chalé.

— Tá tudo bem?

Na verdade, é a primeira vez que conversamos desde aquela manhã na varanda, e não tenho a menor dúvida de que meu irmão de dezessete anos está bem confuso sobre o que diabos aconteceu com sua irmã chata e em geral toda equilibrada.

— Está. — Solto um suspiro controlado. — Tive uma semana estranha.

— Dá pra ver.

Paro a poucos metros do início dos degraus da varanda, olhando para o chalé. Com um aceno cúmplice para mim, mamãe segue a Lisa escada acima, batendo as botas na varanda e sumindo no aconchego quente da casa. Mas mesmo sabendo que parte do meu plano de resolver o estrago do dia já está em ação, sinto uma sensação fria de desânimo deslizar da garganta até o meu estômago. Hoje é o último dia que vamos passar aqui.

Miles arrasta seu tênis chamativo pelo caminho molhado que leva a casa. Mamãe não vai ficar nada feliz com a lama que está encharcando a bainha da melhor calça que ele tem para ir à igreja, mas eu também não me sinto pronta para entrar. Se meu irmão quiser enrolar aqui fora, que seja.

— O Theo falou que não queria ter se irritado com você naquele dia — ele diz.

Hum.

Suas palavras desviam minha atenção do chalé e eu volto a olhar para ele. Miles já está mais alto do que o papai. É tão fácil vê-lo como um eterno menino, mas, daqui a poucos meses, ele vai sair de casa para ir para a faculdade. Ele vai decolar e tudo vai ficar bem.

Aperto os olhos por causa do sol refletido na neve que cobre o quintal.

— O Theo disse isso?

Ele confirma com a cabeça.

— Ontem à noite. Meio que do nada. O que aconteceu entre vocês?

— Melhor que isso fique entre a gente.

Ele pisca, olhando para trás de onde estou, e muda de posição.

— O que mais está te incomodando, maninho? — pergunto.

— É verdade que o Ricky e a Lisa vão vender o chalé?

Reflito sobre a pergunta, sem saber se devo dizer alguma coisa antes de eles mesmos contarem.

— Acho que sim. É o que estão dizendo, pelo menos. Quem te falou?

— O papai disse alguma coisa. — Ele olha para o chalé, franzindo a testa. — Que droga. Queria que a mamãe ou o papai comprassem.

Algo range na minha mente, como um baú de tesouro que vai se abrindo devagar. Dou um beijo no meu irmão e subo as escadas correndo para tentar concretizar a minha segunda boa ideia da manhã.

— Benito Mussolini — digo, entrando no silêncio maravilhoso da sala de estar. — Que prazer encontrar você por aqui.

A árvore de Natal brilha como uma vitrine de joias no canto da sala; a lareira estala e crepita perto de nós. Posso ouvir os gêmeos correndo no andar de cima, ainda devem estar de pijama e cheios de energia por conta de todo açúcar que ingeriram nos últimos dias.

— Bem. — Benny tira os olhos do livro e marca o lugar em que parou com o polegar. — Não estava esperando uma saudação tão animada.

— É surpreendente, mas estou de ótimo humor. Afinal, é Natal. — Aponto para o corredor. — Pode vir falar comigo?

Ele se levanta, me segue, subimos as escadas para chegar ao sótão. Eu não vejo Theo em lugar nenhum pelo caminho, e Andrew deve estar no galpão com seu violão e arrependimento. Mas é melhor assim: não podemos ter esta conversa se ele estiver por perto.

Está frio aqui em cima em comparação ao calor crepitante da sala, e Benny pega um cobertor da cama para envolver os meus ombros, e depois pega seu suéter verde de caxemira. Isto é a cara do Benny: ter dinheiro para comprar um suéter de caxemira, mas comprar um modelo idêntico ao que sempre usou.

Sentado em uma cadeira desgastada perto da janela, ele faz um gesto para que eu me sente no assento mais resistente — que é um banquinho de madeira — e tira o cabelo do rosto.

— Como você está, Chuchu?

— No contexto geral da vida, está tudo fantástico. Estou desempregada, mas saudável, e tenho pessoas incríveis à minha volta, como você mesmo diz. — Faço uma pausa, observo um pássaro pousar em um galho do lado de fora da pequena janela do sótão. — Mas na esfera romântica da vida, estou… como posso dizer? Ferrada.

Ele ri, apesar de ser uma dura verdade.

— Foi bom enquanto durou?

— Meu brevíssimo caso de amor com Andrew Polley Hollis? Sim, Benny, foi a mais pura felicidade.

O sorriso de Benny começa a se desfazer no canto da boca e, antes que eu perceba, já se transformou em uma careta de desaprovação. Durante anos, ele me ouviu suspirar sem esperanças pelo Andrew. No verão antes do meu nono ano escolar, o Benny me flagrou escrevendo os nossos nomes juntos em um recibo da estação de esqui, e fiquei tão envergonhada que tentei queimar as provas em uma das velas perfumadas da Lisa. Acabei botando fogo em uma fronha. Benny ficou ao meu lado durante as quatro horas do curso *on-line* de prevenção contra incêndios que meus pais me obrigaram a fazer, para que eu não precisasse ficar sozinha o dia todo.

Quando eu tinha dezenove anos, Benny foi o primeiro a entrar correndo na cozinha quando cortei a testa, porque eu deveria estar tirando a louça da máquina de lavar, mas me distraí vendo o Andrew dedilhar o violão na mesa da cozinha. Me levantei sem olhar e acabei batendo a cabeça na porta aberta de um armário. Deve haver uma centena de histórias assim, e o Benny presenciou quase todas.

— Fico triste por você — ele diz.

— Também fico triste por mim — digo, mas engulo o aperto de tristeza na garganta. — Mas acho que há uma lição para aprender nisso tudo: não podemos apagar os nossos erros. Mas podemos descobrir como consertá-los.

— É isso o que vamos fazer agora?

— É isso mesmo — digo, passando as mãos entre os joelhos. — Mas não estou aqui para discutir a questão com o Andrew.

Ele franze a sobrancelha e enfia a mão na mochila para pegar o cachimbo.

— O que vamos discutir, então?

— Lá no café, você disse algo sobre o Spotify.

Ele concorda, acendendo o isqueiro. A faísca reflete uma explosão de luz nas minhas retinas, que demora a desaparecer. Ele traga fundo e solta a fumaça para o lado, para não criar uma névoa entre nós, e então se senta.

— Acho que disse mesmo, né?

— Sei que isso é muito invasivo, mas foi uma surpresa saber que você pode pagar cem contos por um café por não ter notas menores.

— Pois é — ele diz, balançando a cabeça com a atenção fixada em algo atrás do meu ombro —, foi uma surpresa mesmo. Uma surpresa boa.

— Quando foi que…? — começo e tento novamente, me enrolando com as palavras. — É que, sei lá, ninguém fazia ideia.

— Bom, sendo sincero, eu não estava escondendo nada. É que a gente não costuma estragar as festas falando sobre dinheiro — ele diz, sorrindo para mim. — Mas, verdade seja dita, faz pouco tempo que vendi uma parte das minhas ações. Você me conhece. — Ele aponta para o jeans rasgado. — Não me importo muito com essas coisas. Prefiro usar até não dar mais. Eu não tinha ideia mesmo do que fazer com tanto dinheiro. Até contratei um cara para me aconselhar. Ele é bom. Inteligente. De confiança, acho.

— Bom — digo, e meu estômago embrulha de nervosismo ao tocar no assunto —, correndo o risco de soar como um grande clichê entre amigos, mas queria saber se posso pedir ajuda para você numa situação.

Benny esboça um sorriso.

— Acho que sei onde isso vai dar.

Eu pisco.

— Onde isso vai dar?

Ele ergue o queixo.

— Vá em frente.

Meus ombros vão se curvando cada vez mais sobre o pescoço em um arrependimento antecipado, mas sigo em frente.

— Eu estava pensando que talvez você pudesse me fazer um empréstimo para eu comprar o chalé. — Sua expressão muda. Eu claramente o peguei de surpresa, então vou logo dizendo: — Acho que consigo pagar a entrada, tenho um dinheiro guardado. E assim que eu conseguir um novo emprego, posso começar a pagar as parcelas. Moro com a minha mãe, não tenho despesas mesmo. Tenho certeza de que vou encontrar um emprego até que rápido, e você seria só o fiador, juro.

Ele continua com a testa franzida e eu estou morrendo de vergonha, mas continuo:

— Você poderia morar aqui sem pagar aluguel e fazer as coisas que você gosta de fazer. Tocar violão. Ficar de boa. Eu pagaria as parcelas e, como consigo guardar uma grana, talvez eu possa até pagar pelas coisas maiores também. Seria um investimento. Também sei que depende de quanto eles vão pedir pelo chalé... tá bom, depende de muitas outras coisas... — Faço uma pausa para respirar. — Só não quero que a gente perca este lugar.

— Eu também não quero. — Ele me analisa em silêncio por alguns segundos. — Você quer tanto assim ser a dona do chalé?

Balanço a cabeça.

— Bom, sei que ser proprietária de um imóvel, ainda mais de uma casa antiga e ainda por cima em outro estado, não é fácil. Mas se você morasse aqui, talvez fosse mais fácil, sabe? Sei lá. Sei que parece loucura e, para ser sincera, só pensei nisso há cerca de meia hora. A questão não é tanto eu ser a dona do chalé, mas sim manter este lugar para a gente se reunir. No final das contas, acho que esse foi um dos motivos pelos quais eu voltei no tempo. Para consertar isso.

Ele acena com a cabeça, parecendo entender.

— Entendi.

— Pense nisso — digo, logo acrescentando: — Ou não. Quer dizer, não sei se eu insultei você ou...

— Você não me insultou nem um pouco.

— ... ou se é normal que as pessoas façam coisas assim. — Faço uma careta, pedindo desculpas. — Olha, agora comecei a me sentir muito ingênua.

— Fica tranquila — ele diz com um sorriso, e então se inclina para a frente, segurando as minhas mãos. — Você não me insultou e não é nada ingênua, querida. A minha intenção não foi deixar você constrangida. Eu estava tentando entender as suas motivações e avaliar se estaria tirando algo de você que ainda não tinha considerado.

— Tirando... — Balanço a cabeça. — Não estou entendendo.

— Tirando a oportunidade de ser a dona do chalé. Eu já fiz uma oferta para o Ricky e a Lisa.

Minha boca se abre, mas não sai nada além de um chiado ofegante de zumbi. Por fim, digo:

— Uma oferta pelo chalé?

Ele aperta as minhas mãos.

— A primeira vez que você viveu esta semana, só soube que o Ricky e a Lisa venderiam o imóvel no último dia. E, caramba, vai saber, né? Quem sabe eu não teria me envolvido mais tarde e feito uma proposta, mas eu me conheço. Eu tenho receio de assumir grandes compromissos. Talvez eu tivesse ficado triste, como todo mundo aqui, e tivesse até pensado em comprar o chalé por um momento, mas quando eu voltasse para Portland, aposto que já teria desistido da ideia. Mas você me contou logo no primeiro dia. Então — diz ele, e sorri novamente —, fiquei aqui a semana toda, pensando no quanto eu amo este lugar e tentando imaginar como seria nunca mais voltar para cá e encontrar todos vocês. Sabendo o que estava em jogo, ficou mais fácil me acostumar com a ideia de dar esse passo. E aí consegui sondar um pouco com o Ricky. — Seu sorriso fica astuto. — De um jeito discreto, é claro. Uma perguntinha aqui, outra ali.

— Desculpa — estendo os braços, sem querer transparecer a minha euforia —, mas o que você está dizendo?

— Estou dizendo que vou comprar o chalé.

Pulo do banquinho para abraçá-lo. Sua cadeira estala e se quebra; levamos um tombo e nos espatifamos no chão de madeira, levantando até poeira.

— Estou vendo que não será um problema para você. — Benny ri embaixo de mim.

Tenho certeza de que o resultado da minha próxima conversa não será tão perfeito quanto a conversa que acabei de ter com o Benny, mas me sinto aliviada porque, quando Theo me vê descer ao porão, ele não se levanta de imediato para sair.

Na verdade, ele sorri.

Ele se acomoda na mesinha de jogos, vestindo um suéter de Natal do Capitão América que parece pelo menos um número menor do que deveria ser, e segura uma caneca de café com as duas mãos.

— Eu fui te procurar mais cedo.

— Você seria o único — digo, rindo ao me sentar. — A maioria das pessoas nesta casa parece se virar para o outro lado quando eu entro.

— Ah, não está tão ruim assim, está?

Balanço a cabeça.

— Estou brincando. Todos foram muito pacientes com a minha calamidade mental, como sempre.

— Só eu que não.

Ao ouvir isso, eu rio, mais alto do que esperava.

— Só você que não.

— Olha — ele diz —, eu fui um idiota ontem. Desculpa. Você me conhece. Às vezes, eu só preciso de um dia para esfriar a cabeça.

Acho que não havia percebido o quanto fiquei chateada com a ruptura na nossa relação até ouvi-lo dizer isso, e sinto as lágrimas subindo como uma onda pela minha garganta. Claro que eu conheço esse lado dele. Sempre soube que ele demora a se irritar e demora ainda mais a se acalmar. Então, por que não dei a ele o benefício da dúvida logo de cara? Pensando bem, ele só precisava ficar sozinho na manhã seguinte ao nosso beijo para poder se recuperar da própria vergonha. Todo esse tempo, fiquei chateada com o Theo só por ele ser exatamente a pessoa que eu sempre soube que ele era.

Mas antes de eu conseguir engoli-las, as lágrimas começam a cair. Ele se levanta de imediato e se apressa ao redor da mesa, se ajoelhando para me abraçar. Tenho certeza de que ele fica perplexo com a minha reação, mas ele não sabe o quanto eu precisava ouvir esse pedido de desculpas, por algo que essa versão do Theo nem sequer fez. É como ficar com raiva de alguém que fez algo ruim em um sonho. Theo não tem culpa pela necessidade que senti de me distanciar emocionalmente dele por uns dias.

Ele murmura baixinho uma pergunta junto ao meu ombro:

— Você vai me contar o que está rolando?

A simples ideia de viver tudo de novo me parece o equivalente mental de dar de cara com uma parede de tijolos. Sei que isso não ajudaria em nada: se para o Theo já estava difícil se acostumar com a ideia de eu estar com Andrew, a última coisa de que ele precisa ouvir é o que aconteceu entre nós em alguma versão alternativa da realidade. Contar a ele não vai fazer eu me sentir melhor, não vai ajudar o Theo a se sentir melhor e não vai ajudar em nada entre mim e o Andrew.

— Você se importa se a gente se poupar desse desabafo? — digo. — Acho que, neste caso específico, deve ser melhor só deixar pra lá.

Ele se afasta e ergue o queixo, me analisando com ternura.

— Tá bom. Vou deixar passar. Mas se você mudar de ideia, sabe que estarei sempre aqui para dar péssimos conselhos.

Eu rio.

— Obrigada.

Depois de uma longa contemplação silenciosa, ele pergunta:

— Então você sempre gostou mesmo do meu irmão?

Confirmo com a cabeça.

— Desde que você e eu tínhamos treze anos.

Ele assobia baixinho sua empatia.

— É muito tempo, Mae. Caramba.

— É estranho admitir para você que eu não sei como é viver sem estar apaixonada pelo Andrew?

— Não é nada estranho — ele diz. — Tipo, é legal você estar conversando sobre isso comigo, sabe?

— Sei.

— Será que estraguei as coisas para vocês dois?

Isso me faz rir.

— Fica tranquilo. Eu fiz isso sozinha.

— Você acha que tem conserto?

Mordo o lábio.

— Vou tentar.

Theo se levanta e se senta na cadeira ao lado da minha.

— Eu não sei o que aconteceu entre vocês dois. O Andrew é super-reservado, então o fato de ele ter sido tão direto sobre o que estava acontecendo foi bem louco. — Ele passa a unha do polegar por um arranhão na mesa. — Acho que foi isso que causou aquela minha reação ontem. A intimidade. Me fez pensar que vocês estavam juntos há muito tempo.

Deixo escapar uma risada seca.

— Não.

— Ele parecia *sério*, sabe? Então, aceite o meu conselho, mas acho que se você gosta mesmo dele, vale a pena lutar um pouco mais antes de desistir.

Olho a hora no meu celular e percebo que, se eu quiser tomar alguma atitude grandiosa para fazer isso acontecer, é melhor que seja logo.

— Seria mais fácil arrancar o meu próprio braço do que esquecer o seu irmão, então não vou desistir. — Eu me levanto e me inclino para lhe dar um beijo na bochecha. — Estou com algumas cartas na manga. Me deseje sorte.

26

Na primeira versão destas férias, o Andrew não passou o dia de Natal sozinho no galpão. Por volta desse horário, quase cinco da tarde, ele estava na cozinha com Zachary e Kennedy, pendurando guirlandas metálicas e azevinhos de papel de seda, cantando canções natalinas com uma voz de desenho animado e fazendo os gêmeos gargalharem histericamente.

Mas, desta vez, a cozinha está silenciosa. Os presentes foram abertos e os papéis dos embrulhos foram colocados no lixo. Não há enfeites de Natal pendurados, nem tesourinhas na mesa ou papéis espalhados pelo chão. Vamos comer as sobras do jantar daqui a uma hora mais ou menos, mas, por enquanto, todo mundo está aproveitando o tempo livre para tirar uma soneca, ler ou tomar um coquetel no final da tarde, aproveitando o que resta do nosso tempo juntos. Mas eu não: no sótão de Benny, começo a colocar o plano em prática.

E então, com o coração na boca, pego o embrulho que a mamãe me ajudou a preparar e caminho pela neve fresca até a pequena Fortaleza da Solidão do Andrew.

Ele não responde quando bato, então fico parada do lado de fora sem fazer nada por cerca de dois minutos — discutindo comigo mesma o que devo fazer, entrando em pânico por ele estar me ignorando, deixando a minha histeria chegar a um ponto de ebulição —, até que descubro que talvez eu só precise bater um pouco mais forte.

— Entra — ele chama desta vez. — Tá aberto.

Abro a porta e entro.

A mala de viagem de Andrew já está pronta e os sacos de dormir estão enrolados e encostados na parede dos fundos. Ele está sentado na cama de armar, já sem lençóis, com uma perna dobrada sob a outra, dedilhando o violão.

Eu tinha planejado começar com o discursinho que havia preparado, mas ao ver a sua mala pronta, fico perdida. Não tenho certeza se ele planejava se despedir.

— Você vai voltar para Denver hoje à noite?

— Vou, sim. — Ele ergue a cabeça e tenta sorrir. Mesmo com toda a tensão entre nós, ele não consegue ser grosseiro. — Depois do jantar.

Fico sem rumo, sem conseguir pensar em como continuar a conversa.

— Soube que o Benny vai comprar o chalé? — Estremeço por dentro, me lembrando do que ele disse sobre o meu complexo de salvadora do chalé.

— O papai comentou alguma coisa ontem à noite. — Sua voz está estranhamente baixa. — Uma boa notícia.

— Pois é. — Estou afundando em areia movediça. Não tenho ideia de qual rumo seguir a partir daqui. — Trouxe um presente para você — digo, e ele franze a testa, surpreso, e fica me observando do outro lado do cômodo.

— Você não tem que me dar nada, Mae.

— Não é um presente de Natal — explico e decido insistir no meu discurso preparado. — Olha, Andrew, sei que você está bravo comigo…

— Eu não estou bravo com você — ele diz, gentil. — Estou bravo comigo mesmo. — Ele balança a cabeça, dedilhando, distraído, enquanto pensa. — Eu não costumo me jogar assim de cabeça e acabei de entender por quê.

Não posso deixar de perguntar:

— Por quê?

Ele me olha, com um olhar doloroso, como se soubesse que as suas palavras vão me machucar.

— Porque posso passar a vida toda conhecendo uma pessoa e ainda me enganar sobre ela.

Caramba. Que golpe certeiro. Mas ele se engana: sim, é verdade que nos conhecemos a vida toda, mas desta vez eu fui mais autêntica com ele do que jamais fui antes.

— Você não se enganou sobre mim. — Dou outro passo para entrar no quarto, mas paro a cerca de três metros de distância dele. — Quer dizer, talvez a gente tenha acelerado e atingido um obstáculo logo no início, mas você não estava errado sobre mim. E foi bom, Andrew. Se não tivesse sido bom, você não estaria tão chateado agora.

Ele sustenta meu olhar por longos segundos e depois pisca, voltando a dedilhar em silêncio.

— Alguns anos atrás — digo —, perguntei para a minha mãe como ela conheceu o meu pai e, resumindo, ela disse que eles se conheceram no dormitório da faculdade, começaram a namorar e, a partir de então, caíram na rotina de ficarem juntos.

Ele não responde, mas sei que está ouvindo. Embora esteja tocando o violão, ele está aqui comigo por inteiro.

— Eu perguntei para ela: "Você simplesmente soube?", e, em vez de dizer que parecia coisa do destino ou qualquer coisa romântica, ela disse: "Acho que sim. Ele era legal e foi a primeira pessoa que me incentivou a pintar". Sei que eles estão divorciados e deve ser diferente olhar para trás agora, mas ela estava conversando *comigo*, o fruto daquele casamento, e não falou nada sobre ter se apaixonado ou sobre como ela não conseguia se imaginar com mais ninguém. Eles simplesmente deixaram *acontecer*.

Espero ele esboçar alguma reação, mas nada acontece. No silêncio, a letra da música que ele toca distraído me atinge como uma rajada de ar quente.

Don't know much about history...
And if this one could be with you...

Seus movimentos são tão distraídos que não consigo entender se ele se dá conta do que está tocando.

— Bom, é claro que foi frustrante — continuo. Uma pausa. — Por mais que nenhum de nós queira imaginar nossos pais namorando de fato, queremos acreditar que houve pelo menos um pouco de paixão, intensidade, *destino*.

— Sim. — Ele pigarreia e volta a afinar o violão.

— Sei que as coisas entre nós foram por água abaixo, mas, mesmo assim, não consigo deixar de sentir que tínhamos uma boa história. Eu desejei isso por tanto tempo sem você saber e, quando soube, foi como se você tivesse sentido um... estalo. — Faço uma pausa, procurando as palavras certas. — O que aconteceu entre a gente foi romântico de verdade.

Ele vacila, mas depois de um tempo, ajusta os dedos nas casas e volta a tocar.

— E não foi romântico só em teoria. Foi romântico pra valer, Andrew. Cada segundo com você foi perfeito. — Passo o peso do corpo de um pé para o outro. — Escolher a nossa árvore, os flocos de neve no seu cabelo, o trenó, o armário... nossa noite aqui. Eu tive todos esses momentos porque fiz um desejo. Um desejo! Quem acredita que desejos se tornam realidade? O mundo é um lugar bem diferente do que eu achava que era. Tipo, existe algo *mágico* acontecendo. Mas, para mim, isso nem é a coisa mais difícil de acreditar. A parte mais inacreditável de tudo isso é que eu consegui ficar com *você*. A pessoa dos meus sonhos.

Andrew inclina a cabeça para trás, se encostando na parede, de olhos fechados, e deixa o violão na cama ao seu lado. Ele parece cansado e solta um longo e profundo suspiro. Percebo que ele não está me ignorando. Ele também não está só me ouvindo distraído, está absorvendo cada palavra. E isso me dá segurança para seguir em frente.

— E eu não apenas desejei. Também *fui atrás* para fazer acontecer. Eu poderia não ter falado nada sobre o que estava acontecendo comigo, ou sobre a besteira que fiz com o Theo. — Ergo a cabeça. — Mas estou orgulhosa de ter contado. Queria ter explicado melhor, é claro. Mas eu contei a verdade porque queria começar a nossa história sendo sincera.

"Eu fui sincera sobre os meus sentimentos. Fui sincera sobre os meus erros. Fui sincera nos meus melhores e piores momentos desta semana."

Respiro fundo, porque estou começando a sentir um nó na garganta.

— E se tem uma coisa que fizemos perfeitamente foi conversar com transparência e honestidade um com o outro desde o início. A gente já foi *conversando* logo de cara. Não consigo pensar em mais ninguém no mundo com quem eu tenha me sentido tão à vontade.

Percebo que essa declaração o abala. Sua mandíbula tensiona, seu pomo de adão sobe e desce quando ele engole em seco.

— Existe algo muito íntimo em compartilhar em voz alta coisas que você jamais diria para outra pessoa — digo. — Deixar alguém ver de verdade você, sem filtros. Então, sinto muito que toda essa situação seja tão decepcionante, e sinto muito se a intensidade dos meus sentimentos fez você agir mais rápido do que faria em qualquer outra situação. Mas eu te amei desde que entendi o que era o amor e não posso mudar isso. Jamais vou querer me livrar desse sentimento. Amar você é a única prova que eu preciso de que o amor pode durar décadas. Talvez até uma vida inteira, vai saber. — Pigarreando, acrescento sem pensar direito: — Mas espero conseguir superar isso e te esquecer, porque senão seria péssimo para nós dois *e* para a sua futura esposa.

Solto uma risada constrangida, mas o ambiente fica em um silêncio sepulcral… até que eu engulo em seco fazendo um barulho alto. Quero ser tragada pelo chão.

Mas, agora, já não posso parar. Tomada de coragem, termino de atravessar o quarto para entregar a Andrew o presente embrulhado em papel verde brilhante, com uma fita vermelha. Depois que eu terminei de fazer a minha parte, a mamãe o embrulhou para mim, me entregando com lágrimas nos olhos e dando um único beijo na palma da minha mão.

— Eu queria te dar isto aqui — digo. — Se chama *Felicidade*.

Finalmente, ele inclina a cabeça para trás e abre os olhos, sem olhar para mim. Ele observa com cuidado o pacote embrulhado nas minhas mãos.

— O que é?

— Abra. — Diante do seu olhar confuso, eu acrescento: — Foi feito pela Maelyn Jones. Em uma moldura pintada pela Elise Jones. Fizemos hoje.

Com hesitação, ele segura o pacote, quase que com reverência. Com a ponta daqueles dedos que tocaram quase cada centímetro da minha pele, ele solta o laço de seda. O barulho do papel sendo rasgado ecoa no ambiente. O presente não foi colocado em uma caixa, foi embrulhado do jeito como estava: é um desenho emoldurado, carvão sobre papel.

Por um instante, me pergunto onde a mamãe encontrou aquela moldura de madeira simples para decorar com tanto carinho, usando folhas pintadas em cores vivas. Será que foi algo velho e sem nenhum apego sentimental que a Lisa jogou fora para abrir espaço, ou será que o Benny ajudou a mamãe a encontrar algo no sótão? Enfim, não tenho tempo para ficar pensando nesse assunto, porque o Andrew inspira fundo, parecendo um boneco inflável ao sugar todo aquele ar. E ele murcha suavemente.

No meu desenho, há um homem que aparenta ter seus oitenta anos, mas claramente é o Andrew. Me dediquei a retratar a gentileza dos seus olhos, a rebeldia do seu cabelo bagunçado, a curvatura brincalhona do seu sorriso. E a mulher ao lado dele claramente sou eu. Tentei suavizar as maçãs do meu rosto para demonstrar a passagem do tempo, retratar o volume arredondado do meu lábio inferior e a profundidade dos meus olhos sorridentes.

Estamos sentados no balanço da varanda do chalé, um ao lado do outro, com os dedos entrelaçados. Minha mão esquerda, apoiada no meu colo, ostenta uma aliança simples. A imagem retrata um momento em que Andrew me fez rir; a minha boca está aberta, a cabeça, inclinada para trás de alegria, e seus olhos brilham com um orgulho encantado e atrevido. Não estamos nos exibindo para ninguém ver, nem sequer parecemos perceber que pode haver alguém por perto, capturando aquele momento.

Ninguém sabe o que enfrentamos nos últimos sessenta anos, mas ainda estamos inegavelmente felizes.

— Mandrew e Maisie — digo, baixinho, com a voz rouca. — Não tive tempo de fazer uma pintura completa, mas acho que prefiro assim. Dessa forma, é só um esboço, uma possibilidade. Mesmo que nunca se transforme em algo mais, você é quem me faz feliz, e eu sou muito grata por isso.

Me inclinando para a frente, dou um beijo rápido na sua testa e me viro para sair antes de começar a chorar.

Guardo as lágrimas para o momento em que saio, sozinha, na neve lá fora.

Não sinto vontade de voltar para o chalé. Lá dentro, a sensação é de uma claustrofobia estranha. Tive tantas grandes revelações nos últimos dias que parece que preciso de um tempo em paz para digerir tudo, deixar as coisas se acalmarem aqui dentro para que eu possa descobrir qual será o meu próximo passo.

A estradinha que leva para longe do chalé tem cerca de quatrocentos metros e a neve foi removida há pouco. Minhas botas esmagam a fina neve compactada, mas é uma tarde excepcionalmente quente para a estação e posso ouvir o gelo derretendo dos galhos das árvores, em uma cacofonia animada de gotas e respingos. Já na estrada principal e agora sem proteção contra o vento, fecho o casaco e viro à esquerda, caminhando mais cerca de meio quilômetro até uma rua que me é quase tão familiar quanto a rua da minha casa.

Andrew, Theo e eu costumávamos fazer este trajeto sempre que os nossos pais queriam que a gente saísse de casa. Pegávamos gravetos e usávamos como espadas, bengalas ou varinhas mágicas. Nós nos revezávamos para apontar quais dos chalés cada um compraria quando fôssemos mais velhos e o que faríamos em cada dia da semana quando fôssemos vizinhos. Cortávamos o caminho por entre as árvores e procurávamos, sem sucesso, tocas de ursos ou armadilhas de caçadores. Com o passar dos anos, algumas das casas foram vendidas e reformadas, algumas até completamente renovadas. Mas a estradinha não ostenta o mesmo esplendor das partes luxuosas de Park City. Até as casas reformadas mantiveram a atmosfera tranquila em meio à vegetação. Em pleno verão, se você olhar com atenção para a rua, poderá ver as belezas do inverno escondidas, prontas para se revelar.

A fumaça emerge das chaminés e uma sinfonia de músicas de fim de ano se espalha pelo ar. Na minha casa preferida da rua — uma construção de pedra coberta de hera que lembra a casa de um gnomo na floresta —, eu paro e fico olhando para a ampla janela que dá para a rua. As sombras de dois corpos se movem pela sala da frente, perto da árvore de Natal iluminada. Outra pessoa está ocupada na cozinha. Mesmo aqui fora, dá para sentir o cheiro do peru assando e das massas amanteigadas das tortas salgadas esfriando, misturado ao perfume fresco e pungente dos pinheiros gelados. Se eu tivesse me lembrado de trazer o meu caderno, desenharia esta cena aqui mesmo.

Se eu me sinto tão feliz aqui na neve, por que não morar em um lugar onde neva? A percepção de que não preciso morar na Califórnia e não preciso tentar encaixar a minha vida no modelo atual me faz, de repente, mudar toda a minha perspectiva. Eu posso me mudar. Posso mergulhar nos meus mais profundos pensamentos para imaginar o emprego dos meus sonhos. Posso descobrir quem, de fato, é Maelyn Jones. Tentei fazer isso com Andrew, e agora já não depende de mim.

Mas isso não significa que eu tenha que deixar o que me resta de coragem se perder.

* * *

Meu humor, radiante pela epifania, desaba assim que entro no chalé e percebo que Andrew não é um dos presentes na sala de estar.

— Oi, pessoal — digo.

O alvoroço interrompe assim quando eu entro. Miles se levanta.

— Oi, Mae.

Todos fixam os olhos em mim com expectativa. Não achei que fossem cronometrar a minha saída com tanta atenção.

— Oi...

Zachary rola de barriga para baixo no tapete, rindo.

— O que foi? Por acaso tem um ninho de passarinho na minha cabeça?

Aaron passa os dedos pelo cabelo preto como breu e diz:

— Não, não tem. — Como se eu tivesse perguntado a sério.

Por fim, Lisa pergunta:

— Você entrou pelo vestíbulo?

Balanço a cabeça.

— Não, pela porta da frente. Por quê?

Eles continuam me encarando, como se estivessem esperando que eu dissesse mais alguma coisa.

— Hum. O Andrew ainda está no galpão?

— Ele está... — Kennedy começa a falar, mas Ricky interrompe, perguntando:

— Estava frio lá fora?

Pisco confusa, e respondo devagar:

— Ahm... estava, né?

Olho para o meu relógio novo e percebo que fiquei fora por quase duas horas e não olhei para ver se o carro do Andrew ainda estava na garagem. Eu até perguntaria se ele já foi embora, mas não tenho certeza se quero saber.

Eu me viro meio sem jeito, sem saber como agir.

— Tá, vocês todos estão muito esquisitos, então vou descer e ficar um pouquinho lá no porão. Se eu puder ajudar com alguma coisa para o jantar, é só avisar.

— Você deveria subir — Zachary cantarola no chão.

— É?

Todos na sala concordam, balançando a cabeça.

Eu os encaro, intrigada por um instante, antes de dizer:

— Tá bom, né? Então vou subir.

Pelo menos assim tenho uma desculpa para fugir. Arrasto os pés pelo corredor, contornando o corrimão para começar a subir as escadas, mas piso em alguma coisa sem querer, que fica esmagada debaixo da minha meia. Levanto o pé, pego a coisa grudada e estudo aquele objeto prateado.

É um beijo de chocolate branco da Hershey's sabor menta. Fico toda perplexa por um instante, mas então meus olhos se voltam para o chão e percebo que há outros chocolates a apenas trinta centímetros de distância em ambas as direções: um leva para cima e outro leva de volta para a cozinha, de onde eu normalmente entraria ao voltar de uma caminhada.

Um brilho de esperança reluz prateado nas margens dos meus pensamentos. Subo as escadas correndo, sigo a trilha de doces pelo corredor até virar em outro corredor, que leva bem para o quarto de Andrew e acaba do lado de fora do armário.

Sinto o meu coração alucinado dentro do peito ao abrir a porta, e Andrew semicerra os olhos diante da luz.

— Essa caminhada não acabava mais, Maisie. Já faz meia hora que estou aqui escondido.

Me sinto atordoada demais para falar, mas, pelo visto, não tão atordoada a ponto de conseguir segurar as lágrimas.

— Andrew?

Lá de baixo, ouço uma explosão de aplausos e gritos de alegria.

— Eu disse para você subir! — o grito de Zachary parece ser interrompido por alguém tapando a sua boca com a mão e o levando para um local que vá deixar os seus gritos fora do nosso alcance auditivo.

Com uma risada rouca, Andrew me puxa para dentro do armário.

Será que estou gritando? Ouço meu coração bater tão alto nos ouvidos que parece um trovão.

— O que está acontecendo?

Sua voz é gentil e um pouquinho sugestiva:

— O que você acha?

Acho que ele me atraiu com doçura até aqui, que está olhando para a minha boca como se estivesse prestes a me beijar. Mas, considerando o meu estado emocional de manteiga derretida, deve ser uma péssima ideia presumir qualquer coisa agora.

— Bom. — Mordo o lábio e observo o pequeno espaço escuro ao nosso redor. Acho mais seguro começar dizendo o óbvio. — Acho que você deixou um rastro com o meu chocolate favorito para que eu te encontrasse neste armário.

Vejo o brilho intenso dos seus dentes quando ele sorri. Sinto sua mão passar devagar pela minha cintura e deslizar até o meu quadril, os dedos pressionam e me puxam para mais perto.

— Consegue imaginar por quê?

Estou prestes a responder, por segurança, que é melhor que ele mesmo me diga, mas sinto as palavras desgastadas e presas na minha garganta. A minha resposta me surpreende:

— Você queria ficar a sós comigo no local onde a gente se beijou pela primeira vez para poder admitir que eu estava certa desde o início.

Andrew se curva e pressiona os lábios nos meus, com delicadeza.

— Você estava certa desde o início, Maisie.

Sei que ele está falando sobre nós dois e sobre o que eu disse no galpão, mas o seu hálito ainda está com gostinho de menta.

— Eu sei que estava: chocolate branco com menta é uma delícia.

Ele ri, soltando a respiração quente no meu pescoço.

— Você sabia que na embalagem diz que é uma "sobremesa cremosa com o frescor de hortelã"? — Ele dá um beijo no pescoço. — O que significa que, tecnicamente, não é chocolate branco. Então não preciso mais criticar você por gostar disso.

— Nossa, *valeu*.

Seu sorriso se desfaz.

— Você saiu correndo tão depressa do galpão que não consegui dizer nada.

— Achei que você precisava de um tempo.

— Eu queria conseguir encontrar as palavras certas mais rápido — ele admite. — Mas eu não sou assim.

— Mas se você encontrasse as palavras mais rápido — digo —, não conseguiria fazer gestos grandiosos no seu lugar favorito da vida: um armário.

— Com a coisa que você mais gosta na vida: um doce horrível.

— Não seja modesto, Andrew Polley Hollis, você sabe que a coisa que eu mais gosto na vida é você.

Seu sorriso brincalhão desaparece e sua expressão relaxa de alívio quando deixamos a brincadeira de lado. Andrew segura meu rosto com as duas mãos e me dá um beijo demorado na boca. O beijo fica mais intenso e ele me puxa para mais perto, exalando um gemido baixinho quando a sua língua toca a minha.

— Posso dizer agora? — ele pergunta, recuando alguns centímetros.

— Dizer o quê?

— Que eu te amo?

Ouço um estalo sutil nos meus ouvidos, como uma porta se fechando e deixando o barulho da ventania do lado de fora. A atenção de Andrew se fixa no meu sorriso largo.

— Eu também te amo.

Ele brinca com uma mecha do meu cabelo, enrolando-a em volta do dedo.

— E você não precisa voltar para a Califórnia amanhã?

— Não preciso. Estou prestes a viver uma grande aventura e pronta para encarar qualquer coisa.

— Que boa notícia.

— Sim, nem me fale. A última coisa que quero fazer é entrar num avião.

Ele ri.

— Por coincidência, eu tenho um carro bem grande e Denver fica a apenas oito horas de distância. O que você acha de a gente pegar estrada?

Eu me inclino para alcançá-lo bem quando ele se curva para me beijar, e o alívio é tão intenso que sinto uma festa acontecendo nas minhas veias. Primeiro passo para assumir o controle da minha vida adulta: vou dormir no galpão com o Andrew esta noite. E todas as outras noites, se depender de mim. Eletricidade? Água corrente? Pra quê?

Ele cantarola, satisfeito, se afastando devagar após uma sequência de beijos que parecem gotas açucaradas de chuva. Ele leva um tempo para abrir os olhos, e, juro, com esse pequeno gesto demonstra toda a sua entrega, e eu me apaixono por ele outra vez.

— Eu diria que estou feliz por termos resolvido a nossa primeira briga.

Eu me afasto, assustada.

— Essa foi a nossa primeira *briga*?

Ele parece igualmente surpreso.

— Você achou que a gente tinha *acabado*?

— Ué, claro. Você simplesmente disse que não me conhecia. — Eu rio, incrédula, vendo seus olhos brilharem com um sorriso que se abre aos poucos, tomando conta de todo o seu rosto. — O que foi? Por que você está rindo de mim?

— Acho que você tem razão, mas você desistiu muito fácil depois de treze anos.

Eu o empurro de brincadeira, mas ele não pode ir muito longe.

— O que eu deveria pensar?

— Você me conhece há vinte e seis anos! Um dia é uma gota no oceano.

— Ficamos juntos por trinta e seis horas! Um dia equivale a dois terços do nosso relacionamento.

Ele dá uma risada alegre ao ouvir isso, e então o momento se acalma, e Andrew me observa com afeto, achando graça. Começo a ficar inquieta, sentindo um instinto de autodefesa subir pelo meu pescoço.

— Meus pais não brigam — recordo. — Eles implicam um com o outro, e ficam trocando farpas, e depois da única briga de verdade que tiveram, o papai se mudou.

— Bom, você vai aprender a lidar com conflitos, porque pessoas inteligentes como a gente não concordam umas com as outras o tempo todo nos seus relacionamentos. É ciência.

— É assim que vai ser? — pergunto, sorrindo. — Um relacionamento?

Ele é uma combinação irresistível de fofura e nervosismo.

— Espero que sim.

— A Mae de treze a vinte e seis anos está fazendo uma dancinha de comemoração agora. — Batuco a testa.

Sua resposta sorridente se desfaz aos poucos.

— Então... nós estamos...?

— Depende. — Tirar essas palavras de dentro de mim será como engolir cacos de vidro, porque agora é o momento da verdade. — Você acredita em mim?

— Sobre o desejo?

Foi a experiência ao mesmo tempo mais esclarecedora e confusa da minha vida e, por mais que eu o ame, não tenho certeza de como poderia seguir adiante com o Andrew se ele achasse que isso não passou de um sonho.

— É.

— Claro que acredito em você.

A tensão nos meus ombros se desfaz como nós.

— E… você aceita… tudo o que aconteceu?

— Deixa eu te fazer uma pergunta — Andrew retruca. — Nesta versão do seu Natal, o seu pai quebrou um dente com um biscoito?

— Claro que não.

— E a Kennedy ralou o joelho?

Entendo aonde ele quer chegar e sorrio.

— Não.

— Viu só? Você sabia que os sacos de dormir estavam guardados. Você tranquilizou o papai em relação ao gim. De alguma forma, você conseguiu fazer com que o Benny comprasse o chalé. E se eu tivesse te ouvido sobre a Missô, ainda teria a minha blusa de Natal preferida, não teria?

— Isso vai ensinar você a dar ouvidos à sua…

Meu sorriso se desfaz e eu me atrapalho, enquanto o resto da frase fica no ar como uma fita solta ao vento.

Os olhos de Andrew se estreitam com um sorrisinho malicioso.

— À minha o quê?

E, por apenas um instante, a minha confiança se abala. Com a esperança lá no alto por ter conseguido salvar o chalé, não seria o momento perfeito para o universo puxar o meu tapete uma última vez?

Mas, desta vez, não vou a lugar nenhum.

— À sua namorada viajante do tempo.

O sorriso de Andrew ilumina o interior do armário.

— Aleluia, Maisie. Achei que você não pediria nunca.

Epílogo

Seis meses depois

— Ei — Benny grita da varanda. — Deu para ver você a dois quilômetros de distância.

Não preciso perguntar com qual de nós dois ele está falando. Com certeza, não é comigo, discreta com a minha regata cinza-clara e short desbotado.

— Ah, é? — Andrew passa a mão pelo suéter ridículo. — Você quer dizer que caiu bem em mim?

— Você não está morrendo sufocado aí dentro? — Benny pergunta, e o calor está tão intenso que juro que consigo ver a sua voz formando ondas ao cortar o ar.

Andrew balança a cabeça.

— Estou perfeitamente confortável.

Olho para o meu namorado e vejo gotinhas de suor escorrendo pela sua testa no calor de trinta e dois graus. Ele é fofo até mentindo. Não tenho nem coragem de segurar a sua mão enquanto caminhamos pela estradinha, de tão suada que está. Nós todos sabemos que ele é capaz de abrir mão do próprio conforto para mostrar que tem razão, e ele decidiu que a sua marca pessoal no chalé são suéteres festivos. Qualquer feriado está valendo. A peça em azul-violeta, vermelho-cereja e branco puríssimo é uma homenagem aos pais fundadores da nossa nação, acredito eu. Aposto que ele não aguenta usar até a hora do almoço.

— Feliz dia da Independência! — ele grita.

— Para todos nós! Subam logo aqui. — Benny acena para nós.

O cascalho estala debaixo dos meus tênis quando corro na direção da escada da frente da casa para encontrar o meu tio favorito. Nosso carro está estacionado na rua principal, para ficar fora do caminho dos veículos de construção parados na entrada do chalé — ou, O Buraco, como Benny batizou. Dá para ver que deu muito trabalho. O resultado é surpreendente. A varanda está nova em folha. Todo o chalé foi pintado do mesmo tom de marrom que já era, com venezianas verdes, mas é impressionante o que uma boa limpeza e uma camada de tinta fresca podem fazer por uma casa. Todas as janelas foram substituídas e os beirais, reconstruídos. Telhado novo, jardim novo e uma varanda lateral estão sendo construídos no lado oeste da casa, de frente para a montanha.

Não vejo a hora de ver como está por dentro.

O abraço de Benny me envolve e eu fico surpresa ao cair em lágrimas logo de cara. Ele tem o cheiro característico do seu xampu herbal, mas também exala um aroma de pinheiro e madeira, misturado com um cheiro de terra e verniz. Sua risada vibrante ressoa dentro de mim e a sensação de estar de volta aqui com Andrew, pela primeira vez desde as férias, é como entrar em uma banheira de espuma com vista para o oceano enquanto o sol se põe. É o paraíso.

Benny se afasta, me segurando com braço esticado para me olhar.

— Você tá linda, Chuchu.

Tenho certeza de que ele tem razão: a felicidade dá um brilho especial à nossa pele e nos deixa com um andar saltitante. Mas olha quem está falando! O Benny está bronzeado e seu cabelo está descolorido pelo sol e cheio de pó, deve ser por causa das obras no chalé que não acabam mais. Seu sorriso faz seus olhos enrugarem de um jeito todo novo e, neste instante, vejo que ele não está só satisfeito aqui: ele está absurdamente feliz.

Andrew é o próximo a ser abraçado, com um daqueles abraços entre homens com tapinha nas costas, e quando meus olhos já estão satisfeitos com a visão da nova varanda, e as conversinhas e cumprimentos já me deixam impaciente, começo a dar pulinhos, e Benny finalmente nos leva para dentro.

Fico impressionada. O corrimão é o mesmo de sempre, mas está reformado, brilhando em um tom marrom dourado sob o sol da tarde que entra pela porta da frente. As escadas foram reformadas, assim como o piso do andar de baixo. Benny manteve muitos dos móveis antigos, mas poliu, tratou e limpou tudo para a casa ficar clara e aconchegante por dentro. Com as paredes internas recém-pintadas, o espaço parece muito mais leve.

— Não acredito que você fez tudo isso em seis meses — Andrew diz, girando devagar. — Não ficava tão bom assim desde... bom, desde antes de eu nascer, na verdade.

— Calma aí. — Benny nos leva até a cozinha, onde o novo piso brilha com intensidade sob a luz do sol da tarde e eletrodomésticos de inox substituíram todos os antigos. A geladeira é uma coisa monstruosa, com uma porta tão tecnológica que acho que conseguiria até resolver os exercícios de cálculo do Miles. Mamãe, Aaron e Kyle vão querer lançar um programa de culinária assim que virem isso tudo. A cozinha ganhou uma mesa nova com um tampo de madeira maciça, que fica em um espaço superamplo e acomoda dezesseis pessoas.

Benny transformou a sala de jantar que nunca usávamos em uma sala de estar com estantes embutidas magníficas e repletas de livros. O porão foi concluído e novas paredes de gesso o dividiram em quatro cômodos separados: uma sala de convivência espaçosa, onde Benny diz que vai colocar uma mesa de sinuca, uma mesa de pingue-pongue e uma máquina de pinball, e três quartos cujas portas se abrem para a sala principal, com um banheiro compartilhado nos fundos da casa.

— Acabou o tempo dos beliches! — Andrew comemora com alegria.

— Doei para uma família que mora aqui perto, naquela casa de pedra em Mountain Crest. — Benny pega uma chave de fenda largada na prateleira. — As duas filhas deles vão ter gêmeos. Não é louco?

Andrew captura meu olhar surpreso, o dele também está radiante. Assim como eu, ele sabe exatamente de qual casa Benny está falando. Ele sabe que eu caminhei por aquela estrada até chegar àquela casa, enquanto ele estava fora, comprando doces para declarar seu amor por mim de dentro de um armário. O universo de fato age de maneiras misteriosas.

Benny analisa a sala expressando aprovação.

— Agora tem espaço para todo mundo e ainda dá para aumentar.

Os quartos do andar de cima permaneceram quase idênticos, exceto pelo sótão, que está sendo reformado para se transformar no quarto principal do Benny. Ainda não está pronto — está uma bagunça por causa da obra —, mas dá para imaginar como vai ficar. A janela de vitral colorido permanece lá. O teto bem inclinado não vai mudar. Na verdade, o chalé está muito parecido com o que sempre foi, só que melhor.

Alguém chama Benny lá embaixo, e eu e Andrew somos deixados vagando sozinhos. Os móveis do seu quarto antigo continuam todos aqui, e o aroma de eucalipto segue perfumando as roupas de cama, as paredes, as peças guardadas na cômoda. Ao passar o dedo pela mesa de cabeceira, sinto um par de braços me envolver pela cintura e me puxar para trás, em meio a risadas, para dentro do armário. A porta se fecha atrás de nós e Andrew se transforma no Sr. Mão Boba, meio que me fazendo cócegas, meio que me apalpando.

— Olha, acho que você tem mesmo algum tipo de fetiche por armários, hein?

Ele murmura baixinho no meu pescoço.

— E pensar que a gente perdeu tantos anos sem fazer isso.

Solto um gritinho, brincando de afastá-lo, e ele estende a mão para mim, me puxando para um abraço.

— Vem cá — Mandrew diz, afundando o rosto no meu pescoço. Ele solta aquele suspiro de satisfação que conheço tão bem, perguntando:
— Como é estar de volta?

— Incrível. — Envolvo os seus ombros com os braços, passando os dedos pelo seu cabelo. — E estranho. Mas de um jeito bom.

— Estranho de um jeito Christopher Walken.

— Isso. — Eu me afasto, beijando seu queixo. — Onde você quer dormir neste fim de semana?

— Provavelmente aqui — ele sugere, dando de ombros. — As camas lá embaixo são todas de solteiro e vai estar muito quente no galpão.

Sinceramente, não sei quais sentimentos o galpão vai me despertar. Saudades, claro, mas talvez uma certa melancolia também. Sei que o Benny tem grandes planos para aquele lugar, mas até onde sei, a obra ainda não começou. Eu toparia dormir lá fora do jeito como era, pelos velhos tempos, mas não tem ar-condicionado. Andrew tem razão, no pico do verão, é pouco provável que o galpão seja um lugar agradável.

— Você já trouxe alguma garota para dormir aqui com você?

— Uma vez — Andrew diz, recuando e colocando as mãos no meu rosto, acariciando minhas bochechas. — A Liz. — Uma das antigas namoradas do Andrew, de vários anos atrás. Nós nos encontramos com ela e o marido em um bar alguns meses atrás e ela era superdivertida. — Mas não fizemos nada.

Eu rio ao ouvir essa bobagem. Não consigo imaginar estar na cama com Andrew Hollis e não tirar toda a sua roupa.

— Mentiroso.

— Não, estou falando sério — ele diz. — Minha mãe e meu pai estavam a uns dois metros de distância. Não consegui levar adiante por vergonha.

— Bom, desta vez os seus pais não estão aqui — lembro. — E as coisas do Benny vão ficar em um dos quartos prontos lá embaixo, então... hoje tem.

Andrew solta um grunhido, pressionando o rosto no meu pescoço novamente.

Este fim de semana somos só nós e Benny, pois os outros já tinham compromisso. Mamãe e papai estão ajudando o Miles a se instalar na Universidade da Califórnia, onde ele já começou a treinar futebol. Kyle tem ensaio para praticar o refrão de um musical que todos esperam que seja a nova sensação da Broadway. Theo está construindo uma casa perto de Ogden Canyon, a uma hora e meia de distância daqui, e Ricky e Lisa decidiram fazer um cruzeiro de verão para o Alasca, partindo de Seattle. Mas Andrew e eu pudemos fazer uma viagem tranquila saindo da nossa casa em Denver. Nós dois conseguimos tirar um fim de semana prolongado e estávamos morrendo de vontade de ver o que Benny fez com o chalé.

Ouvimos uma batida suave à porta, e Andrew e eu nos olhamos com aquela cara de *fomos pegos* antes de ele abrir a porta, deixando entrar um raio de luz e a visão do rosto de Benny, que parece estar achando graça da situação.

Benny ri.

— Imaginei que encontraria vocês dois aqui.

— Pois é, Bennyzito — sussurro —, porque este armário é o nosso local *sagrado*.

— Prometo não mexer nele. — Ele ergue o queixo. — Venham. Quero mostrar uma coisa para vocês.

Descemos a escada atrás dele, tentando decifrar o que vem em seguida. Já estou impressionada com a mistura perfeita de moderno e antigo que ele conseguiu. O que ainda não vimos? O quintal? Uma novidade bacana na varanda da frente? Andrew dá de ombros quando eu o encaro com um olhar interrogativo, e esfrega as mãos na frente das pernas. Seu rosto está um pouco vermelho, e eu me pergunto se há alguma parte dele que sofre ao ver o quanto a casa mudou. Para melhor, mas ainda assim…

Viramos no final da escada, seguindo pelo corredor até a cozinha, passando pelo vestíbulo e saímos pela porta dos fundos.

O quintal não mudou, mas eu paro no meio do caminho. Andrew continua andando, mas não consigo segui-lo, não consigo fazer meus pés se moverem, porque a estrutura que vejo mal lembra o galpão com que eu estava acostumada desde criança. O que vejo diante de mim é um recanto rústico e lindíssimo. Uma pequena cabana de madeira, com uma janela gigante voltada para a montanha. Há uma chaminé, degraus, uma pequena varanda com duas poltronas amarelas de madeira e uma mesinha.

Só percebo que estou chorando quando Andrew se vira e pega minha mão, rindo para mim com seu sorriso amoroso e enxugando as minhas lágrimas com a outra mão.

— Vem. — Ele está tremendo.

— Você sabia disso? — pergunto.

Ele não responde, apenas me arrasta para a frente, para entrar no galpão. Ainda é um cômodo único — bom, exceto pelo novo banheiro —, mas agora há uma cama com dossel no canto dos fundos, uma namoradeira de dois lugares e uma cadeira confortável na frente, tudo disposto em torno de uma mesinha em cima de um tapete maravilhoso. A lareira obviamente não está sendo usada, mas o ar-condicionado novo trabalha pra valer, mantendo o ar interno arejado e confortável.

Meus olhos são atraídos para todas as fotos emolduradas que decoram as paredes. Há pelo menos umas vinte, algumas pequenas, outras maiores, retratando todos nós, juntos em várias combinações. Eu e papai em um trenó. Andrew, Ricky, Theo e Lisa na varanda do chalé. Benny e mamãe segurando taças e brindando ao fotógrafo. Miles e os gêmeos jogando damas no chão da sala. Kyle me segurando de cabeça para baixo, quando eu tinha cinco anos, perto de um boneco de neve. Aaron e mamãe cozinhando de avental. Benny comigo, Theo e Andrew adolescentes, caminhando no verão pela trilha do Iron Canyon.

— Isso é surreal. — Me viro para ver como Andrew está absorvendo isso tudo, mas ele não está mais à minha direita, ele está...

Ele está ajoelhado.

Será que eu tenho o cérebro mais lento de todo o universo? Talvez. Mas levo cerca de cinco segundos para conseguir juntar letras e formar uma palavra, e a única palavra que sai é:

— Uau.

— Maisie — ele diz e abre a palma da mão, revelando um anel de ouro com uma safira oval perfeita.

Ele me encara por vários segundos em silêncio, tomando coragem.

— Tivemos nossa dose de aventuras nos últimos seis meses — ele continua, com a voz rouca. — Sua mudança para Denver, seu novo emprego, nosso novo apartamento. Não há nada que eu adore mais do que jantar com você, conversar sobre o nosso dia, fazer planos para o futuro. — Ele engole em seco, com os olhos fixos no meu rosto. — Não passei uma noite sem você desde a última vez que estivemos aqui. O único jeito de conseguir isso foi fazer do nosso relacionamento a nossa prioridade. Você é a minha prioridade, Mae. Eu estou tão apaixonado por você. É impossível me imaginar com qualquer outra pessoa. Por favor — ele diz, mais baixinho —, você quer se casar comigo?

Só sendo muito idiota para fazer qualquer outra coisa além de gritar *SIM* e, depois de confirmar que Benny havia nos deixado sozinhos ali, me jogo nos braços daquele homem. Andrew passa uns dez segundos tentando me convencer de que deveríamos contar a boa notícia para o Benny antes de desistir e me deixar empurrá-lo em direção à cama e arrancar aquele suéter horrível do seu corpo.

Nunca vou me cansar do calor suave do seu peito, do jeito que as suas mãos vagam sedentas sobre mim, como se ele quisesse tocar tudo de uma vez, do jeito que ele enfia os dedos no meu cabelo quando eu beijo seu corpo. Seu abdômen se contrai sob minha mão, os quadris se arqueiam e ele então me puxa para cima e depois por baixo dele, devagar, respirando e sussurrando palavras provocantes de um jeito brincalhão no meu ouvido.

Com tanta prática, ficamos muito bons nisso, mas ainda fico surpresa com a intensidade dos meus sentimentos quando ele está por perto, quando sinto que ele começa a ficar tenso e um pouco alucinado. Ele me provoca sobre a maneira como eu o observo, mas acho que, por dentro, ele adora, porque ver seus olhos se fecharem no segundo em que ele cai ao meu lado é a coisa mais excitante que eu já vi.

Não o deixo se levantar, ainda não. Estendo o braço à nossa frente e olhamos para o anel no meu dedo, rindo de como as palavras *marido e mulher* ainda soam estranhas nas nossas vozes.

Fico imaginando onde será. Andrew olha para mim como se a resposta fosse óbvia. Aqui, é claro.

Lotaremos a nossa pequena festa de casamento com a nossa família de coração. Decidimos que o Taiti é um bom lugar para passar a lua de mel. Cachorro antes de filhos.

Beijos suaves se tornam mais lentos e então mais profundos, e, quando vejo, estou em cima dele. Andrew me observa com atenção, com adoração, brincando com as pontas do meu cabelo, passando os dedos pelas minhas curvas, guiando meus quadris até que eu começo a senti-lo suado, com toda a sua urgência debaixo de mim.

Desabo na cama ao seu lado. Sinto os lençóis de algodão fino e macio frescos nas minhas costas, e Andrew solta uma risada forte e satisfeita.

— Como você espera que eu ande depois disso?

— Espero que o Benny tenha planejado deixar a gente passar a noite aqui — digo, recuperando o fôlego devagar.

Mas vamos precisar de água e comida, e ainda temos várias horas antes de dormir.

Ele olha para mim e ri.

— Quer passar uma escova no cabelo?

Ao me olhar no espelho do banheiro, vejo que o meu cabelo está emaranhado e todo bagunçado, meus lábios estão inchados e marcados pelos seus beijos. Meu sorriso está embriagado de amor. Faço o melhor que posso com os dedos para dar um jeito no caos do meu cabelo, mas acabo desistindo.

— Minhas coisas estão no carro — digo. — O Benny não vai ligar para o meu cabelo.

Só quando entramos na cozinha e ouvimos gritos cacofônicos de *SURPRESA*! de sete vozes animadas é que entendo o porquê de o Andrew querer que entrássemos e contássemos para o Benny, o porquê de ele ter sugerido que eu penteasse o cabelo e o porquê de ele estar vermelho como um pimentão, curvado de tanto rir. Ricky e Lisa não estão em um cruzeiro. Theo não está em Ogden trabalhando na casa nova e, sim, Kyle ainda está em Manhattan, mas Aaron e os gêmeos não estão. Não sei bem quando eles chegaram aqui, ou há quanto tempo estão nos esperando entrar para nos parabenizar pelo nosso noivado.

— Vocês estavam *brigando*? — Zachary pergunta com a língua entre os vãos dos dentes da frente, e Aaron se esforça bastante para não cair na gargalhada.

— Sim — Andrew responde, sério. — E olhem só! A Mãe ganhou um anel.

Sou envolvida pelo abraço dos meus futuros sogros(!), de Aaron e dos gêmeos. Benny aproveita a oportunidade para rir do desastre do meu cabelo antes de me puxar para um forte abraço. Embora essa tenha sido a melhor surpresa que eu poderia ter, é estranho e calmo sem os meus pais e sem o Miles.

Pego o celular onde o deixei na bancada da cozinha, tiro uma foto da minha mão esquerda e mando uma mensagem para minha mãe:

> Aposto que você já sabia de tudo, mas olha só!

Olho para a tela, esperando a indicação de que ela leu a mensagem, mas o envio é lento e a barra de progresso se move devagar.

— Ouvi dizer que você está adorando o seu novo trabalho — Aaron diz, chamando minha atenção.

— Estou! — respondo, sorrindo. Estou trabalhando como designer gráfica da Sled Dog Brewing, uma microcervejaria nova que fica a apenas oitocentos metros de Red Rocks e tem o bar com área externa mais badalado da cidade. Tenho uma equipe de duas pessoas que administram o site e as redes sociais, e eu desenho todos os produtos: camisetas, copos de cerveja, chapéus, gorros e todos os tipos de acessórios divertidos. O dono gostou tanto do meu trabalho que me pediu para redesenhar todos os rótulos, o que significa que, um dia, a minha arte poderá estar em geladeiras de bebidas de todo o país. Até agora, tem sido o trabalho mais divertido e gratificante que eu já tive.

— Comprei uma garrafa daquela cerveja escura imperial — ele diz.

— Como você conseguiu? A cerveja escura imperial acabou de ganhar uma medalha de ouro internacional, é quase impossível encontrar na região, quanto mais em Nova York.

— Um dos pais da escola das crianças é distribuidor. Ele conseguiu uma pra mim.

— Eu te amo. — Me aproximo e dou um beijo na bochecha de Aaron. Mesmo do outro lado do país, em Manhattan, ele fica atento ao que estamos fazendo no oeste. Depois do beijo, passo a mão na sua cabeça, bagunçando seu cabelo grisalho, agora natural. — E eu também amei isso.

— Pois é. — Ele sorri para mim. — A crise de meia-idade mais curta do mundo.

— Espero que a Lisa tenha feito algumas fotos da cabeleira pintada.

— Ou pelo menos de metade da cabeleira pintada — ele brinca.

Lisa protesta, rindo:

— Ei.

Só percebo que Andrew saiu para o carro e voltou com a minha bolsa quando ele a entrega para mim.

— Detesto estragar a surpresa, mas acho que você vai precisar disto.

— Que surpresa?

Ele estremece.

— O voo dos seus pais atrasou. Eles estão quase chegando.

— Sério? — grito e logo tiro a escova da bolsa, prendendo o cabelo em um coque alto.

Bem a tempo, porque minha mãe já está cantarolando meu nome antes de chegar à varanda.

243

— Mae! Cadê a minha menina?

Atrás dela, papai carrega a mala dele e a dela, sorrindo de orelha a orelha.

Andrew vem atrás de mim, enquanto a mamãe sobe os degraus correndo e envolve nós dois em um abraço.

— Eu sabia! — ela cantarola. — Eu sabia, eu sabia, eu sabia!

— Há quanto tempo você sabe que ele pretendia fazer isso? — pergunto.

— Bom, vejamos. — Ela olha para Andrew, calculando, e papai vem nos dar um abraço. — Uns dois meses?

— Compramos as passagens em abril… — papai diz. — Então faz mais tempo.

— Pedi permissão em fevereiro — diz Andrew, rindo. — No nosso aniversário de dois meses.

Lisa sai, e ela e minha mãe ficam histéricas e animadas, compartilhando aquele momento de felicidade. Ricky, papai e Aaron trocam um olhar de *vamos lá* e entram, imagino que para procurar cerveja na geladeira nova e chique do Benny. E Benny cumprimenta meus pais antes de descer as escadas com Kennedy, que está segurando um livro sobre folhas. Theo brinca de luta com Zachary na sala. Sinto falta do Kyle e sinto falta do meu irmão, mas aposto que eles estão, de alguma forma, compartilhando a nossa energia, mesmo no meio de suas vidas ocupadas.

Consigo ouvir uma parte da conversa da minha mãe:

— … aqui, mas antes ou depois do Natal? — E presumo que o nosso casamento está sendo planejado sem a nossa presença, que a pressão pelos netos começará quase de imediato, e que teremos que lidar com esses intrometidos pelo resto dos nossos dias. Tudo isso terá que ser discutido, mas depois que trocarmos nossos votos — seja lá quando for —, felizmente, não teremos que negociar como unir as nossas famílias. Elas foram unidas muito antes de nós nascermos.

Quando saímos do sol e voltamos para dentro da casa, meu olhar é atraído por um quadro emoldurado na parede da nova sala de estar. De longe é difícil dizer ao certo o que é, mas de perto percebo que é uma fotografia aérea. Andrew passa o braço em volta da minha cintura e depois se inclina, analisando a foto. Finalmente, ele estende a mão, colocando a ponta do dedo no meio da foto.

— A gente está aqui.

— Como?

Ele tira o dedo e vejo o que ele está me mostrando. É o chalé, no meio de um aglomerado de outras construções, no meio de um emaranhado de ruas movimentadas, em um trecho cheio de montanhas. Além daquele ponto, o mundo se estende em todas as direções, e cada ponto na superfície da Terra é o centro do universo de alguém, mas esta imagem acerta em cheio.

O centro do meu mundo é exatamente onde estou agora.

Agradecimentos

Só um pouquinho de magia, dissemos. Vai dar certo, dissemos. Vai ser fácil!

Pode não ter sido fácil, mas escrever este livro com certeza foi divertido. Nós o escrevemos antes de 2020, antes de todo o inferno que se seguiu, e a ideia de cair em um *loop* temporal romântico pareceu uma fuga perfeita para o momento.

E ficou ainda melhor agora que conseguimos voltar e reler. Mae se sente segura no chalé, com as pessoas que ama e com o único desejo de descobrir que caminho seguir. Se todos nós tivéssemos algo tão simples para o qual recorrer, a vida seria muito mais fácil.

Achamos que é isso que uma história romântica nos proporciona: a possibilidade de sonhar com a realização de desejos. É divertido e inspirador, ao mesmo tempo em que pode ser uma necessária fuga da realidade. O romance aqui cumpre o seu papel, e precisamos disso mais do que nunca. Então, temos que agradecer alguns escritores de romances espetaculares cujo trabalho nos tirou da realidade e nos trouxe muita alegria: Park Ji-eun (*Crash Landing on You*), Alexis Hall (*Boyfriend Material*), Scarlett Peckham (*The Rakess*), Rebekah Weatherspoon (*Xeni*), Martha Waters (*To Have and to Hoax*), Kate Clayborn (*Love Lettering* e o seu feed no Twitter),

Lisa Kleypas (*hi, goddess*), e Nora Ephron por tudo o que ela escreve. Nós nos inspiramos bastante em vocês e somos muito gratas por poder beber da sua criatividade e diversão nestes tempos estranhos e malucos.

Nossa equipe é a melhor de todas: a agente Holly Root é a voz consistente da paciência, da sabedoria e do sarcasmo na hora certa. Kate Dresser, nossa editora na Simon & Schuster/Gallery, que nos aguenta mudando de ideia o tempo todo. Obrigada, Kate, por torcer por nós quando começamos, por nos ouvir quando estamos em um beco sem saída e por nos alertar quando chega a hora de editar. Kristin Dwyer é a nossa agente de relações públicas, e mesmo quando o tempo parou e não sabíamos mais como era o mundo para além das nossas janelas, tudo ficou bem. Nós conseguimos: as pessoas encontraram os nossos livros. Você sempre manda bem, garota.

Agradeço à equipe S&S/Gallery por se esforçar ao máximo, como sempre: Jen Bergstrom (adoramos muito você), Aimée Bell, Jen Long, Rachel Brenner, Molly Gregory, Abby Zidle, Anne Jaconette, Anabel Jimenez, Sally Marvin, Lisa Litwack, John Vairo e toda a equipe de vendas e licenciamento da Gallery. No meio de uma pandemia, perder Carolyn Reidy foi um baque para todos nós. Ela fará muita falta. Isso nos torna ainda mais gratas a todos na S&S por serem sempre incríveis e estarem sempre do nosso lado.

Agradeço a Marion Archer por ler, e reler, e reler. Suas observações e comentários são sempre precisos e apreciados. Erin Service, fazer você suspirar é o nosso único objetivo. Aos leitores na CLo and Friends, obrigada pelas risadas e pela companhia (e, claro, por amar os nossos livros). Adoramos cada um de vocês.

Para todos os leitores, esperamos que vocês estejam protegidos e felizes. Obrigada por nos escolher. Desejamos que a história da Mae e do Andrew seja a fuga que vocês escolheram, mas (para o seu próprio bem) que vocês não precisem fugir com tanto desespero. Foi um ano difícil e estamos aqui enviando o nosso amor e — assim esperamos — uma boa dose de diversão mágica.

Com enorme carinho,
Christina & Lauren

Leia também:

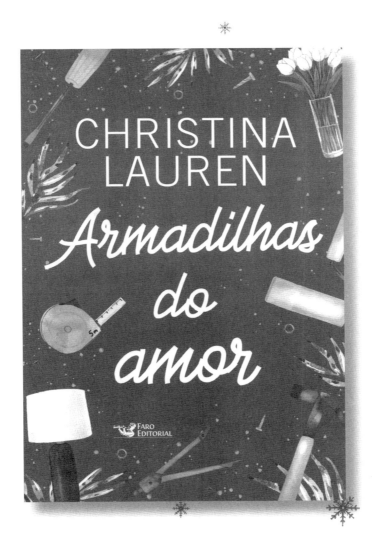

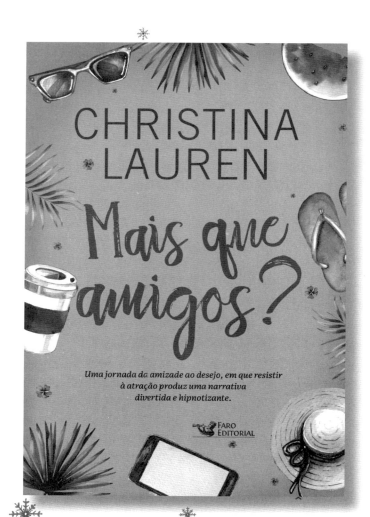